JULIO VERNE

VIAJE AL CENTRO DE LA TIERRA

Título: Viaje al centro de la Tierra
Título original: *Voyage au centre de la Terre*
Autor: Julio Verne

© Edimat Libros, SA
C/ Primavera, 10, nave 35
28500 Arganda del Rey
Madrid-España
www.edimat.es

Traducción: Ediciones Nauta
Diseño e ilustraciones de cubierta: Karakachoff Estudio
Ilustración de cubierta: Andrés Nancul para Karakachoff Estudio

ISBN: 978-84-9794-612-4
Depósito Legal: M-7780-2025

Impreso en España - *Printed in Spain*

INTRODUCCIÓN

Julio Verne nació el 8 de febrero de 1828 en la ciudad francesa de Nantes, en la época en la que esta villa todavía podía presumir de la herencia de la pasada prosperidad de su puerto y de su gran actividad comercial. La madre de Julio, Sophie Ayote, se casó en 1827 con un joven procurador que atendía al nombre de Pierre Verne. El matrimonio tuvo cuatro hijos, dos niños y dos niñas, de los cuales Julio Verne era el mayor. Se cuenta que en la ceremonia del bautizo un familiar se acercó al padre y le dijo: «Será poeta como tú —puesto que este coqueteaba con la poesía en sus ratos de ocio—; y bromista y cariñoso como Sophie». A lo que el señor Verne opuso: «Mi hijo será procurador como yo». Hecho en el que se afanó toda su vida. Julio Verne compartió con su progenitor desde muy pequeño la afición a la poesía, pero se distanciaba de éste en la finalidad del arte de componer versos. Pierre Verne, poeta aficionado, utilizaba la poesía como acompañamiento obligado de cumpleaños, bautizos y otras celebraciones familiares, pero no admitía, sin lugar a dudas debido a sus fuertes creencias católicas, que ninguno de sus hijos se dedicara exclusivamente a los placeres fáciles, entre los que incluía la vida de artista. Este padre austero exigía de sus dos hijos varones una férrea disciplina y una total dedicación a un oficio que hiciera de ellos hombres de provecho. Para su hijo mayor, Julio, deseaba, desde el momento mismo de su nacimiento, que fuera procurador como él. Julio en ningún momento se planteó dedicar su vida a desempeñar tales labores, si bien es verdad que tuvo que obedecer a su padre e ir a estudiar Derecho a París. Tal vez esta obediencia fuera una forma de desobediencia, puesto que sabía que la única manera de conocer París y entrar en contacto con el mundo artístico era que su padre le financiara su estancia en esta ciudad, y ésto sólo ocurriría si accedía a estudiar en la universidad. Pero ésto es adelantarnos mucho a los acontecimientos. Julio se crio en un ambiente familiar en el que se le inculcó el respeto por la palabra escrita y las habilidades oratorias. También sabemos que el padre de Julio se preocupaba por estar al tanto de todos los descubrimientos científicos de su época e intentaba transmitir todos sus conocimientos y entusiasmo al resto de la familia. En aquella época proliferaron las revistas de tipo didáctico que leía toda la familia. En estas publicaciones se podían encontrar los últimos descubrimientos e inventos de toda clase y también podían hallarse regularmente relatos geográficos con ilustraciones y artículos de ciencia destinados a los inexpertos. Verne desde muy pequeño sentía fascinación por las máquinas y por ello se escapaba junto a su hermano durante las vacaciones, que normalmente trascurrían en Chantenay, para ver el funcionamiento de las máquinas de una fábrica situada en esta población.

A la edad de nueve años entra en la escuela elemental católica Saint-Stanislas. Obtuvo menciones honoríficas en Griego y Geografía y el último año que cursó en este colegio (1839-1840), en Latín y en Canto. Recordaba el mismo Julio que, antes de que se sintiera atraído por la literatura, lo que más le gustaba era la Geografía. Al terminar su período de instrucción en Saint-Stanislas empezó a asistir al Seminario Menor de Nantes, donde se aseguraba a los padres una educación sólida y basada en los firmes preceptos del cristianismo.

Como ya hemos señalado la poesía era, no sólo para el padre sino también para toda la familia Verne, una tradición familiar, entendida casi como una obligación. Padres e hijos, hermanos, tíos y primos se dedicaban e intercambiaban poemas a la menor ocasión. A nuestro joven autor este arte no le parecía una mera obligación familiar, sino un medio de expresión necesario para verter todo lo que en él se hallaba contenido. Julio empezó a componer versos con doce años, unos versos malísimos, como él mismo confesó años más tarde. Sus amores de adolescencia sirvieron de inspiración al enamorado Julio. Casi toda la información obtenida de este período se debe a unos cuadernos de notas que contienen borradores de los poemas que dedicó a jovencitas de Nantes. Poemas que no tuvieron el efecto deseado por su autor, puesto que ninguna de ellas mantuvo una relación amorosa con él. Caroline, prima suya y su primer amor, contrajo matrimonio con un hombre de negocios, que tenía cuarenta años y una buena posición.

Tras este desengaño amoroso Julio no tardó en suspirar por otra mujer, Herminie, pero también en este caso Verne fracasará en su intento amoroso. Los padres de la joven querían un esposo rico para su hija y no al hijo de un modesto procurador que parecía no tener oficio alguno. Julio opinaba que sus desventuras se debían tanto a los padres de las jóvenes a las que intentaba cortejar como a la propia sociedad burguesa de la conservadora Nantes.

Julio Verne, en una entrevista concedida en 1893 al periodista Robert Sherard, confesaría que fue a los diecisiete años cuando inició sus primeras creaciones serias, obras de teatro y algunas novelas, pero en las que todavía no se alcanza a ver al Julio Verne que nosotros conocemos, quizá porque todavía no ha conseguido deshacerse de un lastre que lo retiene, su padre y su obsesión por que Julio estudiara Derecho y se hiciera cargo, en un futuro no muy lejano, del bufete familiar. En 1847, Julio se ve obligado a realizar un breve viaje a París para matricularse en la Facultad de Derecho. En 1848, año en el que es elegido Luis Napoleón presidente de la República, se traslada definitivamente a París con el firme objetivo de convertirse en escritor, a pesar de que tendrá que estudiar Derecho para mantener contento a su padre y, por ende, para que éste le financie todos los gastos, que no serán pocos, en parte debido a su delicada salud y a sus consecuentes cuidados y, por otro lado, a su condición de burgués que no está dispuesto a renunciar al confort al que estaba acostumbrado en Nantes. Las constantes peticiones de aumentos en el presupuesto que le destinaba mensualmente su progenitor fueron motivo de tensiones entre ellos, tensiones que se ven reflejadas en la abundante correspondencia que mantenía con su familia y que nos ha llegado hasta nuestros días. Los primeros años que Verne pasó en París sufrió constantes trastornos intestinales que le obligaban a guardar cama durante días y a llevar un régimen alimenticio muy estricto, y en opinión del padre bastante caro.

Será en París donde conozca a Alexandre Dumas, padre e hijo, siendo con éste último con quien trabará mayor amistad. Dumas hijo iba a hacer posible el sueño de nuestro joven escritor de introducirse en el mundo del teatro e incluso le iba a ayudar a escribir dos obras de teatro que más tarde se estrenarían con cierto éxito: *El envite* y *Once días de asedio.* La primera de las obras se estrenó el 12 de junio de 1850. Verne se pudo beneficiar económicamente de tal empresa, y se lo hizo saber de inmediato a su padre con el fin de demostrarle que se podía ganar la vida como escritor, ya que éste empezaba a enfadarse por la falta de interés que su hijo demostraba por el Derecho y el mucho tiempo que empleaba en escribir, labor que consideraba una afición y no un oficio digno de su hijo. En 1851 pide a su padre que confíe en él como escritor y que le envíe el dinero suficiente para alquilar un piso y amueblarlo. Pierre Verne accede con la convicción de que su hijo, tarde o temprano, se dará cuenta de que ha errado el camino. Sin embargo, Julio está totalmente convencido de su vocación y va a luchar con todos sus medios para ganarse la vida como escritor. A principios del verano de 1851 ha terminado una ópera y una comedia, y está a punto de publicar dos obras en la revista *Musée des familles.* El primer relato que publicó Verne, *Los primeros barcos de la marina mexicana,* constituía una curiosa mezcla de realidad e imaginación, adelanto de lo que serán sus futuras novelas. La buena aceptación que obtuvo con este relato le llevó a publicar con cierta regularidad en esta revista. Pero el dinero que le proporcionaban estas publicaciones apenas bastaba para pagar el alquiler. Por ello dedicó más tiempo a escribir obras teatrales, puesto que el teatro era una fuente más prometedora de ingresos y fama. En los años siguientes, Julio Verne escribe mucho, pero no pasa de pequeñas publicaciones en modestas revistas y de depositar grandes esperanzas en mediocres obras de teatro y alguna que otra ópera en las cuales no reconocemos al Julio Verne que le llevará a la fama. También obtendrá un puesto como secretario del Théâtre Lyrique, que no le reportará ningún beneficio pero que le va a ayudar a estrenar algunas de sus obras teatrales, que no tendrán mayor trascendencia en el conjunto de su obra. A su desesperación por no hallar el sendero del éxito, debido a que todavía no había encontrado su camino dentro de la literatura, vienen a sumársele los continuos trastornos intestinales y un nuevo y alarmante síntoma: su primer ataque de parálisis facial cuyo origen desconocen los médicos y que durante una temporada le mantiene inmóvil un lado de la cara.

Introducción

Cumple veintisiete años, en pleno ataque de su segunda parálisis facial, y no ha conseguido más que escribir hasta el agotamiento para obtener unos vodeviles mediocres y unos relatos no superiores a sus obras teatrales. Cierto es que estos esfuerzos no son del todo vanos, pues le sirven para aprender a dar vida a diferentes personajes, a construir diálogos que hagan dinámica la intriga e ir descubriendo diferentes técnicas narrativas. A estas alturas también le preocupa estar soltero y sin compromiso.

Y por fin en 1857 vio cumplido su deseo de contraer matrimonio. Y lo hizo con una joven viuda, Honorine Morel, de buena familia y que tenía dos hijas. Tras este matrimonio, Verne se vio en la obligación de ponerse a trabajar en la Bolsa de París, gracias a un hermano de Honorine que le facilitó el trabajo, para mantener a su esposa. Hasta el decisivo año de 1862, en el que conoció al editor que le iba a lanzar a la fama, Verne estuvo prácticamente ocupado con sus negocios en la Bolsa, dejando muy poco tiempo a su labor de escritor, pero sin pensar nunca en abandonarla. Julio tenía treinta y tres años cuando nació su primer y único hijo, Michael Pierre. En la partida de nacimiento de su hijo, Julio Verne figura como abogado de profesión, a pesar de ejercer como empleado de Bolsa. Pero en 1862 todo iba a cambiar, Julio ha cumplido ya treinta y cuatro años.

Pero para la llegada de su éxito todavía va a necesitar la aparición de una persona que le va a acompañar en toda su trayectoria profesional: el editor Pierre-Julio Hetzel. La suya fue una simbiosis perfecta, pues ambos se necesitaban mutuamente. Verne halló en Hetzel el apoyo que tanto tiempo llevaba buscando, el reconocimiento público y buenos beneficios económicos. Y Hetzel encontró en nuestro novelista un nuevo género con afán didáctico, donde se hermanan ciencia y fantasía con visos de realidad y un filón inagotable de dinero. La primera novela de este género en ciernes se titulaba *Cinco semanas en globo* y comienza refiriendo una reunión de la Real Sociedad de Geografía, en cuyo transcurso se da a conocer una nueva forma de exploración que consistía en sobrevolar las regiones, todavía vírgenes, de África. A lo largo del relato se narran las aventuras de un científico que realiza un viaje en globo por África para confirmar las recientes informaciones obtenidas por importantes exploradores como Richard Burton, James Grant o David Livingstone. Proporcionando fechas, datos y nombres de exploradores reales, Verne dota al relato de una gran credibilidad, llegando, incluso, muchos de sus lectores, a creer que no es un relato ficticio sino real. Ésta es la técnica de la que se servirá a lo largo de su vida en la creación de sus magníficas novelas, aprovechando sus extraordinarios conocimientos científicos y su interés por todos los descubrimientos e inventos de la época, y recreando a partir de ellos, con una riqueza sin límite, fantásticas situaciones que bien pudieran ser posibles sin salirse del marco científico. Por todo esto, podemos decir que Verne se inventó muy pocas cosas y lo que realmente hizo fue aprovechar y captar, con gran maestría, la coyuntura social y cultural y asimilar las partes y el conjunto de la revolución científica del siglo XIX. Su importancia reside en hacer de cronista de los capítulos que estaban aconteciendo en su tiempo y proyectarlos hacia el futuro. Cronista científico que recoge y plasma en sus obras la inagotable pretensión del hombre: dominar el Universo. Las primeras novelas de Verne se publican en entregas quincenales en el *Magasin d'éducation et de récréation* que editaba Hetzel, y más tarde se publicaban en uno o varios volúmenes. Lo que necesitaba el experto editor era un narrador con intenciones didácticas que mantuviera en suspenso al lector y esperara ansiosamente el próximo número. Y ese narrador era Verne. Hetzel tuvo mucho cuidado de que en los textos de su nuevo autor no se dañara en modo alguno los valores de la ética imperante, tratando siempre de que estas lecturas fueran del agrado del mayor número posible de lectores. Y para ello el mismo Hetzel le corregía todas sus novelas, aportando, siempre con el permiso de nuestro autor, cosas suyas.

Verne obtuvo un gran éxito con su primera novela. A ésta le siguió *Aventuras del capitán Hatteras,* que contaba la trepidante historia de un capitán obsesionado por ser el primero en llegar al Polo Norte, y tras esta novela otra, Verne no descansaba, un libro tras otro y a veces escribía dos o tres a un mismo tiempo. El nuevo libro, *Viaje al centro de la Tierra,* no parecía basarse tanto en los sólidos conocimientos científicos de sus anteriores novelas, puesto que en esta obra, Verne se permite especular libremente sobre la composición de nuestro planeta. En 1865 publica *De la Tierra a la Luna* cuyo argumento consistía en enviar un proyectil a la Luna con tres tripulantes. Nos resulta asombroso la cantidad de anticipaciones científicas que hallamos en esta novela, no tenemos más que comparar lo que ocurre en ésta con el primer viaje del Apolo a la Luna y veremos que Verne acertó en muchísimas cosas. Y al igual que las anteriores fue un éxito.

Verne lleva un actividad frenética y siente la imperiosa necesidad de abandonar París para trasladarse a Le Crotoy, una pequeña población en la costa a 70 kilómetros de Amiens, donde vive la familia de su esposa. En los años siguientes va a seguir trabajando al mismo ritmo, pero con la diferencia de poder aislarse del mundo con pequeñas salidas al mar. En diciembre de 1865 aparece la primera entrega de *Los hijos del capitán Grant* que va a tener fascinados durante dos años a los lectores del *Magasin d´éducation et de récréation*. Más tarde, Hetzel publicará la obra en tres volúmenes.

Pocas veces abandonó Verne el viejo continente y una de ellas fue en 1867 para visitar los Estados Unidos. El viaje lo realizó a bordo del mayor buque que existía en esa época, con capacidad para transportar a cuatro mil pasajeros. Su estancia en América fue muy breve, apenas ocho días.

Pudo, por lo menos recorrer Nueva York, visitar Búfalo, el lago Erie y las cataratas del Niágara. Durante todo el viaje tomó notas y las dedicadas al viaje en el impresionante barco que lo había trasladado hasta estas lejanas tierras, las utilizó después para escribir un relato: *Una ciudad flotante*. Tras este viaje Hetzel le encarga la ardua tarea de escribir un diccionario geográfico de Francia. Labor que le mantendrá ocupado hasta 1868, impidiéndole dedicar más tiempo a su más ambiciosa obra: *Veinte mil leguas de viaje submarino,* que había empezado a escribir en 1866. Parece ser que la idea de narrar una historia que se desarrolla en las profundidades del mar la tomó de una sugerencia de George Sand (pseudónimo literario de Aurore Dupin), de quien Hetzel es editor y amigo. Éste le había enviado todas las novelas de Verne hasta entonces publicadas a su amiga. Sand acababa de pasar tres horribles meses cuidando a su compañero sentimental, Alexandre Moreau, que se hallaba muy grave. En una carta de agradecimiento hacia Hetzel, en 1865, dice que los relatos de Julio Verne:

«... han conseguido distraerme mucho de un hondo dolor y me han permitido soportar mejor las preocupaciones. Lo único que siento es haberlos terminado y que no me quede otra docena por leer. Tengo la esperanza de que no tardará en llevarnos al fondo del mar y que hará que sus personajes viajen en esos aparatos de inmersión que sus conocimientos científicos y su imaginación son capaces de perfeccionar.»

Sin duda alguna Hetzel comunicó a su estimado novelista el contenido de este fragmento de la carta de George Sand y a Julio le pareció una gran idea la de un submarino como escenario de una nueva historia. A finales de 1868, Verne entrega a su editor los primeros capítulos de *Veinte mil leguas de viaje submarino* para que éste los publique. Al mismo tiempo escribe *Viaje alrededor de la Luna,* que es la continuación de su popular novela *De la Tierra a la Luna,* en la que había dejado abandonados en el espacio a los tres intrépidos tripulantes del proyectil. En la primavera de 1869 le envía a Hetzel el manuscrito de *Viaje alrededor de la Luna,* mientras él se afana por terminar los últimos capítulos de *Veinte mil leguas de viaje submarino.*

Cierto es que en esta obra aparecen informaciones que sin duda iban a despertar el interés de sus lectores y que de nuevo, con sus audaces opiniones, iban a contribuir al ámbito del saber. Verne continuaba escribiendo sin parar, debía terminar su obra maestra, *Veinte mil leguas de viaje submarino,* y ya había empezado a escribir unos relatos para publicarlos en diferentes revistas. Toda esta actividad se vio violentamente interrumpida el 19 de junio de 1870 por la guerra entre Francia y Prusia. Ante tal hecho Julio envió a su familia a Amiens y él, como poseedor de un barco, fue destinado al servicio de guardacostas en Le Crotoy. En septiembre casi todo el norte y el este de Francia estaba en manos del enemigo, y la situación no parecía que fuese a mejorar. Napoleón III fue encarcelado, aunque más tarde se le permitiría retirarse a la campiña inglesa. Un gobierno provisional se hizo cargo de la situación en Francia, pero el 28 de enero de 1871 se vio obligado a rendirse. Durante todo el conflicto, Verne ha seguido escribiendo y a pesar del mal estado de las comunicaciones ha estado siempre en contacto con su editor. Julio Verne regresa a París y tras una breve estancia decide abandonar de nuevo esta ruidosa ciudad para irse a vivir a Amiens.

En Amiens podía incluso leer los diarios de París, que por estas fechas, verano de 1871, hablaban de su magnífica obra *Veinte mil leguas de viaje submarino,* cuyo último tomo se había publicado en la desafortunada fecha de junio de 1870, en vísperas de la guerra. Pero los críticos apenas hacían justicia a esta obra maestra. Está claro que todavía era demasiado pronto. En Amiens terminó una novela, *El país de las pieles,* que había comenzado cuando Francia aún estaba en guerra y redactó casi al mismo tiempo una novela breve que iba a ser motivo de muchas satisfacciones: *La vuelta al mundo en 80 días.* El protagonista, Phileas Fogg, hace una apuesta con unos miembros de su club londinense que consiste en dar la vuelta al mundo en ese plazo de tiempo. Fogg se encontrará a lo largo del camino con infinidad de dificultades que logrará salvar y llegará a tiempo a Londres para ganar la apuesta. Durante el invierno de 1874-1875, Verne, abandona todo y se marcha a Antibes. Éste no es un viaje de placer sino de trabajo. Va a alojarse en casa de Adolphe Philippe Dennery, quien va a llevar a cabo la adaptación de la ya por entonces famosa novela de Verne *La vuelta al mundo en 80 días.*

Esta adaptación teatral de la novela fue todo un éxito. La obra se representó prácticamente en medio mundo y a Julio le reportó, además de más popularidad, unas sustanciales sumas de dinero. Verne, continuando su gran actividad creadora, publica en septiembre de 1874 el primero de los tres tomos de *La isla misteriosa.*

Mientras escribía *La isla misteriosa* redactaba otra obra que, como él mismo reconocía, se trataba de un arquetípico relato de náufragos: *El Chancellor.* Y revisaba al mismo tiempo con su editor *El disparate del doctor Ox,* un malvado sabio que utiliza sus conocimientos científicos para apoderarse de una ciudad y manipular a sus habitantes.

En medio de tanta actividad creadora, Julio no deja de quejarse a amigos y familiares del irrespetuoso y preocupante comportamiento de su hijo Michael. Tan sólo cuenta con catorce años y trae de cabeza a su padre y a su madre. Para corregir a su descarriado hijo le habían ingresado en un estricto internado católico, cuya severidad no había bastado para amansar al joven Verne. Con lo cual adoptaron la medida de enviarle, en 1875, recluso a una institución mental durante una temporada, puesto que Julio Verne creía ver en su hijo una forma de maldad que únicamente podía proceder de algún trastorno mental. A nuestro novelista no parece afectarle en su producción este grave problema, ya que por esas fechas está escribiendo lo que sería otro nuevo gran éxito: *Miguel Strogoff,* una emocionante odisea llena de aventuras que se desarrolla en la Rusia zarista; al mismo tiempo redacta *Héctor Servadac,* una aburrida novela que contiene una fuerte carga antisemita, que tratará de moderar, en la medida de lo posible, su editor, que siempre piensa en los beneficios y teme ofender a sus lectores judíos. Verne está muy satisfecho con sus éxitos, pero hay algo que no le permite disfrutar plenamente de su popularidad, y es la falta de reconocimiento de sus colegas escritores y de los críticos literarios, que le consideran un entretenido escritor científico con una desbordante imaginación. A medida que Julio se hace mayor también crecen sus deseos de pertenecer a la Academia Francesa. Por ello, luchará casi hasta el final de sus días, pues ve en ello una forma de reconocimiento intelectual, pero esta lucha será en vano, puesto que Verne no ocupará nunca un sillón en tal institución. En 1877 tiene ya preparadas dos nuevas obras y tiene la intención de hacer la adaptación teatral de varias novelas suyas que son ya un éxito. Sólo la obra teatral *Miguel Strogoff,* basada en su famosa novela del mismo nombre, supuso un éxito de crítica y de taquilla, el resto de las adaptaciones o no llegaron a estrenarse o fueron un rotundo fracaso. En 1878, Julio estaba terminando *Las tribulaciones de un chino en China* y estaba trabajando también en *La casa de vapor: viaje a través del norte de la India.*

Entretanto, su hijo Michel no ha dejado de darle problemas. Verne, desesperado, decide embarcar a su único vástago durante veinticuatro meses con la intención de que éste escarmiente y los Verne puedan tranquilizarse un poco. Cuando Michael regresa nada ha cambiado, continúa derrochando la fortuna paterna y sigue con su actitud violenta.

PDurante un tiempo Julio estuvo sin noticias de su hijo, pero el estado de incertidumbre y las preocupaciones parecen afectar por vez primera a nuestro novelista en su producción. Está escribiendo una novela cuyo argumento, en opinión de Hetzel, no había por dónde cogerlo. Tras la revisión de la obra, realizada como siempre por el editor, Verne tiene que realizar una serie de cambios en el manuscrito. Y para más muestras de abatimiento, Verne comunica a su editor que comience a buscar a otros escritores que se dedicasen, cuando les llegase el turno, a lo que él estaba haciendo, para que a Hetzel no le cogiera desprevenido el día en que él no fuera capaz de llenar las primeras páginas de todas las publicaciones del *Magasin d'éducation.* Estas advertencias cayeron pronto en el olvido, puesto que Julio se recuperó pronto y volvió a entregarse por completo a la escritura hasta días antes de su muerte. A principios de 1882, aparecía en la revista de Hetzel *Escuela de Robinsones,* una obra menor que muestra una visión renovada del famoso mito. Nada más acabar este libro empezó *El rayo verde,* que terminó en la primavera de 1882. Este mismo año Verne se propuso escribir una obra de teatro, en vez de llevar a cabo una adaptación de una de sus novelas. El título para su nueva obra fue: *Viaje a través de lo imposible,* y se estrenó en 1883. En esta obra, Verne recurre a personajes famosos de obras anteriores que van apareciendo en escena sucesivamente. La crítica fue bastante dura con la obra y apenas se recaudaron beneficios.

El 9 de mayo de 1886, Julio Verne, tras un tranquilo día que había transcurrido en su club, leyendo sin duda, sufrió un aparatoso accidente al regresar a casa. Su sobrino, Gaston, que sufría monomanía y manía persecutoria, le disparó, hiriéndole en la pierna izquierda. Los motivos de tal agresión se desconocen, sólo sabemos que Gaston fue recluido en una clínica mental. Para Julio significó una larga estancia en cama, acompañado de la angustiosa posibilidad de no poder volver a andar durante el resto de su vida. Julio logró, tras largas sesiones de rehabilitación, volver a caminar, pero le quedó una molesta cojera. El 17 de marzo, mientras Julio está todavía convaleciente, Hetzel fallece. A partir de ahora, Verne, trabajará con su hijo, Julio Hetzel, que a la edad de treinta y ocho años es ya un experto editor. Verne va a pasar una mala racha, el trágico accidente y la muerte de su amigo le sumen en una profunda depresión. Para luchar contra éste lamentable estado, Julio se refugia en lo que ha sido siempre su tabla de salvación: la escritura. La novela que le ayudó a salir a flote, el compañero de los meses posteriores a la agresión y al fallecimiento de Hetzel, fue, sin lugar a dudas,

Norte contra Sur, una ambiciosa obra sobre el sur norteamericano durante la guerra de Secesión.

Las ventas de los libros de Verne empiezan a bajar, Julio se ve obligado a trasladarse de casa, a una más modesta, y vende su barco. A medida que pasan los años, el público está cada vez menos interesado por las novelas de nuestro autor. En una carta dirigida a Julio Hetzel, de 1892, se queja del estado de sus cuentas.

A pesar de su escaso éxito, Julio continúa escribiendo, y a un ritmo inmejorable. En 1894 tiene ya escritos los libros *La isla de hélice* y *El soberbio Orinoco* que debe entregar a su editor durante los tres años siguientes. Además de estas novelas escribe relatos breves y novelas sin trascendencia. En 1896 cae enfermo y apenas puede escribir:

«Ya se habrá usted dado cuenta de cómo se me está deformando la letra, porque tengo calambres muy serios...».

Consigue recuperarse ligeramente y sigue escribiendo, pero ya ha bajado considerablemente el ritmo de producción. En 1901, también su vista empieza a fallarle, sufre un principio de cataratas en ambos ojos. La imagen que ofrecía nuestro anciano escritor era lastimosa, con su pronunciada cojera, sus manos castigadas por los múltiples calambres y su empeño por seguir escribiendo cuando apenas podía leer lo que redactaba. Julio se ha puesto enfermo mientras estaba escribiendo su centésimo libro y lo único que pide es poder terminarlo antes de caer en la oscuridad absoluta, tal y como le confía a un periodista de *Le Matin.* Afortunadamente, Verne no sólo pudo terminar esta obra, sino que también finalizó su centésimo primer libro, *Un drama en Livonia,* y varios más. Verne escribió prácticamente hasta el día de su muerte. El 24 de marzo de 1905, Julio Verne fallece a causa de una diabetes terminal. Fue enterrado en el cementerio de La Magdalena, en Amiens.

Viaje al centro de la Tierra

La novela *Viaje al centro de la Tierra* se publicó por primera vez en noviembre de 1864 con el título *Voyage au centre de la Terre.* Es la segunda de las grandes novelas de aventuras que le dieron fama universal en vida a Julio Verne. El autor de los grandes *Viajes*

Extraordinarios nos invita en ella a un viaje tan excepcional como en *De la Tierra a la Luna,* en este caso nada menos que un trayecto por el interior del planeta Tierra.

La acción comienza en una vivienda tranquila de la Königstrasse de la apacible Hamburgo, donde vive el profesor Lidenbrock, que es geólogo y mineralogista. Es el típico profesor ensimismado en sus ciencias y de trato irascible. Con él conviven su sobrino Axel y una protegida, Graüben. Axel es ayudante de su tío y está enamorado de Graüben. Cierto día, el profesor encuentra un viejo pergamino oculto en un libro antiguo que incluye un criptograma escrito en caracteres rúnicos. El profesor logra descifrarlo con la ayuda de Axel y descubre que su autor es un alquimista islandés del siglo XVI, Arne Saknussemm, quien dejó oculta una revelación extraordinaria. Según este relato, desde Islandia, por una de las chimeneas del extinto volcán Sneffels (Snæfellsjökull, en islandés), el alquimista había logrado penetrar hacia el centro de la Tierra.

El profesor, eufórico, se decide a llevar a cabo una expedición para seguir los pasos de Saknussemm; nada podrá detener su determinación, ni siquiera la negativa a acompañarlo de su sobrino Axel, a quien asusta la idea. Pero Axel no tiene otra opción y un mes más tarde llegan a Reikiavik, donde contratan a Hans Bjelke, cazador y guía profesional, que está conforme en llevarlos sólo hasta la chimenea del volcán que indica el manuscrito. Irán equipados con víveres, herramientas, armas, brújulas y otros instrumentos científicos, linternas y un botiquín de primeros auxilios.

Llevan a cabo muy dificultosamente el ascenso hacia la cumbre del Sneffels y después de una penosa marcha llegan a la cima. Allí descubren una inscripción grabada en una roca con el nombre Saknussemm, lo que demuestra que el relato del antiguo alquimista es real. Llegan luego al fondo del cráter, donde se alzan las tres chimeneas descritas en el pergamino. Descubren cuál es la correcta según las indicaciones del documento. Entonces Hans se decide a acompañarlos en su viaje hacia el interior. Se deslizan mediante una cuerda y logran recorrer ochocientos cincuenta metros de descenso en once horas. Encuentran un lugar donde improvisar un campamento donde comer, dormir y recuperar fuerzas.

Julio Verne

A la mañana siguiente siguen adentrándose en las entrañas de la Tierra, descendiendo por pendientes inclinadas de lava fría proveniente de erupciones antiguas. Tras un largo descenso llegan al fondo de la chimenea y allí se encuentran con dos caminos. El profesor, científico abierto a la intuición, decide tomar el que va hacia el este, pero al tercer día de recorrido ven que su elección ha sido errónea, pues se quedan sin agua y tienen que retroceder para encaminarse por el camino del oeste. Los expedicionarios experimentan todas las torturas de la sed al pasar varios días sin encontrar agua tampoco en este camino, hasta que Hans descubre un torrente bajo las rocas. Por medio de las herramientas que llevan consiguen perforar la piedra hasta dar con el agua, pero está a cien grados de temperatura. A pesar del apremio de la sed, deben esperar hasta que se enfríe y beberla. Finalmente, sacian su sed y llenan las cantimploras.

En un momento de distracción, Axel se separa de su tío y del guía perdiéndose en uno de los túneles. Debido a la acústica especial del lugar, pueden conversar entre sí a pesar de la gran distancia que los separa. De esa manera consigue seguir las indicaciones que le dan para reunirse con ellos. En el camino cae accidentalmente a un pozo, pero por suerte la pendiente lo lleva de nuevo junto a su tío y Hans. Cuando vuelve en sí, descubre que se encuentran en una caverna capaz de contener el agua de todo un océano, están en la orilla de un fantástico mar interior. En las proximidades encuentran un bosque de hongos gigantes y varios esqueletos humanos y de animales.

Hans construye una balsa con mástil y vela y se embarcan para iniciar una travesía en busca de nuevas salidas en la orilla opuesta. Su viaje se hace más largo de lo que pensaban. Pescan varios peces de géneros ya extintos y presencian una lucha entre gigantescos animales prehistóricos, un ictiosaurio y un plesiosaurio, que afortunadamente no perciben la presencia de la balsa. Siguen viajando sin más novedades que el descubrimiento de un islote en el que brota un géiser de agua hirviente. Los amenaza una tempestad, el viento sopla con gran fuerza, hay gran cantidad de rayos y el calor va aumentando. Contemplan asombrados un disco de fuego que cruza el espacio a gran velocidad (posiblemente un rayo globular) y arranca el mástil y la vela que pusieron en la balsa, que queda a la deriva.

La corriente los arrastra con gran rapidez hasta que la balsa choca contra los arrecifes de la costa.

Los tres expedicionarios caen al agua y Hans arrastra al profesor y a Axel sobre la arena de la playa. Consiguen rescatar la pólvora, la brújula, el manómetro y alimentos suficientes para cuatro meses, aunque han perdido las armas. Comprueban su situación con la brújula y ven con frustración que han regresado a la orilla desde donde habían zarpado. El profesor Lidenbrock se enfurece y decide que vuelvan a la balsa para proseguir el viaje, pero antes quiere realizar una exploración por el lugar. Allí descubren un cementerio de cuerpos fosilizados en el que ven un cráneo humano y un cadáver de la era cuaternaria momificado a medias. Continúan la exploración alejándose de la orilla del mar interior y llegan a un bosque de pinos, palmeras, cipreses y helechos de la era terciaria. Dentro de ese bosque divisan a un grupo de mastodontes que parecen pastoreados como ovejas por un ser humano gigante de cuatro metros de altura, con una cabeza del tamaño de la de un búfalo. La visión les parece totalmente imposible y regresan corriendo a la orilla donde han dejado la balsa.

En el camino encuentran un puñal de Arne Saknussemm, y un poco más allá ven sus iniciales grabadas en una roca. Esto les sirve de confirmación del viaje del alquimista, que les señala así el camino. Según los cálculos del profesor Lidenbrock, para llegar al centro de la Tierra aún tienen que descender unas mil quinientas leguas (más de seis mil kilómetros). Para continuar su viaje deben recorrer una galería, pero una gran roca obstruye la entrada y no pueden rodearla. Deciden volar la roca con la pólvora que aún tienen. Lo preparan todo, encienden la mecha y corren a refugiarse en la playa junto a la balsa. Ocurre la explosión que, debido a la extrema inestabilidad del terreno, provoca un terremoto. Convertido en una ola gigante, el mar se los lleva arrastrándolos violentamente a lo largo de varias galerías hasta llegar a un tubo lávico vertical. Instalados sobre la balsa, el agua empieza a subirlos a toda velocidad. Los tres expedicionarios se consideran perdidos, pues ven que la velocidad del ascenso les impide respirar adecuadamente y que el calor se vuelve insoportable.

Aparecen todos los síntomas de una erupción volcánica, las paredes se mueven, los vapores se condensan; están dentro de la chimenea de un volcán activo. De repente, se detienen a medio camino, pero al poco vuelven a salir disparados y a detenerse otra vez, cosa que ocurre varias veces. En un momento crítico, la balsa empieza a girar sobre lava fundida entre una lluvia de cenizas hasta que salen expulsados por un orificio de un cráter. Contra todo pronóstico, los viajeros sobreviven. Axel comprueba que están al aire libre sobre la superficie, pero no están en Islandia, sino en la italiana isla de Stromboli, en el mar Tirreno. Habían entrado en la Tierra por un volcán en Islandia y al final de su viaje habían salido por otro, situado a cinco mil kilómetros del primero. Desde allí ven el alto cono coronado de humos del volcán Etna.

El profesor Lidenbrock y Axel regresan a su casa de Hamburgo. Se habían propagado por todas partes las noticias de su viaje al centro de la Tierra, pero nadie creía en la veracidad de la aventura. Pero la presencia de Hans y los informes que llegan desde Islandia hacen que la opinión pública cambie favorablemente. El profesor y Axel se hacen famosos, Axel se casa al fin con Graüben y Hans regresa a Islandia.

Esta obra se considera una de las mejores narraciones del autor. Mantiene una notable calidad literaria y cautiva por sus vivas y sobrias descripciones de los parajes fantásticos por los que se mueven los protagonistas. Los tres personajes principales son psicológicamente coherentes, sus diversos caracteres se equilibran con éxito y cuentan entre los más logrados de Julio Verne.

De esta conocidísima novela se han hecho varias adaptaciones cinematográficas en 1959, 1976 y 2008; además de otras versiones en dibujos animados, radio y música.

VIAJE AL CENTRO
DE LA TIERRA

CAPÍTULO PRIMERO

Un domingo, el 24 de mayo de 1863, mi tío, el profesor Lidenbrock, volvió precipitadamente a su modesta casa, número 19, calle de Königstrasse, que es una de las calles más viejas del antiguo cuartel de Hamburgo.

La buena Marta creyó sin duda que aquel día se había retrasado mucho en sus funciones culinarias, pues apenas empezaba a hervir el puchero en el hornillo.

—Bueno —dije yo para mi capote—, si mi tío, que es el más impaciente de los hombres, llega con hambre, armará una tremolina.

—¿Ha venido ya el señor Lidenbrock? —exclamó la pobre Marta azorada, entreabriendo la puerta del comedor.

—Sí, Marta; pero la comida no falta a su deber no estando aún cocida, pues no son las dos. La media acaba de dar en este momento en San Miguel.

—¿Cómo, pues, ha vuelto ya el señor Lidenbrock?

—Él nos lo dirá, si quiere.

—¡Ahí está! Yo me escurro, señorito Axel, vos le haréis entrar en razón...

Y la buena Marta se metió en su laboratorio culinario.

Me quedé solo. Pero eso de hacer entrar en razón, como quería Marta, al más irascible de los profesores, era imposible para un carácter tan irresoluto como el mío.

Iba a retirarme prudentemente al cuartucho que se me había destinado en el último piso, cuando oí rechinar la puerta de la calle y crujir la escalera de madera bajo la presión de unos pies que debían ser enormes. Enseguida, el dueño de la casa, atravesando el comedor, se metió en su despacho.

Al pasar rápidamente, había dejado en un rincón su bastón de pesado puño, y en la mesa su ancho sombrero cepillado a contrapelo, y me dijo con voz sonora:

—¡Axel, sígueme!

No había tenido aún tiempo de moverme, y ya el profesor me reconvenía por mi demora con acento de impaciencia frenética.

—¿Aún no estás aquí?

Corrí al despacho de mi terrible maestro.

Otto Lidenbrock no era un hombre malo, convengo en ello; pero como antes de morir no varíe mucho, lo que me parece improbable, morirá siendo el más terrible y original de todos los hombres.

Era profesor de Johannaeum, donde daba lecciones de mineralogía, encolerizándose una o dos veces en cada una de ellas. Y no se crea que le preocupase el deseo de tener discípulos aplicados, ni que diese importancia al grado de atención con que le escuchaban, ni que se cuidaba de la ciencia que les imbuía. Enseñaba *subjetivamente,* según la expresión de la filosofía alemana; enseñaba para él y no para los discípulos. Era un sabio egoísta, un pozo de ciencia cuya garrucha rechinaba cuando de él se quería sacar algo; en una palabra, era un avaro.

En Alemania son bastante comunes los profesores de este género.

Mi tío, desgraciadamente, no estaba dotado de una gran facilidad de pronunciación, al menos cuando hablaba en público, lo que en un orador es un defecto lamentable. En sus demostraciones en Johannaeum balbuceaba con frecuencia: luchaba contra una palabra recalcitrante que no quería deslizarse entre sus labios, contra una de esas palabras que se resisten, se hinchan y acaban por salir bajo la forma poco científica de una blasfemia. De aquí su cólera.

Y sabido es que en mineralogía hay denominaciones semigriegas y semilatinas difíciles de pronunciar, nombres rudos que desollarían los labios de un poeta. Estoy muy lejos de hablar mal de esta ciencia. Pero delante de las cristalizaciones romboédricas, de las resinas retinasfaltas, de las gelenitas, de las fangasitas, de los molibdatos de plomo, de los tungstatos de manganesa o alabandina y de los titoniatos de circona, permitido está a la lengua más suelta equivocarse y tropezar.

En la ciudad era conocido el disculpable achaque de mi tío, del cual se prevalían algunos malintencionados para divertirse a su costa en los pasajes peligrosos, lo que le sacaba de sus casillas, y su mismo furor aumentaba las risas, lo que es de muy mal gusto, hasta en Alemania. Y si bien había siempre una afluencia muy considerable de oyentes en la escuela de Lidenbrock, ¡cuántos asistían asiduamente a ella sin más objeto que el de burlarse de los arrebatos de cólera del profesor!

Como quiera que sea, no me cansaré de repetir que mi tío era un verdadero sabio. Aunque rompía algunos ejemplares mineralógicos por no tratarlos en sus ensayos con bastante delicadeza y mimo, unía al genio del geólogo el discernimiento del mineralogista. Con su martillo, su punzón, su aguja imantada, su soplete y su frasco de ácido nítrico se sentía muy fuerte. Por su manera de romperse, por su aspecto, por su dureza, por su fusibilidad, por su sonido, por su olor, por su sabor, clasificaba sin vacilar un mineral cualquiera entre las seiscientas especies que cuenta la ciencia actualmente.

Así, pues, el nombre de Lidenbrock gozaba de celebridad en los gimnasios y asociaciones nacionales. Los señores Humpry Davy; de Thunbold, los capitanes Flanklin y Sabine, al pasar por Hamburgo, no dejaron de hacerle una visita. Becquerel, Ebelmeb, Brewster, Dumas, Mine-Edwards, Sainté-Claire-Deville, tenían gusto en consultarle acerca de las cuestiones químicas más palpitantes. La química le debió en realidad algunos buenos descubrimientos, y en 1853 apareció en Leipzig un *Tratado de Cristalografía trascendental* en papel de marca mayor con láminas, que no llegó, sin embargo, a cubrir los gastos de impresión.

Añádase a lo dicho que mi tío era conservador de un museo minerológico, perteneciente a Struve, embajador de Rusia, el cual museo era una preciosa colección, famosa entre todos los sabios de Europa.

Tal era el personaje que me llamaba con tanta impaciencia. Figuraos un hombre alto, flaco, con una constitución de hierro, una salud a toda prueba, y un continente juvenil, que parecía quitarle diez años de los cincuenta de que no bajaba. Sus grandes ojos giraban incesantemente detrás de unas antiparras considerables, y su nariz larga y estrecha se asemejaba a una hoja afilada. Los que se divertían a sus expensas aseguraban que la tal nariz estaba imantada y atraía las limaduras de hierro. ¡Pura calumnia! Lo que atraía su nariz era rapé en abundancia para no faltar a la verdad.

Cuando haya añadido a todo lo dicho que mi tío daba cada zancada que pasaba matemáticamente de media toesa, y que al andar tenía los puños sólidamente cerrados, lo que indica un carácter impetuoso, se le conocerá lo suficiente para que nadie desee estar en su compañía.

Vivía en una casita de Königstrasse, en cuya construcción entraban por partes iguales la madera y los ladrillos, y tenía vistas a uno de esos canales tortuosos que se cruzan en medio del más antiguo cuartel de Hamburgo, respetado felizmente por el incendio de 1842.

Verdad es que la casa, que era ya vieja, estaba un poco torcida y amenazaba con su vientre a los transeúntes, llevando su techo algo caído hacia un lado como el casquete de un estudiante de Tugendbund. Algo dejaba que desear el aplomo de sus líneas, pero se mantenía firme por la intervención de un olmo secular en que se apoyaba la fachada, el cual al llegar la primavera se cubría de botones que se veían al trasluz de los vidrios de las ventanas.

Para lo que suele tener un profesor alemán, mi tío era bastante rico. La casa le pertenecía toda, continente y contenido. El contenido consistía principalmente en su ahijada Graüben, joven irlandesa de dieciocho años, Marta y yo. En doble cualidad de sobrino y huérfano, pasé a ser su ayudante preparador en sus experimentos.

Confieso que excitaron mi entusiasmo las ciencias geológicas. Circulaba por mis venas sangre de mineralogista, y no me aburrí nunca en compañía de mis preciosos pedruscos.

En resumen, se podía vivir felizmente en la modesta casita de Königstrasse, no obstante el carácter impaciente de su propietario. No por tener éste maneras algo brutales, dejaba de profesarme particular afecto. Pero era un hombre que no sabía aguardar, y apremiaba hasta a la naturaleza.

En abril, cuando en las macetas de porcelana de su salón empezaba a brotar la reseda o el volubilis, todas las mañanas sin faltar una, estiraba sus hojas para acelerar su crecimiento.

Con un ente tan original no me estaba permitida más que la obediencia. Entré, pues, corriendo en su despacho.

CAPÍTULO II

El despacho era, propiamente hablando, un gabinete de mineralogía, un verdadero museo. En él se hallaban rotulados con el mayor orden siguiendo las tres grandes divisiones de los minerales inflamables, metálicos y litoideos, ejemplares de todas las especies del reino mineral.

¡Cuán familiarmente los conocía yo todos! ¡Cuántas veces, en lugar de estar retozando con los muchachos de mi edad, me había entretenido quitando el polvo a aquellos grafitos, antracitas, hullas, lignitos y turbas! ¡Y los betunes, las resinas, las sales orgánicas que era menester preservar hasta del menor átomo! ¡Y aquellos metales, desde el hierro hasta el oro, cuyo valor relativo desaparecía delante de la igualdad absoluta establecida en el reino de la ciencia! ¡Y todas aquellas piedras que hubieran bastado para reedificar la casita de Königstrasse, con una habitación más para mí, detalle que me hubiese venido a pedir de boca!

Pero al entrar en el despacho de mi tío, de lo que menos me acordaba yo era de aquellas maravillas. Mi tío absorbía todo mi pensamiento. Estaba como sepultado en su sillón con asiento y respaldo de terciopelo de Utrecht, teniendo en las manos un libro que contemplaba con la admiración más profunda.

—¡Qué libro! ¡Qué libro! —exclamaba.

Esta aclamación me recordó que mi tío Lidenbrock en sus ratos de ocio tenía también sus pespuntes de bibliómano; pero ningún libro tenía valor para él si no era un ejemplar imposible de encontrar, al menos imposible de leer.

—¿No lo ves? —me dijo—. ¿No lo ves? Es un tesoro inestimable con que he tropezado esta mañana huroneando por la tienda del judío Hevelius.

—¡Magnífico! —respondí yo con un entusiasmo parecido al que se llama de real orden.

En efecto, ¿a qué meter tanta bulla por un viejo volumen en cuarto, cuyo lomo y cubiertas me parecieron de un mal becerro y de cuyas hojas amarillentas colgaban cintas descoloridas?

Sin embargo, las interjecciones admirativas del profesor se iban sucediendo.

—Vamos —decía, preguntándose y respondiéndose a sí mismo—. ¿No es un soberbio libro? ¡Sí, es admirable! ¡Y qué encuadernación! ¿Se abre con facilidad este libro? ¡Sí, y queda abierto en cualquier página! ¿Pero se cierra bien? Sí, porque las cubiertas y las hojas forman un todo bien unido, sin separarse ni entreabrirse por ninguna parte. ¡Y este lomo que se mantiene ileso después de setecientos años de existencia! ¡Ah! ¡He aquí una encuadernación capaz de envanecer a Bozerian, a Closs y al mismo Purgold!

Y mi tío, al hablar así, abría y cerraba sucesivamente el viejo libraco, acerca de cuyo contenido creía deberle interrogar, aunque no me interesase maldita la cosa.

—¿Y cuál es el título de tan maravilloso volumen? —pregunté con un ardor demasiado entusiasta para no ser fingido.

—¡Esta obra —respondió mi tío, animándose— es el *Heims Kringla*, de Snorre Turleson, el famoso autor islandés del siglo XII! ¡Es la crónica de los príncipes noruegos que reinaron en Islandia!

—¿De veras? —exclamé yo, afectando el mayor asombro—. ¿Es, sin duda, una traducción en lengua alemana?

—¡Traducción has dicho! —respondió el profesor como escandalizado—. ¿Qué haría yo con tu traducción? ¡Para traducciones estamos! ¡Esta es la obra original en lengua islandesa, magnífico idioma, tan rico como sencillo, que autoriza las más variadas combinaciones gramaticales y las más numerosas modificaciones de vocablos!

—Como el alemán —indiqué yo con bastante acierto.

—Sí —respondió mi tío, encogiéndose de hombros—; sin contar con que la lengua islandesa admite los tres géneros, como el griego, y declina, como el latín, los nombres propios.

—¡Ah! —exclamé yo con la curiosidad algo excitada, no obstante mi indiferencia—. ¿Y los caracteres son buenos?

—¡Caracteres! ¿Quién habla de caracteres, desgraciado Axel? ¡De caracteres se trata ahora! ¿Sin duda tomas este libro por un impreso? ¡Es un manuscrito, ignorante, y un manuscrito rúnico...!

—¿Rúnico?

—Sí, rúnico. ¿Querrás también que te explique esa palabra?

—No lo necesito —repliqué con el acento de un hombre herido en su amor propio.

Pero mi tío se empeñó en enseñarme, a pesar mío, cosas que nada me importaba saber.

—Los runos —repuso— eran caracteres de escritura usados en otro tiempo en Islandia, y según la tradición, fueron inventados por el mismo Odin. ¿Pero qué haces, impío, que no miras y admiras esos tipos que han salido de la imaginación de un dios?

No sabiendo qué replicar, iba a prosternarme, género de respuesta que debe agradar a los dioses como a los reyes, porque tiene la ventaja de no ponerles en apuro para replicar, cuando vino un incidente a dar a la conversación otro giro.

Apareció un pergamino mugriento que se deslizó del viejo libraco y cayó al suelo.

Fácilmente se comprende la avidez con que mi tío lo cogió, no pudiendo dejar de tener para él un gran valor un documento antiguo, encerrado quizá desde tiempo inmemorial en un libro viejo.

—¿Qué es esto? —exclamó.

Y, al mismo tiempo, desplegaba cuidadosamente sobre su mesa un trozo de pergamino que tendría cinco pulgadas de largo y cuatro de ancho, en que se extendían, formando líneas transversales, caracteres mágicos.

He aquí su facsímil exacto. Debo dar a conocer tan extravagantes signos, porque ellos son los que impulsaron al profesor Lidenbrock a emprender con su sobrino la más extraña expedición del siglo XIX.

Después de examinar un breve rato aquella serie de caracteres, el profesor, quitándose los anteojos, dijo:

—Es rúnico. Estos tipos son absolutamente idénticos a los del manuscrito de Snorre Turleson. Pero, ¿qué significan?

Como el rúnico me parecía una invención de los sabios para embaucar a los pobres legos, no sentí que mi tío no lo comprendiese. Así me pareció, al menos, al notar el movimiento de sus dedos que empezaban a agitarse violentamente.

—Sin embargo, es antiguo islandés —murmuró entre dientes.

Y el profesor Lidenbrock debía conocerlo, porque si bien no hablaba correctamente las dos mil lenguas y los cuatro mil idiomas usados en la superficie del globo, poseía de ellos una gran parte, y pasaba con razón por un verdadero políglota.

Al tropezar con la dificultad de descifrar el facsímil, iba ya a echar a rodar los bolos con toda la impetuosidad de su carácter, y yo preveía una escena violenta, cuando dieron las dos en el reloj de la chimenea.

Entonces Marta abrió la puerta del gabinete diciendo:

—La sopa está en la mesa.

—¡Váyase al diablo la sopa —exclamó mi tío—, y quien la ha hecho, y los que la coman!

Marta echó a correr. Yo la seguí a escape, y sin saber cómo, me encontré en el comedor sentado en mi sitio de costumbre.

Aguardé algunos instantes, sin que el profesor acudiera. Era aquella la primera vez, que yo sepa, que faltaba a la solemnidad de la comida. ¡Y qué comida, que sólo el pensar en ella le hace a cualquiera chuparse los dedos de gusto! Una sopa de hierbas, una tortilla de jamón con acederas y nuez moscada, una lonja de ternera con compota de ciruelas, y para postre langostinos en dulce, todo con el acompañamiento de un excelente vino del Mosela.

He aquí la comida que por un papelucho se perdió mi tío. Yo, en mi calidad de buen sobrino, me creí en el deber de comer por él al mismo tiempo que por mí, y lo hice concienzudamente.

—¡Cosa rara! —decía la buena Marta—. ¡Es la primera vez en mi vida que no veo a mi señor sentado a la mesa!

—En efecto, no se comprende.

—¡Algo grave presagio! —añadió la anciana criada meneando la cabeza.

Yo no presagiaba nada más que el escándalo que armaría mi tío al ver que le había dejado sin comida.

Comiendo estaba el último langostino, cuando una voz atronadora me arrancó de las voluptuosidades de los postres.

Pasé de un salto del comedor al gabinete.

CAPÍTULO III

—Evidentemente es rúnico —decía el profesor frunciendo el entrecejo—. Pero hay aquí un secreto que he de descubrir, y si no... Un gesto avinagrado terminó su pensamiento.

—Ponte ahí —añadió, señalándome la mesa con el puño— y escribe.

Me coloqué donde me decía.

—Ahora voy a dictarte, una tras otra, cada una de las letras de nuestro alfabeto, que corresponde a cada uno de estos caracteres islandeses. Veremos lo que resulta. ¡Pero cuidado con equivocarte!

Empezamos, él a dictar y yo a escribir. Cada letra que se escribía se pronunciaba en voz alta, y todas juntas formaban la siguiente incomprensible sucesión de palabras:

m.rnlls	*ccdrmi*	*atrateS*	*oseibo*	*rrilSa*
sglssmf	*dt.iac*	*nuaect*	*seecJde*	*ieaabs*
kt,samn	*esreuel*	*nscrc*	*niedrhe*	*franctu*
cmntnaeì	*uneeief*	*eeutul*	*Saodrrn*	*Kediil*
Atvaar				

Terminada esta operación, mi tío cogió con displicencia la hoja que acababa de escribir y la examinó largo rato con la mayor atención.

—¿Qué quiere decir esto? —repetía maquinalmente.

En verdad que yo no podía decírselo. Ni él tampoco pensó en preguntármelo, y siguió hablando consigo mismo:

—Es —decía— lo que nosotros llamamos un criptograma, cuyo sentido se halla oculto bajo letras tergiversadas expresamente, las cuales debidamente dispuestas formarán una frase inteligible. ¡Y pensar que hay quizás aquí la explicación o la indicación de un gran descubrimiento!

En mi opinión, no había nada, pero oculté mi opinión con prudencia.

El profesor tomó entonces el libro y el pergamino, y comparó uno con otro.

—No están los dos escritos por la misma mano —dijo—; el criptograma es posterior al libro, y tengo de ello una prueba irrefutable. La primera letra del criptograma es una doble M, que se buscaría en vano en el libro de Turleson, porque no se introdujo en el alfabeto islandés hasta el siglo XIV. Así, pues, median al menos doscientos años entre el manuscrito y el documento.

Esto, lo confieso, me pareció bastante lógico y bien buscado.

—Me veo, pues —prosiguió mi tío—, inducido a creer que estos misteriosos caracteres fueron trazados por uno de los dueños del libro. ¿Pero quién diablos habrá sido su dueño? ¿Habrá puesto su nombre en la portada u otro punto de este manuscrito?

Mi tío se levantó los anteojos, cogió una lente muy potente y examinó detenidamente varias páginas del libro. En el margen de la segunda página o anteportada, descubrió una especie de borrón que tenía la apariencia de una mancha de tinta. Pero mirándola de cerca, se distinguían algunos caracteres medio borrados. Mi tío comprendió que allí estaba el busilis, examinó la mancha hasta desojarse, y con el auxilio de la lente, logró al fin reconocer los siguientes signos, que son caracteres rúnicos que él leyó de corrido:

$$\text{ᛏᛆᚿᛒ   ᛋᛏᛅᛚᛆᛋᛋᛆᛒᚼ}$$

—¡Arne Saknussemm! —gritó en son de triunfo—. Esto es un nombre, y un nombre islandés también, por añadidura, el de un sabio del siglo XVI, el de un alquimista célebre.

Miré a mi tío con cierta admiración.

—Esos alquimistas —prosiguió—, Avicena, Bacon, Lulle, Paracelso, eran los verdaderos, los únicos sabios de su época. Hicieron descubrimientos asombrosos. ¿Por qué ese Saknussemm no ha de haber sepultado bajo un incomprensible criptograma alguna invención sorprendente? Así debe ser. Así es.

La imaginación del profesor se exaltaba acariciando la hipótesis.

—Sin duda —me atreví yo a responder—, ¿pero qué interés podía tener ese sabio en ocultar de esa manera algún maravilloso descubrimiento?

—¿Qué interés? ¿Lo sé yo acaso? ¿No obró del mismo modo Galileo respecto de Saturno? Además, allá veremos; yo he de arrancar el secreto a este documento y no comeré ni dormiré hasta habérselo sorprendido.

—¡Dios nos tenga en su mano! —dije yo para mis adentros.

—No comeré ni dormiré, ni tú tampoco, Axel —añadió.

—¡Mala cosa! —dije para mí—. Afortunadamente, he comido por dos.

—Y, además —repuso mi tío—, es menester encontrar la lengua en que está escrito el jeroglífico, lo que no será difícil.

Al oír estas palabras, levanté súbitamente la cabeza.

—Nada más fácil. Hay en este documento ciento treinta y dos letras, de las cuales setenta y nueve son consonantes y cincuenta y tres son vocales. Esta proporción es la que guardan poco más o menos las lenguas meridionales, al paso que los idiomas del norte son infinitamente más ricos en consonantes. Trátase, pues, de una lengua del mediodía.

La conclusión era muy sagaz y justa.

—¿Pero qué lengua es?

He aquí el terreno escabroso en que aguardaba a mi sabio para verle tropezar, no obstante reconocer en él un analizador profundo.

—Saknussemm —repuso— era un hombre instruido, y a fuer de tal, no escribiendo en su lengua patria, es lo probable que diese la preferencia a la que estaba en boga entre los eruditos del siglo XVI, es decir, el latín. Si veo que me engaño, recurriré al español, al francés, al italiano, al griego y al hebreo. Pero los sabios del siglo XVI escribían generalmente en latín. Puedo por consiguiente, decir *a priori*: este criptograma está en latín.

Yo di un salto en mi silla. Mis recuerdos de latinista se rebelaban contra la idea de que aquella sarta de vocablos estrambóticos pudiese pertenecer a la dulce lengua de Virgilio.

—Sí, latín —añadió mi tío—, pero un latín confuso.

—Enhorabuena —pensé yo—. Trabajo te doy, tío mío, para desenmarañarlo, y si lo consigues, serás sagaz como pocos.

—Examinémoslo todo —dijo, volviendo a coger la hoja que yo había escrito—. Tenemos, por de pronto, una serie de ciento treinta y dos letras que se presentan bajo una apariencia de desorden. Hay palabra en que no se encuentra más que consonantes, como la primera, *mrnlls;* otras, al contrario, en que abundan las vocales, la quinta, por ejemplo, *uneeief,* o la penúltima, *oseibo.* Evidentemente, esta disposición no ha sido combinada, sino que resulta *matemáticamente* de la razón desconocida que ha precedido a la sucesión de las letras. Me parece indudable que la frase primitiva se escribió regularmente, y después se alteró, siguiendo una ley que es necesario descubrir. El que poseyera la clave de esta *cifra,* la leería de corrido. Pero ¿cuál es la clave? ¿La tienes tú, Axel?

No respondí a esta pregunta. Mis miradas se habían detenido en un retrato encantador, colgado de la pared. Era el retrato de Graüben. La pupila de mi tío se encontraba a la sazón en Altona, en casa de un pariente suyo, y su ausencia me tenía muy triste, porque ahora, ya puedo confesarlo, la bella virlandesa y el sobrino del profesor se amaban con toda la paciencia y tranquilidad alemanas. Nos habíamos dado palabra de casamiento sin que lo supiera mi tío, demasiado geólogo para comprender ciertos sentimientos. Graüben era una encantadora joven, rubia, de ojos azules, de un carácter algo grave, y formal en todas sus cosas; mas no por eso dejaba de amarme mucho. En cuanto a mí, la adoraba, en el supuesto de que exista este verbo en la lengua tudesca. La imagen de mi linda virlandesa me trasladó en un instante del mundo de las realidades al de las quimeras, al de los recuerdos.

Volví a ver a la fiel compañera de mis tareas y placeres, que me ayudaba todos los días a poner en orden y rotular las preciosas piedras de mi tío. La joven Graüben era muy fuerte en mineralogía, y más de un sabio hubiera podido recibir de ella lección. Le gustaba profundizar las arduas cuestiones de la ciencia. ¡Cuán dulces horas habíamos pasado estudiando juntos! ¡Y cuántas veces había yo envidiado la suerte de aquellas piedras insensibles, que ella tocaba con sus encantadoras manos!

En las horas de asueto, salíamos los dos de paseo por las frondosas alamedas de Alster, y juntos íbamos al viejo molino embreado, que tan buen efecto causa en la extremidad del lago. Asidos de la mano íbamos hablando, y yo le refería anécdotas que la divertían mucho. Así llegábamos a las orillas del Elba, y después de habernos despedido de los cisnes que nadan majestuosamente entre los grandes nenúfares, tan blancos como ellos, volvíamos al malecón en la barca de vapor.

Aquí estaba de mis sueños cuando mi tío, hundiendo casi la mesa de un puñetazo, me volvió violentamente a la realidad.

—Veamos —dijo—, la primera idea que se debe ocurrir para barajar o enredar las letras de una frase, me parece que es escribir las palabras verticalmente, en lugar de trazarlas horizontalmente.

—¡Va dando en el *quid!* —dije yo para mí.

—Es preciso ver lo que este procedimiento da de sí; Axel, escribe una frase cualquiera en ese trozo de papel; pero en lugar de colocar las letras al lado unas de otras, ponlas de suerte que formen columnas verticales, agrupándolas en número de cinco o seis.

Comprendí lo que quería, y escribí de arriba abajo:

Y	d	r	n	r	u
o	o	a	,	q	y
t	r	u	¿	u	e
e	o	b	p	é	s
a	G	e	o	h	?

—Bueno —dijo el profesor, antes de leer lo que yo había escrito—. Ahora coloca estas palabras en una línea horizontal.

Ydrnru ooa,qy tru¿ue eobpés aGeoh?

—¡Perfectamente! —dijo mi tío, quitándome el papel de las manos.

—Ya hay aquí algo, que a primera vista tiene la fisonomía del misterioso documento. Lo mismo las vocales que las consonantes están agrupadas en el mismo desorden, hasta hay mayúsculas en medio de algún vocablo, y comas en algunos de ellos, de idéntico modo que en el pergamino de Saknussemm.

Las observaciones de mi tío me parecieron muy ingeniosas.

—Ahora —añadió mi tío, dirigiéndose a mí—, para leer la frase que tú acabas de escribir y yo no conozco, me bastará tomar sucesivamente la primera letra de cada palabra, después la segunda, después la tercera, etc.

Y mi tío, con admiración suya, y sobre todo mía, leyó:

Yo te adoro, Graüben, ¿por qué huyes?

—¿Estas tenemos? —dijo el profesor.

Inadvertidamente, había trazado en la ceguedad de mi amor aquella frase comprometedora.

—¿Conque amas a Graüben? —agregó maquinalmente—. Pues bien, apliquemos el método al documento de que se trata.

Mi tío, abismado de nuevo en la idea fija que absorbía todas sus facultades, olvidaba todas mis imprudentes revelaciones. Digo imprudentes, porque la cabeza del sabio no está organizada para comprender los misterios del corazón. Afortunadamente, prevaleció en él, sobre todo, la cuestión del documento.

En el momento de hacer su experimento capital, los ojos del profesor Lidenbrock echaron chispas, que se veían al trasluz de los cristales de sus gafas. Sus dedos temblaron al coger de nuevo el apolillado pergamino. Estaba realmente conmovido. Tosió luego reciamente, y con la voz más grave que tenía nombrando sucesivamente la primera letra, y después la segunda, y por este orden todas las de cada palabra, me dictó la siguiente serie:

mmessunkaSenrA,icefdoK.segnittamurtu
evertserrette,rotaivsadua,ednecsedcadne
lacartniiiluJsiratracSarbmutabiledmek
meretarcsilucoYsleffenSnI

Confieso que al acabar me sentí dominado de una ansiedad suma. Mi cerebro no había encontrado ningún sentido a las letras que mi tío me acababa de dictar una tras otra, y esperaba que el profesor dejase salir pomposamente de sus labios una magnífica frase latina.

¡Pero quién lo había de decir! Un nuevo puñetazo hizo estremecerse a la mesa; saltó la tinta, salpicándome, y la pluma voló de mis manos.

—¡Eso no tiene sentido común! —exclamó mi tío—. ¡No puede ser eso!

Después, atravesando el despacho como un proyectil y bajando la escalera como un alud, se precipitó hacia Königstrasse y desapareció de mi vista.

CAPÍTULO IV

—¡Se ha marchado! —exclamó Marta, corriendo al oír el portazo, que hizo temblar toda la casa.

—¡Sí! —respondí—. ¡Marchado!

—¿Y su comida? —preguntó la buena mujer.

—No comerá.

—¿Y su cena?

—No cenará.

—¿Cómo? —dijo Marta, juntando las manos.

—Como os lo digo, buena Marta: ni él comerá, ni nadie tampoco en la casa. Mi tío Lidenbrock se ha empeñado en tenernos a todos a dieta hasta que haya descifrado un escrito confuso, que es absolutamente indescifrable.

—¡Pobres de todos nosotros! ¡Nos vamos a morir de hambre!

No me atreví a confesar que con un hombre tan absoluto como mi tío, la muerte por hambre era una muerte inevitable.

La buena vieja, sumamente alarmada, volvió a su cocina lloriqueando.

Cuando me quedé solo se me ocurrió ir a contárselo todo a Graüben. Pero, ¿cómo abandonar la casa? Podía volver el profesor de un momento a otro. ¿Y si me llamaba? ¿Y si quería volver a empezar el trabajo logogrifo que hubiera desesperado al mismo Edipo? Y si me llamaba y no le respondía, ¿qué sucedería con su carácter de demonios?

Lo menos desacertado era quedarme. Precisamente daba la casualidad de que un mineralogista de Besanzon acababa de remitirnos una colección de geodas silíceas para que las clasificásemos. Puse manos a la obra. Escogí, rotulé, metí en sus correspondientes fanales todas aquellas piedras huecas que tenían dentro cristales pequeños.

Pero en lo que menos pensaba era en lo que estaba haciendo. Mis facultades estaban absorbidas por el vetusto documento. Mi cabeza hervía, y una vaga inquietud me dominaba. Presentía una próxima catástrofe.

Al cabo de una hora, mis geodas estaban escalonadas en toda regla. Me dejé entonces caer en el sillón de Utrecht, con los brazos caídos y la cabeza apoyada en el respaldo. Encendí mi pipa, que era de largo y encorvado tubo, en el cual aparecía esculpida una náyade dulcemente tendida, y me recreaba, siguiendo los progresos de carbonización que poco a poco iba convirtiendo a mi náyade en una negra completa. De cuando en cuando escuchaba atentamente por si se oían pasos en la escalera. Pero nada. ¿Dónde estaría mi tío en aquel momento? Se me representaba corriendo bajo los frondosos árboles del camino de Altona, gesticulando, apaleando las tapias, golpeando violentamente la hierba con su bastón, decapitando los cardos y turbando en su reposo a las cigüeñas solitarias.

—¿Volverá victorioso o abatido? ¿Habrá triunfado el secreto de su tenacidad o su tenacidad del secreto?

Y, maquinalmente, mientras me interrogaba a mí mismo, cogí la hoja de papel en que se extendió la incomprensible serie de letras trazadas por mi mano. Y me repetía:

—¿Qué significa esto?

Me fue imposible, por más que hice, agrupar las letras de manera que formasen palabras. Lo mismo era reunir dos que tres, cinco, seis; de ninguna combinación resultaban frases inteligibles. La decimocuarta, la decimoquinta y la decimosexta letras, formaban la palabra inglesa *ice.* La vigesimocuarta, la vigesimoquinta y la vigesimosexta, formaban la palabra *sir.* Por último, en el cuerpo del documento, en la tercera línea, noté también las palabras latinas *rota, mutabile, ira, nec, atra.*

—¡Diablo! —dije mentalmente—. Estas últimas palabras dan, al parecer, razón a mi tío respecto de la lengua en que está redactado el documento. Y para mayor abundamiento, en la cuarta línea se lee la palabra *luco,* que significa *bosque sagrado.* Verdad es que en la tercera línea se lee la palabra *tablet,* cuya estructura es perfectamente hebraica, y en la última los vocablos *mér, arc* y *mere,* que son puramente tranceses.

¡Motivos había para volverse loco! Cuatro idiomas diferentes en una clave absurda. ¿Qué relación podía haber entre las palabras *hielo, señor, cólera, cruel, bosque sagrado, cambiando, arco* y *mar?* Sólo la primera y la última se coordinaban fácilmente, pues nada tiene de particular que en un documento escrito en Islandia se hable de un *mar de hielo.* ¿Pero era eso suficiente, ni con mucho, para comprender el resto del criptograma?

Luchaba con una dificultad insuperable; mi cerebro ardía, mis ojos se cerraban mirando el papel; las ciento treinta y dos letras revoloteaban al parecer a mi alrededor, como esas lágrimas de plata que ve deslizarse por el aire el que tiene la sangre congestionada en la cabeza.

Estaba como alucinado, y me ahogaba, y necesitaba aire.

Maquinalmente me abaniqué con la hoja de papel, cuyo anverso y cuyo reverso se presentaron sucesivamente a mi vista.

¡Cuál fue mi sorpresa, cuando en uno de esos rápidos movimientos, en el acto de volverse hacia mí el reverso, creí ver aparecer palabras perfectamente legibles, palabras latinas, entre otras, *craterem* y *terrestre.*

No sé qué claridad descendió del fondo de mi alma oscura; aquellos indicios me hicieron entrever la verdad, había descubierto el secreto del enigma. Para comprender aquel documento, ni siquiera tenía que leerse al trasluz de la hoja vuelta al revés. Tal como era, tal como se me había dictado, podía deletrearse de corrido. Todas las ingeniosas combinaciones del profesor se realizaban. Razón había tenido respecto de la disposición de las letras, razón también respecto de la lengua en que estaba escrito el documento. Estuvo en un tris de poder leer de un extremo a otro la frase latina, y lo poco que a él le faltó la casualidad acababa de dármelo.

¡Compréndase si quedaría conmovido! Mis ojos se turbaron y no podía hacerles funcionar. Dejé encima de la mesa la hoja de papel, bastándome mirarla para entrar en posesión del secreto.

Logré por fin calmar mi agitación. Resolví dar dos vueltas alrededor de mi cuarto para calmar mis nervios, y volví a sentarme en el sillón.

«Leamos», me dije, después de haber, en una larga inspiración, provisto mis pulmones de una buena cantidad de aire.

Me incliné sobre la mesa, puse un dedo sucesivamente en cada letra, y sin detenerme, sin vacilar un instante, pronuncié en alta voz la frase entera.

Quedé atónito, aterrado, como herido de un rayo ¡Cómo! ¡Lo que yo acababa de descubrir se había cumplido! ¡Un hombre había tenido bastante audacia para penetrar...!

—¡Ah! —exclamé sobresaltado—. ¡Pero no, no: mi tío no lo sabrá! ¡No faltaría más sino que llegase a conocer un viaje semejante! ¡También lo intentaría sin que nadie pudiese detenerle! ¡Él, un geólogo tan resuelto! ¡Partiría a pesar de todas las dificultades, de todos los obstáculos, y me llevaría consigo; y nunca más volveríamos! ¡Jamás! ¡Jamás!

Me hallaba en un estado de exacerbación nerviosa indescriptible.

—¡No! ¡No! Eso no será —dije con energía—. Y puesto que puedo impedir que tan loca idea nazca en el cerebro de mi tirano, lo impediré. Volviendo y revolviendo este documento, podría la casualidad hacerle descubrir la clave. Destruyámoslo.

Quedaba algún rescoldo en la chimenea. No sólo cogí la hoja de papel, sino que también el pergamino de Saknussemm, y con mano febril iba a echarlo al fuego para hacer desaparecer secreto tan peligroso, cuando se abrió la puerta del gabinete y apareció mi tío.

CAPÍTULO V

No tuve tiempo más que para volver a dejar sobre la mesa el malhadado documento.

El profesor Lidenbrock parecía muy preocupado. Su pensamiento dominante no le concedía la menor tregua; había evidentemente escudriñado, analizado, el asunto, había puesto en juego durante su paseo todos los recursos de la imaginación, y volvía para aplicar alguna nueva combinación.

Trabajó por espacio de tres largas horas sin hablar una palabra, sin levantar ni una sola vez la cabeza, borrando, escribiendo, raspando, volviendo a empezar mil veces.

Ya sabía yo que veinte letras solamente son susceptibles de dos trillones, cuatrocientos treinta y dos mil, novecientos dos billones, ocho mil ciento setenta y seis millones, seiscientas cuarenta mil *permutaciones*.

Y la frase estaba compuesta de ciento treinta y dos letras, y estas ciento treinta y dos letras daban un número muchísimo mayor de frases diferentes, compuesta cada una de ciento treinta y dos cifras, cantidad casi imposible de enumerar y que escapa a toda apreciación.

Estaba tranquilo acerca de este medio heroico de resolver el problema.

Pero el tiempo pasaba; la noche se echó encima; se amortiguó el ruido de la calle y mi tío, siempre encorvado bajo el peso de su tarea, nada vio, ni siquiera a la buena Marta, que entreabrió la puerta; nada oyó, ni siquiera la voz de la digna criada, que le preguntó:

—¿Cenará el señor esta noche?

Marta tuvo que marcharse sin obtener respuesta. En cuanto a mí, vencido por el sueño después de luchar con él obstinadamente, me dormí en un extremo del sofá, mientras mi tío Lidenbrock seguía calculando y raspando como un desesperado.

Al día siguiente, al despertarme, el infatigable peón estaba todavía trabajando. Sus ojos inflamados su tez pálida, sus cabellos desgreñados por su mano calenturienta, sus pómulos casi cárdenos, indicaban el terrible combate con el imposible en que estaba ciegamente empeñado y las muchas horas que tuvo que arrostrar su cerebro la contención y fatigas.

Me dio lástima. A pesar de los muchos motivos de queja que tenía contra él y que me daban el incontestable derecho de reconvenirle, se apoderaba de mí cierta conmoción que era casi un remordimiento. El infeliz se hallaba de tal manera supeditado a su idea, que hasta se olvidaba de encolerizarse. Todas sus fuerzas vivas se concentraban en un solo punto, y como no se desahogaban por su exutorio ordinario, de temer era que su violenta tensión le hiciese estallar de un momento a otro.

Yo podía con un solo gesto aflojar el tornillo de hierro que le apretaba el cráneo. Una palabra me bastaba, y no quería pronunciarla.

Sin embargo, estaba dotado de un corazón sensible. ¿Por qué callaba? Callaba en interés mismo de mi tío.

—¡No, no —repetí—, no hablaré! Le conozco; querría ir allí y nada podría detenerle. Tiene una imaginación volcánica, y para hacer lo que no han hecho otros geólogos, arriesgaría su vida. Callaré; guardaré en el fondo de mi corazón ese secreto de que la casualidad me ha hecho depositario. Revelándoselo, mataría al profesor Lidenbrock. Que lo adivine, si puede. Yo no quiero un día tener que echarme en cara su perdición y ruina.

Tomada esta resolución, me crucé de brazos y esperé. No había contado con un incidente que algunas horas después sobrevino.

Cuando la pobre Marta quiso salir de casa para ir a la compra, encontró la puerta cerrada. La llave de la puerta principal no estaba en la cerradura. ¿Quién la había quitado? No podía ser otro más que mi tío, cuando entró la víspera después de su excursión, precipitada.

¿La había quitado con intención o sin saber lo que se hacía? ¿Quería someternos a los rigores del hambre? Hubiera sido una barbaridad. ¿Por qué Marta y yo habíamos de ser víctimas de una situación que no habíamos en lo más mínimo contribuido a crear? Pero recordé un precedente que debía inspirar serios recelos. Algunos años atrás, en la época en que mi tío se ocupaba de su gran clasificación mineralógica, pasó sin comer cuarenta y ocho horas, y toda la familia tuvo que resignarse con aquella dieta científica, que a mí me valió calambres de estómago muy poco recreativos para un muchacho que suele gastar buen apetito.

Se me antojó que iba a faltar el almuerzo como en la noche pasada había faltado la cena. Resolví, sin embargo, ser heroico y no capitular por hambre. Marta tomaba la cosa muy por lo serio, y la pobre se desesperaba. Pero a mí, la imposibilidad de dejar la casa me preocupaba más, por razones que fácilmente se comprenden.

Mi tío trabajaba incesantemente. Su imaginación se perdía en el mundo ideal de las permutaciones infinitas. Vivía lejos de la tierra, y por lo mismo vivía fuera de las necesidades terrestres.

Hacia el mediodía el hambre se dejó sentir demasiado. Marta, muy inocentemente, había acallado los gritos de su estómago con las provisiones de la despensa, y no quedaba en casa ni un mendrugo. Sin embargo, por una especie de pundonor, hice de tripas corazón.

Dieron las dos. Mi abstinencia era ya ridícula y hasta intolerable. Abrí desmesuradamente los ojos. Empecé a decirme que yo exageraba mucho la importancia del documento; que mi tío no le daría crédito; que no vería en él más que una simple farsa; que en último resultado se le detendría de grado o fuerza, si se obstinaba en intentar la aventura, y que podía muy bien suceder que él mismo descubriese la clave del enigma, en cuyo caso resultarían completamente inútiles mis proezas de abstinencia.

Estas razones, que la víspera hubiera rechazado con indignación, me parecieron excelentes por el interés que tenía personalísimo en dejarme convencer por ellas, y hasta consideré perfectamente absurdo haber estado aguardando tanto tiempo, por lo que me decidí a cantar de plano y a decir cuanto sabía.

Buscaba ocasión para entrar en materia de una manera que no fuese demasiado brusca, cuando el profesor se levantó, se puso el sombrero y se dispuso a salir.

¡Cómo! ¡Dejar la casa y volvernos a encerrar! No en mis días.

—¡Tío! —le dije.

No me oyó o afectó no oírme.

—¡Tío Lidenbrock! —repetí levantando la voz.

—¿Qué quieres? —preguntó con sorpresa, como el que se despierta de pronto.

—¿Y esa llave?

—¿Qué llave? ¿La llave de la puerta?

—No, la llave del documento.

El profesor me miró por encima de sus gafas, y algo insólito notó sin duda en mi fisonomía, pues me asió del brazo con fuerza, y, sin poder hablar, me interrogó con la mirada.

Yo meneaba la cabeza de arriba abajo.

Él sacudía la suya con una especie de conmiseración, como si tuviese que habérselas con un insensato.

Hice un gesto más afirmativo.

Sus ojos brillaron con un vivo resplandor, y tomó una actitud amenazadora.

Este diálogo mudo hubiera en aquellas circunstancias interesado al espectador más indiferente. Y la verdad es que no acertaba a pronunciar una palabra, temiendo que mi tío me ahogara entre sus brazos en los primeros transportes de su alegría. Pero me apremió tanto, tanto, que tuve que responderle.

—¡Sí, esa llave...! ¡La casualidad...!

—¿Qué estás diciendo? —exclamó con una conmoción indescriptible.

—Tomad —le dije, presentándole la hoja de papel en que yo había escrito—. Leed.

—¡Pero esto no significa nada! —respondió estrujando la hoja con displicencia.

—Nada empezando a leer por el principio, pero empezando por el fin...

No había aún concluido mi frase, cuando el profesor lanzó un grito, un grito que parecía un rugido. Una revelación acababa de nacer en su cerebro. Estaba transfigurado.

—¡Ah! ¡Ingeniero Saknussemm! —exclamó—. Es decir, ¿que habías escrito al revés tu frase?

Y cogiendo la hoja de papel, con los ojos turbados, con la voz conmovida, leyó todo el documento, subiendo de la última letra a la primera.

Estaba concebido en los siguientes términos:

> *In Sneffels Yoculis craterem kem dalibat*
> *umbra Scartaris Jutti intra calenda descende,*
> *audas vielor, et terrestre centrum altinges.*
> *Kod fecil. Arne Saknussemm.*

Lo cual, traducido de tan macarrónico latín, equivale a lo siguiente:

> *Baja al cráter de Yoculo del*
> *Sneffels por donde la sombra del Scartaris llega*
> *a acariciar antes de las calendas de julio*
> *audaz viajero, y llegarás*
> *al centro de la tierra, como he llegado yo.*
> *Arne Saknussemm.*

Al terminar la lectura, mi tío dio un respingo como si de improviso hubiese tocado una botella de Leyden. Estaba magnífico con su audacia, su alegría y su convicción. Iba y venía; se cogía la cabeza con ambas manos, echaba a rodar las sillas; amontonaba los libros, tiraba hasta el techo, lo que en él parece increíble, sus preciosas geodas; repartía a discreción puñetazos y bofetadas. En fin, sus nervios se calmaron, y como si quedase extenuado por un excesivo despilfarro de fluido, cayó rendido en su sillón.

—¿Qué hora es? —preguntó después de una silenciosa pausa.

—Las tres —respondí.

—¡Las tres! Pronto ha pasado la hora de comer. Tengo hambre. A la mesa. Y luego...

—¿Luego, qué?

—Harás mi maleta.

—¡Vuestra maleta! —exclamé.

—¡Y la tuya! —respondió el profesor, implacable, entrando en el comedor.

CAPÍTULO VI

A estas palabras se estremeció todo mi cuerpo. Sin embargo, me contuve. Resolví ponerle buena cara. No podían detener al profesor Lidenbrock más que argumentos científicos, y de éstos los había muy valederos como un viaje semejante. ¡Ir al centro de la tierra! ¡Qué locura! Me reservé mi dialéctica para el momento oportuno, y no me ocupé más que de comer.

No hay necesidad de decir que mi tío, al encontrarse con la mesa vacía, echó de su boca sapos y culebras. Devolvió la libertad a Marta, y ésta corrió al mercado con tanta diligencia que una hora después mi apetito estaba satisfecho, y entonces recobré el sentido de la situación.

Mi tío, durante la comida, estuvo casi jovial, permitiéndose algunas de esas chanzonetas de sabios, que nunca son muy peligrosas. Después de los postres, me indicó que le siguiese a su gabinete, lo que hice al momento.

Él se sentó a un extremo de su mesa de despacho y yo al otro.

—Axel —me dijo con una voz bastante afable—, eres un muchacho de mucho ingenio. Me has prestado un gran servicio cuando, cansado ya de luchar, iba a abandonar esa combinación. Nadie es capaz de saber hasta dónde me hubiera extraviado. Es un servicio el que te debo que no olvidaré nunca, y participarás de la gloria que vamos a conquistar.

—¡Bueno! —dije yo para mí—. Mi tío está de buen humor y la ocasión es oportuna para discutir esta gloria.

—Ante todo —prosiguió mi tío—, te recomiendo el secreto más absoluto. ¿Me entiendes? No faltan envidiosos en el mundo de los sabios, y muchos quisieran emprender este viaje, de cuya posibilidad no tendrán noticia hasta nuestro regreso.

—¿Creéis —le dije— que es tan grande el número de los audaces?

—¡Indudablemente! ¿Quién vacilaría en conquistar semejante fama? Si ese documento fuera conocido, un ejército entero de geólogos se precipitaría en pos de las huellas de Arne Saknussemm.

—No participo de vuestra opinión, tío, pues nada prueba la autenticidad de este documento.

—¡Cómo! ¡Y el libro en que le hemos descubierto!

—No niego que Saknussemm haya escrito esas líneas, pero ¿se deduce de que las haya escrito, que haya realmente llevado a cabo el portentoso viaje? ¿No puede ese viejo pergamino ser todo una farsa?

Esta última palabra era algo aventurada y casi sentí haberla pronunciado. El profesor frunció el entrecejo y yo temí haber comprometido el éxito que esperaba de la conversación. No fue así, afortunadamente. Esbozóse una especie de sonrisa en los labios de mi interlocutor, el cual respondió:

—Eso es lo que veremos.

—¡Ah! —exclamé yo, algo vejado—. Permitidme apurar la serie de objeciones relativas a ese documento.

—Habla, muchacho, no me opongo. Te dejo en entera libertad de expresar tu opinión. Tú no eres ya mi sobrino sino mi colega. Adelante, pues.

—Pues bien, ante todo os preguntaré qué significan ese Yóculo, ese Sneffels y ese Scartaris de que no había oído hablar en mi vida.

—Nada más fácil. Precisamente recibí, días atrás, una carta de mi amigo Augusto Petermann, de Leipzig, que viene a pedir de boca. Toma el tercer atlas del segundo estante de la librería grande, serie Z, lámina 4.

Me levanté y gracias a indicaciones tan precisas, encontré al momento el atlas que buscaba. Mi tío lo abrió y dijo:

—He aquí el mapa de Handerson, uno de los mejores de Islandia, y creo que él va a resolver todas tus dificultades.

Me incliné sobre el mapa.

—Mira esta isla compuesta de volcanes —dijo el profesor— y nota que todos llevan el nombre de Yokul. Este nombre quiere decir *ventisquero* en islandés, y bajo la latitud elevada de Islandia, la mayor parte de las erupciones se verifican por entre capas de hielo.

Tal es el origen de la denominación de Yokul aplicada a todos los montes ignívomos de la isla.

—Bien —respondí—. Pero y Sneffels, ¿qué significa?

Creía que esta pregunta quedaría sin respuesta. Me equivoqué. Mi tío prosiguió:

—Sigue la costa occidental de Islandia. ¿No ves Reikiavick, su capital? Pues bien remonta los innumerables *fiords* de esas orillas roídas por el mar y detente un momento debajo del 75° de latitud. ¿Qué ves?

—Una especie de península que parece un hueco descarnado y termina en una enorme rótula.

—La comparación es justa, muchacho, y ¿nada ves en esa rótula?

—Veo un monte que parece haber brotado del mar.

—Es el Sneffels.

—¿El Sneffels?

—Sí, el Sneffels, que es una montaña de cinco mil pies de elevación, de las más notables de la isla, y la más célebre sin duda del mundo entero, si su cráter conduce al centro del globo.

—¡Lo que es imposible! —exclamé yo, encogiéndome de hombros y rebelándome contra semejante suposición.

—¡Imposible! —respondió el profesor Lidenbrock, con tono severo—. ¿Y por qué?

—Porque este cráter está evidentemente cerrado por las lavas, las rocas candentes y de consiguiente...

—¿Y si es un cráter apagado?

—¿Apagado?

—Sí. El número de volcanes que están funcionando activamente en la superficie del globo no pasa en la actualidad de unos trescientos; pero hay un número mucho mayor de volcanes apagados. El *Sneffels* se cuenta entre estos últimos, y desde los tiempos históricos no ha tenido más erupción que la de 1219, apaciguándose después poco a poco sus violencias hasta que ha sido borrado del catálogo de los volcanes activos.

Nada absolutamente tenía yo que responder a afirmaciones tan concluyentes, por lo que procuré sacar partido de las demás oscuridades que contenía el documento.

—¿Qué significa —pregunté— la palabra Scartaris, y qué tienen que hacer en el documento las calendas de julio?

Después de algunos momentos de reflexión, que fueron para mí un instante de esperanza, mi tío me respondió en los siguientes términos:

—Para mí, lo que tú llamas oscuridad es luz; y me prueba lo ingenioso de los medios a que recurrió Saknussemm para precisar su descubrimiento. El Sneffels está formado de varios cráteres, y había por consiguiente necesidad de indicar entre ellos el que conduce al centro del globo. ¿Qué hizo el sabio islandés? Observó que al acercarse las calendas de julio, es decir, a últimos de junio, uno de los picos de la montaña, el Scartaris, proyecta su sombra hasta la abertura del expresado cráter, y consignó el hecho en su documento. ¿Podía imaginar una indicación más exacta? ¿No será imposible, teniéndola presente, vacilar acerca del camino que tenemos que tomar una vez llegados a la cima del Sneffels?

Decididamente, mi tío hallaba respuesta para todo. Vi que no se le podía atacar respecto de las palabras del viejo pergamino. Dejé, pues, de argüirle por este lado, y como ante todo era necesario con vencerle, pasé a las objeciones científicas, en mi concepto mucho más graves.

—Entonces —dije yo—, tengo que convenir en que la frase de Saknussemm es clara y disipa todas las dudas. Concedo también que el documento tiene todos los caracteres de una autenticidad perfecta. El sabio islandés fue al fondo del Sneffels, vio la sombra del Scartaris acariciando los bordes del cráter antes de las calendas de julio, y las leyendas de su tiempo le enseñaron que aquel cráter conducía al centro de la tierra. Todo eso podrá ser cierto; pero en cuanto a haber llegado al centro de la tierra él mismo, en cuanto a haber hecho el viaje y vuelto de él, si lo emprendió realmente, no, no y mil veces no.

—¿En qué fundas tu negativa? —dijo mi tío con un tono singularmente burlón.

—En, que todas las teorías de la ciencia demuestran que semejante empresa es impracticable.

—¿Todas las teorías lo demuestran? —respondió el profesor con un acento de inocencia afectada—. ¡Pícaras teorías! ¿Sabes que las tales teorías van a ponernos en un apuro?

Aunque vi que se burlaba de mí, continué:

—Sí; está perfectamente reconocido que el calor aumenta cerca de un grado por cada 79 pies de profundidad debajo de la superficie del globo. Admitiendo esta proporción constante, como el radio terrestre tiene mil quinientas leguas, es evidente que en el centro hay una temperatura que pasa de doscientos mil grados. Las materias del interior de la tierra se hallan, pues, en estado de gas candente, porque los metales, el oro, el platino, las rocas más duras, no resisten a un calor tan intenso. ¿Tengo, pues, razón para preguntar si es posible penetrar en un medio semejante?

—Es decir, Axel, ¿que es el calor quien te tiene preocupado?

—¡Podría no tenerme! Si llegamos aunque no sea más que a una profundidad de diez leguas, habremos alcanzado el límite de la corteza terrestre, porque ya la temperatura pasa de mil trescientos grados.

—¿Y tienes miedo a derretirte?

—Decidlo vos mismo —respondí yo con desenfado.

—Pues he aquí lo que yo decido —replicó el profesor Lidenbrock con su tono magistral acostumbrado—. Ni tú sabes, ni sabe nadie de una manera positiva lo que pasa en el interior del globo, en atención a que apenas se conoce la doce milésima parte de su radio. La ciencia es eminentemente perfectible y toda teoría se halla incesantemente destruida por otra nueva. ¿No se había creído hasta Fourier que la temperatura de los espacios planetarios iba siempre en disminución, y no se sabe actualmente que los mayores fríos de las regiones etéreas no pasan de 40 o 50 grados bajo cero? ¿Por qué no ha de suceder lo mismo con el calor interno? ¿Por qué a cierta profundidad, no ha de llegar a un límite insuperable, en vez de elevarse hasta el grado de fusión de los minerales más refractarios?

Colocando mi tío la cuestión en el terreno de las hipótesis, nada podía responderle.

—Pues bien, te diré que verdaderos sabios, entre otros Poisson, han probado que si en el interior del globo existiese un calor de doscientos mil grados, los gases candentes debidos a las materias en fusión adquirirían una elasticidad tal, que la corteza terrestre no podría resistirla y reventaría como las paredes de una caldera bajo el esfuerzo del vapor.

—Lo que no pasa, tío, de ser una opinión de Poisson.

—Convenido, pero opinan también otros distinguidos geólogos que el interior del globo no está formado de gas, ni de agua, ni de las más pesadas piedras que conocemos, porque en ese caso la tierra pesaría dos veces menos.

—Con los números se prueba todo lo que se quiere.

—¿Y sucede lo mismo con los hechos? ¿No es incontestable que el número de volcanes ha disminuido considerablemente desde los primeros días del mundo? ¿Y de ello no se puede deducir que el calor central, si lo hay, tiende a debilitarse?

—Tío, si entráis en el campo de las suposiciones, la discusión es ociosa.

—Y has de saber que de mi opinión participan hombres muy competentes. ¿Te acuerdas de una visita que me hizo el célebre químico inglés Humphry Davy en 1825?

—¿Cómo me he de acordar, si no vine al mundo hasta diecinueve años después?

—Pues bien, Humphry Davy vino a verme cuando pasó por Hungría. Discutimos largo tiempo, entre otras cuestiones, la hipótesis de la liquidez del núcleo interior de la tierra. Los dos estuvimos de acuerdo en que semejante liquidez no podía existir, por una razón a la que jamás la ciencia ha encontrado respuesta.

—¿Y cuál es? —dije yo algo asombrado.

—Que ese nuevo líquido estaría sujeto, como el océano a la atracción de la luna; por consiguiente, dos veces al día, se producirían mareas interiores que, levantando la corteza terrestre, darían origen a terremotos periódicos.

—Pero es, sin embargo, evidente que la superficie del globo ha estado sometida a la combustión, y es lícito suponer que la costra exterior se enfrió luego, al paso que el calor se refugió en el centro.

—¡Error! —respondió mi tío—. La tierra ha sido calentada por la combustión de su superficie, y no de otra manera. Su superficie estaba compuesta de una gran cantidad de metales, tales como el potasio y el sodio, que tienen la propiedad de inflamarse al solo contacto del aire y del agua. Estos metales ardieron cuando los vapores atmosféricos se precipitaron sobre la tierra formando una lluvia, y poco a poco, al penetrar las aguas en las hendiduras de la corteza terrestre, determinaron nuevos incendios con explosiones y erupciones. De aquí los volcanes tan numerosos en los primeros días del mundo.

—¡La hipótesis es ingeniosa! —exclamé yo a pesar mío.

—Y Humphry Davy me la hizo tocar, aquí mismo, en este mismo despacho, por medio de un experimento muy sencillo. Compuso una bola metálica, formada principalmente de los metales que acabo de hablar, la cual figuraba perfectamente nuestro globo. Cuando hacía caer sobre su superficie un tenue rocío, la bola se hinchaba, se oxidaba y formaba una montaña en miniatura, en cuya cima se abría un cráter, venía la erupción y ésta comunicaba a toda la bola un calor tal que no se la podía tocar con la mano.

La verdad es que los argumentos del profesor empezaban a convencerme. Él, además, aumentaba su valor con su pasión y entusiasmo habituales.

—Ya lo ves, Axel —añadió—, el estado del núcleo ha suscitado entre los geólogos hipótesis diversas: no hay nada que esté menos probado por la realidad de un calor interno: en cuanto a mí, no existe, no puede existir; pero ya lo veremos, y, como Arne Saknussemm, sabremos a qué atenernos respecto de una cuestión de tanta trascendencia.

—¡Sí, lo veremos! —respondí, dejándome arrastrar por su entusiasmo—. Sí, lo veremos, en el supuesto de que se vea.

—¿Y por qué no? ¿No podemos contar para alumbrarnos con fenómenos eléctricos y hasta con la atmósfera, la cual por su presión puede volverse luminosa al acercarse al centro?

—En efecto —dije yo—, eso es muy posible.

—No posible, sino seguro —respondió triunfalmente mi tío—. Pero silencio. ¿Entiendes? Silencio sobre todo esto, y que a nadie se le ocurra la idea de descubrir antes que nosotros el centro de la Tierra.

CAPÍTULO VII

Tal fue el final de aquella memorable sesión, que hasta me dio calentura. Salí del gabinete de mi tío como aturdido, y no había bastante aire para reponerme en las calles de la ciudad. Me dirigí a las márgenes del Elba, hacia la barca de vapor que pone en comunicación la ciudad con el ferrocarril de Hamburgo.

¿Estaba convencido de lo que acababa de oír? ¿No me había dejado fascinar por el profesor Lidenbrock acostumbrado a dominarme? ¿Debía tomar por lo serio su resolución de ir al centro del globo terrestre? ¿Acababa de oír las insensatas especulaciones de un loco o las deducciones científicas de un gran genio? Y en todo aquello, ¿dónde se hallaba la verdad? ¿Dónde empezaba el error?

Divagaba entre mil hipótesis contradictorias, sin poder asirme a ninguna.

Recordaba, sin embargo, que había quedado convencido, aunque mi entusiasmo empezaba a moderarse. Así es que hubiera querido partir inmediatamente para no tener tiempo de reflexionar. En aquel momento no me hubiera faltado valor para preparar mi equipaje.

Preciso es, sin embargo, confesar que una hora después había menguado mi sobreexcitación; disminuyó la tirantez de mis nervios, y desde los profundos abismos de la tierra subí a la superficie.

—¡Eso es absurdo! —exclamé—. ¡Eso no tiene sentido común! ¡Eso no es una proposición formal que pueda hacerse a un joven sensato! Nada de eso existe. He dormido mal, he tenido una pesadilla, un mal sueño.

Había, sin embargo, seguido las márgenes del Elba por las afueras de la ciudad. Después de pasar el puerto, llegué a la carretera de Altona. Un presentimiento me conducía, un presentimiento que vi justificado, pues no tardé en divisar a mi adorada Graüben, la cual, a pie, se dirigía resueltamente a Hamburgo.

—¡Graüben! —grité desde lejos, llamándola.

La joven se detuvo algo turbada; presumo que sería por haberse oído llamar en una carretera. Diez pasos me bastaron para llegar a ella.

—¡Axel! —dijo ella con sorpresa—. ¡Ah! ¡Has venido a encontrarme! ¿Por qué has venido?

Pero al mirarme detenidamente, Graüben no pudo menos de notar mi aspecto inquieto, trastornado.

—¿Qué te pasa? —dijo, tendiéndome la mano.

—¡Qué me pasa, Graüben! —exclamé.

En dos segundos y en tres frases mi hermosa virlandesa estuvo al corriente de la situación. Permaneció algunos instantes silenciosa. ¿Palpitaba su corazón al compás del mío? No lo sé, pero su mano, cogida por la mía, no temblaba. Dimos sin hablar unos cien pasos.

—¡Axel! —me dijo al fin.

—¡Graüben de mi vida!

—Vas a emprender un hermoso viaje.

A estas palabras di un salto.

—¡Sí, Axel, un viaje digno del sobrino de un sabio! ¡Siempre está bien que un hombre se haya distinguido por alguna grande empresa!

—¡Cómo, Graüben! ¿No me disuades de intentar una expedición semejante?

—No, amado Axel, y a ti y a tu tío os acompañaría de buena gana, si una pobre joven no fuese para vosotros un estorbo.

—¿Lo dices de veras?

—¡Tan de veras!

¡Ah! ¡Mujeres, jóvenes, corazones femeninos siempre incomprensibles! ¡Cuando no sois los seres más tímidos de todos, sois los más valientes! La razón no ejerce sobre vosotros ningún imperio. ¡Cómo! ¡Graüben me animaba par tomar parte en la expedición! ¡Y ella misma hubiera sin miedo acometido la aventura! ¡Y me empujaba para que yo me arrojase ciegamente a una empresa tan temeraria, y me amaba, sin embargo!

Yo estaba desconcertado y hasta ruborizado.

—Graüben —le dije—, veremos si hablas mañana del mismo modo.

—Lo mismo, amado Axel.

Ella y yo, asidos de la mano, pero guardando un profundo silencio, continuamos nuestro camino. Yo estaba quebrantado por las emociones de aquel día.

—Después de todo —dije para mí—, las calendas de julio están aún lejos, y, antes que lleguen, pueden pasar muchas cosas que contraríen la expedición o curen a mi tío de una manía de viajar bajo tierra.

Entrada ya la noche, llegamos a la casita de Königstrasse. Esperaba hallarla tranquila, con mi tío acostado, según tenía por costumbre, y con la buena Marta limpiando el comedor con el plumero antes de retirarse.

Pero no había contado con la impaciencia del profesor. Le encontré dando gritos, corriendo de aquí para allá en medio de una turba de mozos de cordel que descargaban ciertas mercancías en la calle. Marta no sabía a qué atender y estaba atolondrada.

—¡Ven, Axel, date prisa, desgraciado! —exclamó mi tío, apenas me percibió desde lejos—. ¡Ni tu maleta está hecha ni puestos en orden mis papeles, y no encuentro la llave de mi saco de noche y no me traen las polainas!

Quedé como quien ve visiones. La voz me faltaba, y con dificultad pudieron mis labios articular estas palabras:

—¿Conque partimos?

—Sí, desventurado, y en lugar de estar aquí, te vas a pasear.

—¿Partimos? —repetí con voz ahogada.

—Sí, pasado mañana al amanecer.

No pude oír más y me metí en mi cuarto.

Ya no quedaba duda. Mi tío había dedicado toda la tarde a procurarse parte de los objetos y utensilios necesarios para su viaje. La calle estaba atestada de escalas de cuerda, cuerdas con nudos, antorchas, calabazas, crampones de hierro, zapapicos, bastones y azadas, y otra porción de instrumentos con que se hubiera podido cargar diez hombres.

Pasé una noche terrible. Al día siguiente oí muy temprano que me llamaban. Estaba decidido a no abrir la puerta de mi cuarto, pero cómo no ceder a la dulce voz que me decía:

—¿No abres, mi amado Axel?

Salí de mi miedo. Creía que mi abatimiento, mi palidez, mis párpados amoratados por el insomnio, iban a producir a Graüben un gran efecto y que modificarían sus ideas.

—¡Ah! Ya veo, mi adorado Axel —me dijo—, que estás mejor y que la noche te ha calmado.

—¡Calmado! —exclamé.

Había en mi cuarto un espejo y me miré. No tenía tan mala cara como yo mismo me había figurado, parecía imposible.

—Axel —me dijo Graüben—, he estado mucho rato en conversación con mi tutor. Es un sabio valiente, un hombre de gran resolución, y tú no olvidarás que su sangre corre por tus venas. Me ha dado a conocer sus proyectos, sus esperanzas, el porqué y el cómo espera alcanzar su objeto. Lo alcanzará, no lo dudo. ¡Ah! ¡Amado Axel! ¡Cuán bello es sacrificarse por la ciencia! ¡Cuánta gloria aguarda al señor Lidenbrock, gloria que refluirá en su compañero! Cuando vuelvas, Axel, serás un hombre, serás igual a tu tío, estarás en libertad de hablar, en libertad de obrar, en libertad, en fin de...

Se ruborizó y no terminó la frase. Sus palabras me reanimaban. No quería, sin embargo, creer en nuestra separación. Obligué a Graüben a entrar conmigo en el gabinete del profesor.

—Tío —dije—, ¿estáis, pues, decidido a partir y a llevarme con vos?

—¡Vaya pregunta! ¿Lo dudas?

—No —dije para no contrariarle—. Pero quisiera me dijeseis quién os mete tanta prisa.

—¿Quién? ¿Quién ha de ser más que el tiempo? ¡El tiempo, que huye con una velocidad que desespera!

—Sin embargo, no estamos más que a 26 de mayo, y hasta últimos de junio...

—¿Crees, ignorante, que es tan fácil pasar a Islandia? Si no te hubieses separado de mí como un loco, te habría llevado a la Administración Central de Copenhague, a cargo de Liffender y compañía, habrías visto que de Copenhague a Reikiavik no hay más que un servicio, el 22 de cada mes.

—¿Y qué?

—¡Y qué! Si esperásemos al 22 de junio, llegaríamos demasiado tarde para ver la sombra del Scartaris acariciando el cráter del

Sneffels. Es, pues, preciso llegar a Copenhague cuanto antes, para encontrar allí un medio de transporte. ¡Anda a hacer tu maleta!

No había respuesta que dar. Volví a mi cuarto; Graüben me siguió. Ella fue quien se encargó de poner en orden en mi maleta los objetos que requería mi viaje. Estaba tan poco afectada como si se hubiese tratado de un paseo a Lubeck o a Heligoland. Sus manecitas iban de un objeto a otro sin precipitación. Hablaba con calma. Me daba en favor de nuestra expedición las razones más discretas. Me encantaba y me causaba enojo. Llegué a encolerizarme, pero ella no hacía caso de mis arrebatos y continuaba metódicamente su tranquila tarea.

Se pasó por fin la correa por la última hebilla de la maleta. Descendí al cuarto bajo.

Durante aquel día se habían multiplicado los proveedores de instrumentos de física, armas y aparatos eléctricos. La buena Marta no sabía lo que le pasaba.

—¿El señor se ha vuelto loco? —me dijo.

Hice con la cabeza una señal afirmativa.

—¿Y os lleva consigo?

Repetí la misma señal.

—¿A dónde? —dijo ella.

Indiqué con el dedo el centro de la tierra.

—¿Al sótano? —exclamó la pobre anciana.

—No —dije yo—. ¡Más abajo!

Llegó la noche. Yo no tenía ya conciencia del tiempo transcurrido.

—Hasta mañana por la mañana —dijo mi tío—, partimos a las seis en punto.

A las diez de la noche me dejé caer sobre mi cama como un cuerpo inerte.

Durante la noche el terror me asaltó de nuevo.

La pasé soñando con precipicios. Estaba delirando. Me sentía cogido por la vigorosa mano del profesor, arrastrado, despeñado, hundido. Caía al fondo de insondables abismos con esa precipitación creciente de los cuerpos abandonados en el espacio. Mi vida no era más que una caída interminable.

Me levanté a las cinco, quebrantado, molido, rendido de conmoción y de fatiga. Bajé al comedor. Mi tío estaba sentado a la mesa. Devoraba. Yo le miré con un sentimiento de horror. Pero Graüben estaba allí, y no dije una palabra. No pude pasar un bocado.

A las cinco y media se oyó el ruido de las ruedas de un carruaje. Acababa de llegar un espacioso coche para llevarnos al ferrocarril de Altona. En un momento se llenó con la balumba de fardos de mi tío.

—¿Y tu maleta? —me dijo.

—Está a punto —respondí desfallecido.

—¡Bájala pronto! ¡Despacha o no vamos a coger el tren!

Me pareció entonces imposible luchar contra mi destino. Subí a mi cuarto, y dejando deslizarse la maleta por su propio peso por los peldaños de la escalera, la fui siguiendo.

En aquel momento mi tío ponía solemnemente en manos de Graüben las *riendas* de la casa. Mi encantadora virlandesa conservaba su calma habitual. Abrazó a su tutor, pero no pudo contener una lágrima al aplicar a mi mejilla sus dulces labios.

—¡Graüben! —exclamé.

—Anda, mi amado Axel —ella me dijo—, anda, dejas a tu prometida y a la vuelta encontrarás a tu mujer.

Estreché a Graüben entre mis brazos y tomé asiento en el coche. Marta y la hermosa joven, desde el umbral de la puerta, nos dirigieron un último adiós.

Después, los dos caballos, excitados por el silbido del conductor, se lanzaron al galope por la carretera de Altona.

CAPÍTULO VIII

En Altona, verdadero arrabal de Hamburgo, empieza la línea del camino de hierro de Kiel, que debía conducirnos a la costa de los Belt. En menos de veinte minutos estábamos en el territorio de Holstein.

A las seis y media paró en la estación el carruaje. Los muchos fardos de mi tío, sus voluminosos artículos de viaje, se descargaron, transportaron, pesaron, rotularon y trasladaron al vagón de equipajes, y a las siete mi tío y yo estábamos sentados uno enfrente del otro en el mismo coche. Silbó el tren y empezó a funcionar la locomotora. Ya estábamos en marcha.

¿Iba yo resignado? Me parece que no, pero el aire fresco de la mañana y los accidentes del camino, rápidamente renovados por la velocidad, me distraían de mis grandes preocupaciones.

En cuanto al pensamiento del profesor, era evidente que iba delante del tren, el cual avanzaba con demasiada lentitud para corresponder a su impaciencia. Estábamos solos en el vagón, sin decir una palabra. Mi tío rebuscaba minuciosamente sus bolsillos y su saco de noche. Vi que no le faltaba nada de lo que la ejecución de sus proyectos requería.

Una hoja de papel noté, entre otras, cuidadosamente plegada, que llevaba el membrete de la cancillería dinamarquesa, con la firma del señor Christiensen, cónsul en Hamburgo y amigo del profesor. Era una carta que debía facilitarnos en Copenhague recomendaciones para el gobernador de Islandia.

Distinguí también el famoso documento cuidadosamente encerrado en el apartado más secreto de la cartera. Le maldije con toda mi alma, y me puse de nuevo a examinar el país que no era más que una interminable sucesión de llanuras poco curiosas, monótonas, cenagosas y bastante fértiles. Era una campiña que se prestaba como pocas al establecimiento de un ferrocarril. Por la facilidad con que en ellas se trazaban esas líneas rectas que tanto anhelan las compañías de caminos de hierro.

Pero aquella monotonía no tuvo tiempo de cansarme, porque tres horas después de nuestra salida, el tren se detenía en Kiel, a dos pasos del mar.

Como nuestros equipajes habían sido facturados a Copenhague, no tuvimos necesidad de ocuparnos de ellos. Sin embargo, durante su transporte al buque de vapor, el profesor no los perdió de vista un solo instante, hasta que desaparecieron en la sentina.

Mi tío, en su precipitación, había calculado de tal manera las horas de correspondencia del ferrocarril y del buque, que quedaban a nuestra disposición nueve horas. El vapor *Ellenora* no zarpaba hasta las diez de la noche. Aquellas nueve horas de estar esperando eran nueve horas de calentura para el irascible viajero, el cual envió a todos los demonios a la administración de los buques y de los ferrocarriles y a los gobiernos que toleraban semejantes abusos. Yo tuve que hacer coro con él, cuando la emprendió con el capitán del *Ellenora,* al cual quiso obligar a encender inmediatamente la máquina. El capitán le envió a paseo.

En Kiel era preciso matar el tiempo. A fuerza de pasearnos por la verde playa de la bahía, en cuyo fondo se levanta la graciosa ciudad y de recorrer los espesos bosques que le dan la apariencia de un nido en un manojo de ramas, y de admirar las alquerías que tienen todas una casita de baños, a fuerza en fin de correr y aburrirnos, llegamos a oír las diez de la noche.

Los torbellinos de humo del *Ellenora,* se arremolinaban en el cielo; la cubierta se estremecía sacudida por la caldera; nosotros estábamos a bordo, y ocupábamos dos camarotes en la única cámara que había en el buque.

A las diez y cuarto se largaron las amarras, y el vapor avanzó rápidamente surcando las sombrías aguas del Gran Belt.

La noche era oscura y arreciaba el viento. Estaba el mar bastante picado. Algunas luces de la costa aparecieron en las tinieblas. Más adelante, no sé dónde, un faro giratorio resplandeció encima de las olas. He aquí todo lo que recuerdo de aquella primera travesía.

A las siete de la mañana desembarcamos en Korsor, pequeña ciudad situada en la costa occidental del Seeland. Del buque de vapor pasamos a un nuevo camino de hierro, y atravesamos un país no menos llano que las campiñas de Holstein.

Tres horas de viaje nos faltaban aún para llegar a la capital de Dinamarca. Mi tío no había cerrado los ojos en toda la noche. Creo que en su impaciencia empujaba el vagón con los pies.

Se percibió por fin un brazo de mar.

—¡El Sund! —exclamó mi tío.

Había a nuestra izquierda una vasta construcción que parecía un hospital.

—Es una casa de locos —dijo uno de nuestros compañeros de viaje.

—¡Bueno! —dije para mí—. ¡He aquí un establecimiento donde deberíamos concluir nuestros días! ¡Muy grande es, pero no lo bastante para contener toda la locura del profesor Lidenbrock!

Llegamos por fin a Copenhague a las diez de la mañana. Se cargaron los equipajes en un coche y fueron a parar con nosotros a la fonda del Fénix, en Bred Gade. Fue todo cuestión de media hora, porque la estación está situada a la afueras de la ciudad. Después, mi tío, ataviándose un poco, me mandó seguirle. El portero de la fonda hablaba alemán e inglés; pero el profesor, a fuer de polígloto, le interrogó en buen dinamarqués, y en buen dinamarqués le indicó el portero la situación del Museo de Antigüedades del Norte.

El director del mismo establecimiento, en que se hallan acumuladas maravillas que permitirían reconstruir la historia del país con sus antiguas armas de piedra, sus utensilios y sus joyas, era el profesor Thompson, un sabio muy amigo del cónsul de Hamburgo.

Mi tío llevaba para él una afectuosa carta de recomendación. Un sabio, por regla general, no recibe nunca muy bien a otro sabio. Pero la regla tuvo una excepción en el Museo de Antigüedades del Norte. Thompson, hombre fino y servicial, acogió cordialmente al profesor Lidenbrock, y hasta a su sobrino. No es necesario decir que no se reveló el secreto al excelente director del museo. Dimos a entender que queríamos visitar Islandia como simples turistas.

Thompson se puso enteramente a nuestra disposición, y juntos recorrimos el muelle en busca de un buque próximo a partir.

Creía que faltarían absolutamente medios de transporte; pero no fue así, pues la *Yalkyrie,* pailebot dinamarqués, debía hacerse a la vela el 2 de junio para Reikiavick. El señor Bjarme, su capitán, se hallaba a bordo. Su futuro pasajero, en un transporte de alegría, le dio un apretón de manos capaz de magullarle los dedos, que le dejó como atónito, porque le parecía una cosa muy sencilla el navegar, tanto más cuanto que era su oficio. Pero eso a mi tío le parecía sublime, y el digno capitán se aprovechó de su entusiasmo para hacernos pagar doble el pasaje en su buque. Mi tío no reparaba en gastos.

—El martes, a las siete de la mañana, hay que estar a bordo —dijo Bjarme después de haberse metido en el bolsillo una respetable cantidad de dinero.

Dimos entonces gracias al señor Thompson por las molestias que se había tomado, y volvimos a la fonda del Fénix.

—¡La cosa marcha a pedir de boca! —decía mi tío—. ¡Qué feliz casualidad haber encontrado ese buque próximo a aparejar! Ahora vamos a almorzar, y luego visitaremos la ciudad.

Nos dirigimos a Kongens Nye Torw, plaza irregular en que hay un cuerpo de guardia con dos cañones apuntados que a nadie meten miedo. Muy cerca, en el número 5, había una *restauración francaise* (así decía el rótulo), que regentaba un cocinero llamado Vincent; allí almorzamos bastante bien por el moderado precio de cuatro marks cada uno[1].

Yo recorrí la ciudad con el entusiasmo de un niño. Mi tío se dejaba llevar por cualquier lado, sin fijarse absolutamente en nada, ni en el palacio real, que vale poco, ni en el hermoso puente del siglo XVII, que atraviesa el canal delante del museo, ni en el inmenso cenotafio de Torwaldsen, cuyas pinturas murales son horribles, y cuyo interior contiene las obras de dicho estatuario, ni en el castillo de Rosenborg, casi microscópico, pero que es un parque bastante bello, ni en el admirable edificio del renacimiento en que está la Bolsa, ni en su torre que figura las colas entrelazadas de cuatro dragones de bronce, ni los grandes molinos de las murallas, cuyas grandes alas se hinchan al soplo del viento como las velas de un navío.

¡Cuán deliciosos paseos mi encantadora virlandesa y yo hubiéramos dado por los andenes del puerto en que duermen pacíficamente bergantines y fragatas bajo su roja techumbre, en las verdes

---

[1] Unos dos francos.

orillas del estrecho, entre las densas sombras en que se oculta la ciudadela, cuyos cañones abren su negra boca entre las ramas de los saúcos y los sauces!

Pero ¡ay!, ¡estaba muy lejos de allí mi pobre Graüben, y ni siquiera podía esperar volverla a ver!

Sin embargo, aunque ninguno de aquellos sitios encantadores llamaban la atención de mi tío, le causó un prodigioso efecto la vista de un campanario situado en la isla de Amak, en el cuartel sudoeste de Copenhague.

Quiso que nos dirigiésemos hacia aquel lado. Nos embarcamos en un vaporcito que transportaba pasajeros de una a otra orilla de los canales, y en pocos instantes atracó al muelle de Donck Yard.

Después de atravesar algunos callejones angostos en que tandas de presidiarios, uniformados con pantalones medio pardos y medio amarillos, trabajaban bajo la vigilancia de sus cabos de vara, llegamos delante de Vor Frelset Kirk, que nada de particular ofrece que digno de notar sea. Pero su campanario bastante alto, había llamado la atención del profesor, y vamos a ver por qué. Desde la plataforma, circulaba una escalera exterior alrededor de su flecha, y sus espirales se desenvolvían al aire libre.

—Subamos —dijo mi tío.

—Se me irá la cabeza —le contesté.

—Pues es preciso acostumbrarse.

—Sin embargo...

—Subamos, te repito, no perdamos tiempo.

Tuve que obedecer. Un guardia que había en la cerca opuesta nos entregó una llave, y empezó la ascensión.

Mi tío me precedía con mesurado paso. Yo le seguía no sin terror, porque fácilmente me sentía acometido de vértigo. No tenía el aplomo ni la insensibilidad de nervios de las águilas.

Mientras estuvimos encauzados en la escalera de caracol interior, todo fue bien, pero después de haber subido unos cincuenta escalones, me hirió el semblante una bocanada de viento; habíamos llegado a la plataforma del campanario. Allí empezaba la escalera, que no tenía más que una frágil barandilla y cuyos peldaños, cada vez más estrechos, subían al parecer a lo infinito.

—¡No puedo! —exclamé.

—¿Serías acaso un cobarde? ¡Sube! —respondió despiadadamente el profesor.

Le seguí agarrándome. El viento me atolondraba; sentía oscilar el campanario al empuje de las ráfagas; tenía las piernas como inertes; trepaba de rodillas y hasta de bruces, cerraba los ojos; sufría la enfermedad del espacio.

Por último, tirándome mi tío del cuello, llegué cerca de la esfera que corona el cimborrio.

—¡Mira —me dijo el profesor—, y mira bien! Es preciso tomar *lecciones de abismo.*

Abrí los ojos. Distinguí las casas como si se hubieran caído y aplastado, en medio de la niebla que formaba el humo de la ciudad. Encima de mi cabeza pasaban nubes como desgreñadas, y por una ilusión, por un efecto de inversión de óptica, las nubes se me representaban inmóviles, al paso que el campanario, la esfera y yo éramos arrastrados con una velocidad fantástica. A lo lejos, se extendía a un lado la campiña tapizada de verde, y al otro centelleaba el mar bajo un haz de rayos luminosos. El sur se iba descubriendo en la punta de Elsenor, con algunas velas blancas, que parecían las grandes alas de enormes gaviotas, y en la bruma del este ondulaban, apenas esbozadas, las costas de Suecia. Toda aquella inmensidad se arremolinaba confusamente ante mis ojos.

Se me obligó, sin embargo, a levantarme, a ponerme en pie, a mirar. Una hora duró mi primera lección de vértigo.

Cuando se me permitió bajar y puse los pies en el sólido empedrado de la calle, estaba totalmente derrengado.

—Mañana repetiremos la lección —dijo mi profesor.

Y, en efecto, cinco veces en cinco días repetí aquel ejercicio vertiginoso, y de grado o por fuerza hice progresos en el arte de las *altas contemplaciones.*

CAPÍTULO IX

Llegó el día de la marcha. La víspera, el señor Thompson, siempre complaciente, nos había entregado cartas de recomendación, de lo más apremiantes, para el conde Trampe, gobernador de Islandia, para Picturson, coadjutor del obispo, para Finsen, alcalde de Reikiavick. En recompensa, mi tío le otorgó los apretones de mano más afectuosos.

El día 2, a las seis de la mañana, nuestros preciosos bagajes estaban a bordo de la *Valkyrie*. El capitán nos condujo a unos camarotes estrechos que parecían garitas.

—¿Tenemos buen viento? —preguntó mi tío.

—Excelente —repitió el capitán Bjarme—. Viento del sudeste. Vamos a salir del Sund a un largo y a todo trapo.

Algunos instantes después, la goleta, con su trinquete, su cangreja, su gavia y sus juanetes, aparejó y entró en el estrecho a toda vela. Al cabo de una hora, la capital de Dinamarca parecía abismarse en las lejanas olas y la *Valkyrie* rozaba casi la costa de Elsenor. En la disposición nerviosa en que yo me encontraba, esperaba ver la sombra de Hamlet errando en el terrado de la leyenda.

—¡Sublime loco! —decía yo—. ¡Tú sin duda aprobarás nuestra empresa! ¡Nos seguirás tal vez para buscar en el centro del globo una solución a tu eterna duda!

Pero nada apareció en los antiguos terraplenes. El castillo es, además, mucho más moderno que el heroico príncipe de Dinamarca. Sirve actualmente de suntuoso alojamiento al portero de aquel estrecho del Sund, por el cual pasan todos los años quince mil buques de todas las naciones.

El castillo de Krongborg desapareció luego velado por la bruma, y lo mismo la torre de Helsinborg, que se levanta en la costa de Suecia, y la goleta se inclinó ligeramente impelida por las brisas de Cattegat.

La *Valkyrie* era muy velera, pero con un buque de vela no se sabe nunca cuándo se llegará al término de un viaje. Transportaba a Reikiavick carbón, alfarería, vestidos de lana y un cargamento de trigo. Bastaban para la maniobra cinco tripulantes, que eran todos dinamarqueses.

—¿Cuánto durará la travesía? —preguntó mi tío al capitán.

—Unos diez días —respondió este— si al atravesar las Feroe no encontramos vientos frescos del noroeste.

—¿Pero no se suelen experimentar retrasos considerables?

—No, tranquilizaos, llegaremos.

Al anochecer, la goleta dobló el cabo Skagen en la punta del norte de Dinamarca, atravesó durante la noche el Skager Rak, costeó la extremidad de Noruega, cruzando por el cabo de Lindnes, y entró en el mar del Norte.

Dos días después, divisamos la costa de Escocia a la altura de Peterheade, y la *Valkyrie* hizo rumbo hacia las Feroe pasando por entre las Orcadas y las Seethland.

No tardaron las olas del Atlántico en azotar los flancos de nuestra goleta, y tuvimos que andar de vuelta y vuelta para picar el viento del Norte que no sin trabajo nos permitió alcanzar las Feroe. El 8, el capitán reconoció Myganness, la más oriental de aquellas islas, y desde aquel momento encaró el bauprés al cabo Portland, situado en la costa meridional de Islandia.

No ofreció la travesía incidente alguno notable. No me mareé; pero mi tío no dejó un momento de estar enfermo, lo que le tenía de muy mal humor, y sobre todo, muy avergonzado.

No pudo, pues, preguntar nada al capitán Bjarme, acerca del Sneffels, los medios de comunicación y las facilidades de transporte, por lo que tuvo que aplazar sus investigaciones y pasó todo el tiempo que duró la travesía echado en su camarote, que se estremecía a cada balance.

El 11 doblamos el cabo Porland, permitiéndonos el tiempo, que estaba entonces claro, distinguir el Myrdals Yokul, que le domina. El cabo se compone de un peñasco de rápidas pendientes que está solo en la playa.

La *Valkyrie* se mantuvo prudentemente a cierta distancia de la costa, echándose al oeste, en medio de un gran número de ballenas y tiburones. No tardó en aparecer un inmenso peñasco agujereado de parte a parte, cruzado con furia por el mar espumoso. Pareció que los islotes del Cestman brotaban del océano, como un sembrado de rocas en la líquida llanura. Desde aquel momento la goleta se hizo mar adentro para doblar de lejos el cabo de Reikjaness, que forma el ángulo occidental de Islandia.

La marejada no permitía a mi tío subir a cubierta para admirar aquellos acantilados que flagelaban los vientos del sudoeste.

Cuarenta y ocho horas después, pasada una tempestad que obligó a la goleta a huir a palo seco, vimos levantarse al este la boya de la punta Skagen, cuyas peligrosas rocas se prolongan mar adentro a mucha distancia. Un práctico islandés vino a bordo, y transcurridas tres horas aproximadamente, la *Valkyrie* fondeó delante de Reikiavick en la bahía de Faxa.

Entonces salió el profesor de su camarote, algo pálido y quebrantado, pero entusiasta como siempre, y llevando su satisfacción impresa en el semblante.

La población de la ciudad, a la cual interesaba singularmente la llegada de un buque, en el cual todos tenían algo que recoger, se agrupó en el muelle.

Mi tío abandonó deprisa y corriendo su cárcel flotante, por no decir su hospital. Pero antes de abandonar la cubierta, me arrastró hacia la proa, y me indicó con el dedo, en la parte septentrional de la bahía, una montaña que tenía dos picos, un doble cono cubierto de nieves eternas.

—¡El Sneffels! —exclamó—. ¡El Sneffels!

Después de haberme, con un gesto, recomendado absoluto silencio, bajó al bote que le esperaba. Le seguí, y pusimos inmediatamente el pie en el suelo de Islandia.

Apareció de improviso un sujeto de buena figura, vestido de militar. No era, sin embargo, más que un simple magistrado, el gobernador de la isla, el barón Trampe en persona. El profesor le reconoció al momento, y le entregó sus cartas de recomendación, entablándose en dinamarqués un breve diálogo, en el cual yo no tomé parte.

De aquella primera entrevista resultó que el barón Trampe se puso enteramente a disposición del profesor Lidenbrock.

Mi tío fue recibido del modo más lisonjero por el alcalde, señor Finsen, no menos militar por su traje que el gobernador, pero igualmente pacífico por temperamento y estado.

En cuanto al coadjutor Picturson, estaba a la sazón girando una visita episcopal por el norte de su diócesis, por lo que tuvimos que resignarnos a no verle hasta más adelante. Pero entramos en relaciones con un sujeto dignísimo, cuyo auxilio nos sirvió de mucho. Se llamaba Fridrikssen, y era catedrático de ciencias naturales en la escuela de Reikiavick. Era un sabio modesto, y no hablaba más que islandés y latín. Me ofreció sus servicios en la lengua de Horacio, y conocí al momento que estábamos formados para comprendernos. Fue efectivamente el único personaje con quien estuve relacionado durante mi permanencia en Islandia.

Aquel hombre excelente puso a nuestra disposición dos cuartos de los tres que componían su casa, y en ellos nos instalamos con todo nuestro equipaje, cuyo número asombró un poco a los habitantes de Reikiavick.

—Vamos bien, Axel —me dijo mi tío—, lo más difícil está ya hecho.

—¿Cómo? —exclamé—. ¿Lo más difícil?

—Sin duda, ya no tenemos que hacer más que bajar.

—Si lo tomáis así, tenéis razón, pero en fin, después de haber bajado tendremos que volver a subir, supongo.

—¡Oh! Eso me tiene sin cuidado. ¡Conque, manos a la obra! No tenemos tiempo que perder. Voy ahora a la biblioteca. Acaso encuentre en ella algún manuscrito de Saknussemm, que me alegraré de poder consultar.

—Entretanto, yo visitaré la ciudad. ¿No haréis vos otro tanto?

—¡Oh! La ciudad me interesa poco. Lo curioso de esta tierra de Islandia no está encima, sino debajo.

Salí, paseando sin saber por dónde.

No es fácil extraviarse en las dos únicas calles de Reikiavick. A nadie tuve que preguntar para saber mi camino, lo que con el lenguaje de los gestos se expone a muchas equivocaciones.

La ciudad se extiende entre dos colinas en un terreno bastante bajo y pantanoso. Por un lado cubre este terreno un montón de lavas y baja suavemente hacia el mar. Por el otro lado se extiende la vasta bahía de Faxa, en la que la *Valkyrie* era en aquel momento el único buque anclado. Está la bahía limitada al norte por el enorme ventisquero del Sneffels, y ordinariamente se hallan en ella fondeados algunos buques pescadores ingleses y franceses, pero entonces se hallaban pescando en las costas orientales de la isla.

La más larga de las dos calles de Reikiavick es paralela a la playa, y en ella residen los mercaderes y negociantes, en cabañas de madera formadas de vigas encarnadas puestas horizontalmente. La otra calle, más al oeste, avanza hacia un lago de poca extensión, entre las casas del obispo y otros personajes no dedicados al comercio.

Recorrí muy pronto aquellas callejas tristes y sombrías. A trechos vislumbraba un poco de tierra cubierta de césped descolorido, como un tapiz viejo de lana raído por el uso, o bien alguna apariencia o conato de huerta, cuyas escasas verduras y legumbres, patatas, coles y lechugas, hubieran apenas podido figurar en una mesa liliputiense. Algunos alhelíes enfermizos mendigaban también un rayo de sol.

A la mitad de la calle no comercial, encontré el cementerio público, que es bastante espacioso, y está cercado de una tapia de tierra. Desde allí pocos pasos me bastaron para llegar a la casa del gobernador, que es un edificio que se compara a la casa de la municipalidad de Hamburgo, un palacio rodeado de chozas en las cuales se alberga la población islandesa.

Entre el lago y la ciudad se levanta la iglesia construida según el gusto protestante, y formada de piedras calcinadas extraídas de los mismos volcanes inmediatos. Su techo de tejas coloradas ha de volar evidentemente por el aire, con mucho sentimiento de los fieles, al arreciar los vientos del oeste.

En una eminencia próxima distinguí la Escuela Nacional, donde, según más adelante me dijo nuestro huésped, se enseña hebreo, inglés, francés y dinamarqués, cuatro lenguas, de las cuales, vergüenza me da decirlo, no sabía yo una palabra. Yo hubiera sido el último de los cuarenta discípulos que iban a aquel colegio, y ni digno hubiera sido de acostarme con ellos en aquellos armarios de dos estantes en que una noche sola bastaba para ahogar a los que eran un poco delicados.

En menos de tres horas visité la ciudad y sus alrededores. El aspecto general era singularmente triste. No había árboles, ni vegetación alguna. Donde quiera se presentaban picos de rocas volcánicas. Las chozas de los islandeses, que son de tierra y turba, tienen las paredes inclinadas hacia adentro, de suerte que parecen tejados puestos en el suelo. Pero aquellos tejados son praderas relativamente fértiles, en que gracias a la temperatura de la habitación, más elevada que la del aire libre, nace la hierba con alguna abundancia, siendo preciso segarla para que los animales domésticos no pasten en ellos.

Encontré durante mi excursión muy pocos habitantes. Al volver a la calle comercial, vi que la mayor parte de la población estaba ocupada en abrir, salar y almacenar bacalao, principal artículo de exportación. Los hombres parecían robustos, pero pesados. Eran una especie de alemanes rubios y meditabundos, que se sentían algo ajenos de la humanidad, pobres desterrados, relegados en aquella tierra de hielo, de los cuales la naturaleza debió hacer esquimales, puesto que les condenaba a vivir dentro del límite del círculo polar. En vano traté de sorprender alguna sonrisa en su semblante, algunas veces alteraba su rostro una contracción involuntaria de los músculos, pero aquella contracción no era una sonrisa.

Su traje consistía en una basta blusa de lana negra, que en los países escandinavos se llama *wadmel,* en un sombrero de alas anchas, un pantalón listado de rojo y un calzado que no es más que un pedazo de cuero doblado.

Las mujeres, cuyo tipo es bastante agradable, aunque carecen de expresión, tienen su semblante triste y resignado. Su vestido se reduce a un corpiño y una saya de *wadmel* oscuro. Las solteras llevan el pelo trenzado, formando guirnaldas que corona un gorro pardo de punto de media. Las casadas cubren su cabeza con un pañuelo de color, sobre el cual descuella una especie de cofia blanca.

Después de haber paseado un buen rato, cuando entré en casa del señor Fridriksson, encontré ya en ella a mi tío en compañía de mi huésped.

CAPÍTULO X

La mesa estaba puesta, y nos sentamos a ella. El profesor Lidenbrock, cuya forzosa dieta de a bordo había convertido su estómago en un profundo abismo, comió con una velocidad superior a todo encarecimiento. La comida, más dinamarquesa que islandesa, no era una cosa del otro jueves, una maravilla del arte culinario; pero nuestro huésped, más islandés que dinamarqués, me recordó los héroes de la hospitalidad antigua. Me pareció evidente que nosotros estábamos en nuestra casa más que él mismo.

Se conversó en lengua indígena, en la cual mi tío intercaló mucho alemán y Fridriksson mucho latín, para que yo no me quedara en ayunas. Versó la conversación, como incumbe a los sabios, sobre cuestiones científicas; pero el profesor Lidenbrock guardó la más estricta reserva, y a cada frase me recomendaban sus ojos el más absoluto silencio acerca de nuestros proyectos futuros.

No tardó Fridriksson en preguntar a mi tío cuál había sido el resultado de sus investigaciones en la biblioteca.

—Vuestra biblioteca —exclamó el profesor Lidenbrock— no se compone más que de libros descabalados y estantes casi vacíos.

—¡Cómo! —respondió Fridriksson—. Poseemos ocho mil volúmenes, entre ellos muchos libros preciosos y raros, obras en antigua lengua escandinava, y todas las publicaciones nuevas de que Copenhague nos surte anualmente.

—¿Qué estáis diciendo de ocho mil volúmenes? ¿Dónde tendría yo los ojos?

—¡Oh! Señor Lidenbrock, los libros circulan por el país. Hay afición al estudio en nuestra vieja isla de hielo. No hay un labrador ni un pescador que no sepa leer y lea. En nuestra opinión los libros, en lugar de enmohecerse en un estante, lejos de las miradas de los curiosos, se han escrito para uso de los lectores. Así es que los volúmenes pasan de una a otra mano, hojeados, leídos y releídos, y con frecuencia no vuelven a su estante sino después de una excursión de uno o dos años.

—Entretanto —respondió mi tío con cierto enojo— los extranjeros.

—¿Qué les haremos? Los extranjeros tienen en su país sus bibliotecas, y lo principal es que nuestros compatriotas se instruyan. Os lo repito, la afición al estudio está en la sangre islandesa. Así es que en 1816 fundamos una sociedad literaria que marcha perfectamente, honrándose de pertenecer a ella algunos sabios extranjeros. Publica libros para instrucción de nuestros conciudadanos, y presta al país verdaderos servicios. Si queréis, señor Lidenbrock, ser uno de nuestros socios corresponsales, nos honraréis sobremanera.

Mi tío, que pertenecía ya a un centenar de sociedades científicas, aceptó con un agrado que conmovió al señor Fridriksson.

—¿Ahora —repuso este— queréis tener la bondad de indicarme los libros que esperábais hallar en nuestra biblioteca? Podría acerca del particular daros algunas noticias.

Miré a mi tío, que vaciló antes de responder. Temía dejar adivinar sus proyectos.

Sin embargo, después de haber reflexionado, tuvo por conveniente hablar.

—Señor Fridriksson —dijo—, quería saber si entre las obras antiguas poseéis las de Arne Saknussemm.

—¡Arne Saknussemm! —respondió el profesor de Reikiavick—. ¿Os referís a aquel sabio del siglo XVI, a la vez gran naturalista, gran alquimista y gran viajero?

—Precisamente.

—¿Una de las glorias de la literatura y de la ciencia islandesa?

—Como decís.

—¿Un hombre ilustre entre todos?

—Os lo concedo.

—¿Y cuya audacia era igual a su genio?

—Veo que le conocéis bien.

Mi tío se bañaba en agua de rosas oyendo hablar con tanto entusiasmo de su héroe. Devoraba con sus miradas al señor Fridriksson.

—¿Y sus obras? —le preguntó.

—¡Sus obras! No las tenemos.

—¡Cómo! ¿En Islandia?

—No existen en Islandia ni en ninguna otra parte.

—¿Por qué?

Porque Arne Saknussemm fue perseguido por hereje, y en 1573 sus obras fueron quemadas en Copenhague por mano del verdugo.

—¡Muy bien! ¡Perfectamente! —exclamó mi tío, con gran escándalo del profesor de ciencias naturales.

—¡Qué atrocidad! —murmuró éste.

—¡Sí! Todo se explica, todo se eslabona, todo es claro, y comprendo por qué Saknussemm, puesto en el índice y obligado a ocultar los descubrimientos de su genio, quiso sepultar en un incomprensible criptograma el secreto.

—¿Qué secreto? —preguntó Fridriksson.

—Un secreto que... cuyo... —respondió mi tío balbuceando.

—¿Poseéis acaso algún documento particular? —dijo nuestro huésped.

—No... Hacía una mera suposición.

—Bien —respondió el señor Fridriksson, que tuvo la bondad de no insistir viendo la turbación de su interlocutor—. Espero —añadió— que no saldréis de nuestra isla sin haberos hecho cargo de sus riquezas mineralógicas.

—Desde luego —respondió mi tío—; pero llego algo tarde; otros sabios han pasado ya por aquí.

—Sí, señor Lidenbrock; los trabajos de los señores Olafsen y Povelsen ejecutados por orden del rey, los estudios de Troil, la misión científica de los señores Gaimard y Robert, a bordo de la corbeta francesa *La Recherche*[2], y, últimamente, las observaciones de los sabios embarcados en la fragata la *Reina Hortensia,* han contribuido poderosamente al reconocimiento de Islandia. Pero, creedme, aún queda que hacer.

—¿De veras? —preguntó mi tío con apariencia de candor, procurando moderar la alegría de sus ojos.

---

[2] *La Recherche* fue enviada en 1835 por el almirante Duperré para buscar las huellas de una expedición perdida, la de Bosseville y la de *La Lilloise,* de las cuales nunca más se ha tenido la menor noticia.

—Sí. ¡Cuántas montañas, cuántos ventisqueros y cuántos volcanes poco conocidos hay aún que estudiar! Sin ir más lejos, mirad aquel cerro que se eleva en el horizonte. Es el Sneffels.

—¡Ah! —dijo mi tío—. El Sneffels.

—Sí, uno de los volcanes más curiosos, cuyo cráter es raras veces visitado.

—¿Apagado?

—¡Oh! Hace la friolera de quinientos años.

—¡Caramba! —exclamó mi tío, que cruzaba con fuerza las piernas para no saltar por el aire—. Deseo empezar mis estudios geológicos por el Sneffels... Fressel... ¿no es así como se dice?

—Sneffels —respondió apaciblemente el bueno de Fridriksson.

Esta parte de la conversación se había tenido en latín, por lo que la comprendí toda, y me costó no poco trabajo perder mi seriedad viendo como mi tío tenía su satisfacción próxima a rebosar por todos sus poros. Hizo lo posible para tomar unas maneras inocentes que parecían la mueca de un diablo viejo.

—Sí —dijo—, vuestras palabras me deciden. Procuraremos encaramarnos por ese Sneffels, y tal vez estudiar su cráter.

—Siento mucho —replicó el señor Fridriksson— que mis ocupaciones no me permitan ausentarme, pues os acompañaría con gusto y con provecho.

—¡Oh! ¡No! ¡No! —protestó mi tío—. ¡No faltaba más! No queremos molestar a nadie. Señor Fridriksson, yo os doy las más cordiales gracias. La presencia de un sabio como vos hubiera sido muy útil, pero los deberes de vuestra profesión...

Me complazco en creer que nuestro huésped, con la inocencia de su alma islandesa, no comprendió la malicia de mi tío.

—Apruebo, señor Lidenbrock, que empecéis por ese volcán. Haréis una buena cosecha de observaciones curiosas. Pero decidme, ¿cómo pensáis trasladaros a la península del Sneffels?

—Por mar, atravesando la bahía. Es el camino más recto.

—Sin duda, pero es imposible.

—¿Por qué?

—Porque no tenemos en Reikiavick una sola lancha.

—¡Diablos!

—Tendréis que ir por tierra, siguiendo la costa, lo que será más largo, pero más interesante.

—¡Bueno! Veré de buscar un guía.

—Precisamente puedo ofreceros uno.

—¿Es hombre seguro, inteligente?

—Sí, un habitante de la península. Es un cazador de *eiders,* sumamente hábil, y que no os dará motivo de queja. Habla el dinamarqués perfectamente.

—¿Y cuándo podré verle?

—Mañana, si os parece.

—¿Por qué no hoy?

—No llega hasta mañana.

—Hasta mañana, pues —respondió mi tío con un suspiro.

Esta importante conversación concluyó algunos instantes después, dando el profesor alemán las más expresivas gracias al profesor islandés. Durante la comida, mi tío acababa de saber cosas importantes, entre otras la historia de Saknussemm, la razón de su misterioso documento, que su huésped no le acompañaría en su expedición y que al día siguiente tendría un guía a sus órdenes.

CAPÍTULO XI

Al anochecer fui a dar una vuelta por las playas de Reikiavick, y me retiré temprano para acostarme en mi cama de gruesas tablas, donde concilié un profundo sueño.

Al despertarme, oí a mi tío que hablaba hasta por los codos en la sala inmediata. Me levanté un momento y fui donde él estaba.

Conversaba en dinamarqués con un hombre de elevada estatura, vigorosamente constituido. Era un mocetón que debía estar dotado de una fuerza poco común. Sus ojos, embutidos en una cabeza muy grande, pero de aspecto sencillo, me parecieron inteligentes. Eran de un purísimo color azul. Largos cabellos, que hasta en Inglaterra hubieran pasado por rubios, caían sobre sus hombros atléticos. Aquel indígena era suelto en los movimientos, pero movía poco los brazos, como hombre que ignoraba o despreciaba el lenguaje de los gestos. Todo revelaba en él una índole de perfecta calma, no indolente, sino tranquila. Se veía claramente que no pedía nada a nadie, que trabajaba para su conveniencia, y que en este mundo con su filosofía no podía verse nunca asombrado o turbado. Estaba, como suele decirse, curado de sustos.

Sorprendí los matices de su idiosincrasia, por la manera que tuvo de escuchar la apasionada facundia de su interlocutor. Permanecía inmóvil y con los brazos cruzados, en medio de los multiplicados gestos de mi tío; para decir no, volvía la cabeza de izquierda a derecha; para decir sí, la inclinaba, pero tan ligeramente, que se movían apenas sus largos cabellos. Era la economía del menor movimiento llevada hasta la avaricia.

En verdad, que al ver a aquel hombre, nunca hubiera adivinado su profesión de cazador; es seguro que no debía espantar la caza; ¿pero cómo podía alcanzarla?

Todo me lo expliqué cuando el señor Fridriksson me dijo que aquel tranquilo personaje no era más que un *cazador de eiders*. El *eider* es un ave cuyo plumaje constituye la principal riqueza de la isla. Dicha pluma, llamada *edredón,* se recoge sin necesidad de abusar de las facultades locomotivas.

Al iniciarse el verano, la hembra del *eider,* especie de ánade muy hermosa, construye su nido entre las rocas de los *fiords,* de que se halla erizada toda la costa. Construido el nido, lo tapiza con las finas y nuevas plumas que ella misma arranca de su vientre. Inmediatamente llega el cazador, o por mejor decir, el cosechero, coge el nido, y la hembra vuelve a empezar su trabajo. Se repite la misma operación mientras tiene la hembra su plumaje de que disponer, y cuando se ha despojado enteramente de todo, llega a su vez el macho. Pero como la pluma dura y basta de este último no tiene valor en el comercio, el cazador no se toma la molestia de robársela, y por consiguiente el nido se concluye. Entonces la hembra pone en él sus huevos, nacen los hijuelos, y la cosecha del edredón se repite al año siguiente.

Y como el *eider* no escoge los acantilados y rocas escarpadas para edificar su nido, sino las peñas fáciles y horizontales que se pierden en el mar, el cazador islandés puede ejercer su oficio sin agitarse mucho. Es un labrador que no tiene que sembrar ni segar sus mieses: no hace más que recogerlas.

Aquel personaje grave, flemático y silencioso se llamaba Hans Bjelke, y venía recomendado por el señor Fridriksson. Era nuestro futuro guía. Sus maneras contrastaban singularmente con las de mi tío.

Sin embargo, se entendieron fácilmente. Ni uno ni otro repararon en el precio, estando el uno dispuesto a aceptar lo que se le ofreciese buenamente, y el otro dispuesto a dar lo que buenamente se le pidiese. Nunca se cerró más fácilmente un trato.

Hans se comprometió a conducirnos a la aldea de Stapi, situada en la costa meridional de la península del Sneffels, al pie mismo del volcán. Eran por tierra unas veintidós millas, que, según la opinión de mi tío, debían andarse en dos días.

Pero cuando supo que se trataba de millas dinamarquesas, de veinticuatro mil pies, tuvo que echar otros cálculos, y en vista de la falta de camino, contar con siete u ocho días de marcha.

Debían ponerse a su disposición cuatro caballerías, una para él, otra para mí y dos para los bagajes. Hans, según su costumbre,

Julio Verne

iría a pie. Conocía perfectamente aquella parte de la costa, y prometió llevarnos por el camino más corto, no pudiendo pasarle desapercibido ningún atajo.

El tiempo que debía estar al servicio de mi tío no expiraba a nuestra llegada a Stapi. Debía permanecer con él mientras lo requirieran sus excursiones científicas, al precio de tres rixdales semanales[3]; pero estaba formalmente convenido que el guía percibiría este salario todos los sábados por la tarde, como una condición *sine qua non* de su compromiso.

Se fijó la partida para el 16 de junio. Mi tío quiso poner en manos del cazador las arras del contrato, pero el guía rehusó con una palabra.

—*Efter* —dijo.

—*Después* —tradujo el profesor en voz alta para que yo lo comprendiese.

Cerrado el trato, Hans se retiró como si fuera de una sola pieza.

—Un hombre fabuloso —exclamó mi tío—, pero en lo que menos piensa es en el maravilloso papel que le reserva el porvenir.

—Nos acompañará, pues, hasta...

—Sí, Axel, hasta el centro de la Tierra.

Cuarenta y ocho horas habían aún de transcurrir, y con mucho sentimiento mío, tuve que invertirlas en nuestros preparativos. Todos los prodigios de nuestra inteligencia se invocaron para disponer los objetos de la manera más ventajosa; a un lado los instrumentos, al otro las armas, en este paquete las herramientas, en el de más allá los víveres. Entre todos, había cuatro grupos.

Los instrumentos comprendían:

1.º Un termómetro centígrado de Eigel, graduado hasta ciento cincuenta grados, lo que me pareció demasiado o no bastante. Demasiado, si el calor ambiente debía subir hasta allí, en cuyo caso nos asaríamos. No bastante, si se trataba de medir la temperatura de las termas o de otra, materia en fusión.

2.º Un manómetro de aire comprimido, dispuesto de modo que indicase presiones superiores a las de la atmósfera al nivel del océano, El barómetro ordinario no hubiera bastado, debiendo la

---

3 Dieciséis francos.

presión atmosférica aumentar a proporción que nosotros descendiésemos debajo de la superficie de la tierra.

3.º   Un cronómetro de Boissonais, oriundo de Ginebra, perfectamente arreglado al meridiano de Hamburgo.

4.º   Dos brújulas de inclinación y declinación.

5.º   Un anteojo de noche.

6.º   Dos aparatos de Ruhmkorff; productores de luz eléctrica, por medio de pilas, seguros y fáciles de llevar.

Las armas consistían en dos carabinas de Purdley More y Compañía y dos revólveres Colt. ¡Armas! ¿Para qué? Supongo que no tendríamos que habérnoslas con salvajes ni con fieras. Pero mi tío estaba tan prendado de su arsenal como de sus instrumentos. Y se proveyó de una notable cantidad de algo de pólvora, inalterable a la humedad, y cuya fuerza expansiva es considerablemente superior a la de la pólvora ordinaria.

Las herramientas comprendían dos zapapicos, dos azadones, una escala de seda, tres bastones con punta de hierro, un hacha, un martillo, una docena de cuñas y armellas de hierro, y largas cuerdas de nudos. Todo junto formaba una balumba, pues la escala no tenía menos de trescientos pies de longitud.

Había, en fin, provisiones. No era grande el paquete que las contenía, pero bastante para tranquilizarnos, pues había carne concentrada y galleta seca para seis meses.

El líquido se reducía exclusivamente a nebrina, sin una sola gota de agua; pero teníamos calabazas, que mi tío contaba con llenar en los manantiales. Cuantas objeciones hice sobre su cualidad, su temperatura y hasta su posible falta, fueron infructuosas.

Para completar la nomenclatura exacta de nuestros artículos de viaje, haré mención de un botiquín portátil, que contenía tijeras de punta roma, tablillas para fractura, una pieza de cinta de hilo crudo, vendas y compresas, esparadrapo, una lanceta para sangría; cosas todas horribles. No eran más tranquilizadores los frascos que contenían dextrina, alcohol vulnerario, acetato de plomo líquido, etc., vinagre y amoniaco. No faltaban tampoco las materias necesarias para los aparatos Ruhmkorff.

No se olvidó mi tío de una buena provisión de tabaco, pólvora y yesca, ni de un cinto de cuero, que llevaba siempre consigo, en que había una cantidad suficiente de monedas de oro y plata y billetes. En el grupo de las herramientas, figuraban seis pares de zapatos vueltos impermeables por medio de una buena capa de alquitrán y goma elástica.

—Vestidos como estamos, bien calzados, bien equipados, no veo ninguna razón para no ir lejos —me dijo mi tío.

El día 14 se invirtió todo en disponer estos diferentes objetos. Por la tarde comimos en casa del barón Trampe, en compañía del alcalde de Reikiavick y del doctor Hyaltalin, el gran médico del país. El señor Fridriksson no se contaba en el número de los convidados. Supe más adelante que el gobernador y él no estaban de acuerdo en una cuestión de administración, y no se visitaban. No tuve, pues, ocasión de comprender una palabra de cuanto se dijo, que no fue poco, durante aquella comida semioficial. Sólo noté que mi tío era quien hacía casi todo el gasto, hablando más que un descosido.

Al día siguiente, 15, quedaron terminados los preparativos. Nuestro huésped causó un verdadero placer al profesor, regalándole un mapa de Islandia incomparablemente más perfecto que el de Henderson. Era el mapa de Olaf Nicolás Olsen, reducido a 1/480 000, y publicado por la Sociedad Literaria Islandesa, según los trabajos geodésicos de Scheel Frisac, y el plano topográfico de Bjern Gumlaugsonn. El documento era precioso para un mineralogista.

La última velada se pasó en una conversación íntima con el señor Fridriksson, que me inspiraba la más viva simpatía. A la conversación sucedió un sueño que fue agitado, al menos el mío.

A las cinco de la mañana me despertó el relincho de cuatro caballos que piafaban debajo de mi ventana. Me vestí en menos que canta un gallo, y bajé a la calle, donde Hans acababa de cargar nuestros bagajes sin moverse, si así puede decirse. Sin embargo, trabajaba con una habilidad poco común. Mi tío, en cambio, no hacía más que ruido, y el guía, al parecer, hacía muy poco caso de sus recomendaciones.

A las seis estaba todo listo. El señor Fridriksson nos dio sendos apretones de manos. Mi tío le dio en islandés las más cordiales gracias por su benévola hospitalidad. En cuanto a mí, le endilgué en mi mejor latín una afectuosa despedida; mi tío y yo montamos a caballo, y el señor Fridriksson me disparó, ya envuelto en su último adiós, este verso que Virgilio había, al parecer, compuesto para nosotros, viajeros inciertos del camino:

Et quacumque viar dederit fortuna sequamur.

CAPÍTULO XII

Habíamos partido estando el tiempo nebuloso, pero tranquilo. No había que temer calores sofocantes, ni lluvias desastrosas. Era un tiempo de bañistas.

El placer de recorrer a caballo un país desconocido me permitía empezar a transigir con lo descabellado de la empresa. Me entregué todo entero a las ilusiones del expedicionario, ya que no tenía libertad para hacer otra cosa. Empezaba a hacer mi composición de lugar y a tomar mi partido.

—¿Qué arriesgo yo? —me preguntaba a solas—. ¡Viajar por un país, el más curioso! ¡Encaramarme a una montaña notabilísima! ¡Y, en el peor caso, descender al fondo de un cráter apagado! Porque es evidente que ese Saknussemm no hizo otra cosa. ¡En cuanto a la existencia de una galería que llega al centro del globo, que se lo cuente a su abuela! ¡Pura imaginación! ¡Pura imposibilidad! ¡Y lo imposible no es posible! Así, pues, si algo bueno nos ofrece la expedición, tomémoslo y no regateemos.

Apenas había concluido estas reflexiones, cuando salimos de Reikiavick.

Hans marchaba a la cabeza, con un paso rápido, igual y continuo. Los dos caballos cargados con los bagajes le seguían, sin necesidad de dirigirles. Mi tío y yo cerrábamos la marcha, y no hacíamos muy mal efecto montados en nuestros caballitos, vigorosos, aunque de poca estatura.

Islandia es una de las grandes islas de Europa. Su superficie es de mil cuatrocientas millas y su población no llega a sesenta mil almas. Los geógrafos le han dividido en cuatro cuarteles, y nosotros teníamos que atravesar casi oblicuamente el que lleva el nombre del país del cuartel del sudoeste, *Sudvester Fjordung.*

Al salir de Reikiavick, Hans tomó inmediatamente la orilla del mar. Atravesamos algunos terrenos escuálidos, que se esforzaban inútilmente en ser verdes, y no podían pasar de amarillos. Las rugosas cimas de los cerros traquíticos se embozaban en el horizonte de las brumas del este. A trechos, algunas sábanas de nieve, concentrando la luz difusa, resplandecían en las laderas y vertientes de los promontorios lejanos, y algunos picos, más atrevidos que los otros, taladraban las nubes cenicientas y reaparecían encima de los vapores movedizos, parecidos a escollos sumergidos en el cielo.

Con frecuencia, aquellas cordilleras de rocas áridas destacaban una punta hacia el mar y mordían la senda que seguíamos, pero ésta era siempre suficiente para pasar. Además, nuestros caballos escogían instintivamente el terreno más propicio sin aminorar su marcha. Mi tío no tenía siquiera el consuelo de arrear su cabalgadura con la voz o con el látigo, y le impacientaba la imposibilidad en que se veía de ser impaciente. Yo no podía dejar de sonreírme viéndole tan alto como era, montado en un pequeño jaco, y como sus largos pies rozaban el suelo, se me figuraba un Centauro con seis piernas.

—¡Excelente bestia —decía—, excelente bestia! Ya verás, Axel, como no hay ningún animal que exceda en inteligencia al caballo islandés. Nada le detiene, ni nieves, ni tempestades, ni caminos impracticables, ni rocas, ni ventisqueros. Es valiente, sobrio y seguro. No da un mal paso, ni un tropezón, ni tiene una salida de tono. Deja que tengamos que atravesar algún río, algún *fiord,* que algunos se presentarán, y verás a tu caballo echarse al agua sin vacilar, como un anfibio, y llegar a la orilla opuesta. Dejémosles hacer, y sin castigarles, andaremos diariamente diez leguas.

—Nosotros, sí —respondí yo—. ¿Pero el guía?

—Déjate de guías. Esas gentes andan sin sentir. El nuestro se mueve tan poco que es imposible se fatigue. Sin embargo, en caso necesario le cederé mi cabalgadura. Así como así, me han de dar pronto calambres, si no procuro andar para estirar las piernas. Hasta ahora los brazos van bien, pero es preciso guardar alguna consideración a las extremidades inferiores.

Avanzábamos rápidamente. El país estaba ya casi desierto. Aparecía de trecho en trecho, como un mendigo en la margen de una hondonada, un bohio aislado, algún *beer*[4] solitario, hecho de madera, tierra y lava. Aquellos miserables tugurios imploraban, al pare-

---

[4]   Casa de campesino islandés.

cer, la caridad de los transeúntes, y más de una vez se me ocurrió la idea de darles una limosna. En aquel país no hay caminos, ni siquiera senderos, y la vegetación borra pronto las huellas de los pocos viajeros que los cruzan.

Sin embargo, aquella parte de la provincia, situada a dos pasos de la capital, se encuentra entre las comarcas más habitadas y cultivadas de Islandia. ¿Qué será, pues, el territorio más desierto que aquel desierto? Habíamos ya andado media milla, y no habíamos aún encontrado un labrador junto a su choza, ni un pastor salvaje apacentando un rebaño menos salvaje que él; no habíamos visto más que algunas vacas y carneros abandonados a sí mismos. ¿Qué serán, pues, las regiones convulsionadas, trastornadas por los fenómenos eruptivos, nacidas de las explosiones volcánicas y de las conmociones subterráneas?

Destinados estábamos a conocerlas más adelante; pero consultando el mapa de Olsen, vi que nos apartaba de ellos la tortuosa playa que seguíamos. En efecto, el gran movimiento plutónico se ha concentrado principalmente en el interior de la isla, del cual las capas horizontales de rocas sobrepuestas, llamadas *trapps* en lengua escandinava, las fajas traquíticas, las erupciones de basalto, de toba, de todas las aglomeraciones volcánicas, los regueros de lava y pórfido en fusión, han hecho un país que inspira cierto horror sobrenatural. Ya entonces no me cupo duda del espectáculo que nos aguardaba en la península del Sneffels, donde los escombros de naturaleza volcánica forman un formidable caos.

Dos horas después de salir de Reikiavick llegamos al burgo de Gulunes, llamado *Aoalkirkja* o Iglesia principal. No es notable bajo ningún aspecto. Algunas casas solamente que bastarían apenas para formar un lugarejo en Alemania.

Hans se detuvo allí cosa de media hora; almorzó frugalmente con nosotros, respondió con monosílabos a las preguntas que le hizo mi tío sobre la naturaleza del camino, y cuando le preguntó dónde pensaba pasar la noche, dijo:

—*Gärdar.*

Consulté el mapa para saber lo que era Gärdar. Vi un caserío de este nombre en las márgenes del Flaljord, a cuatro millas de Reikiavick. Se lo enseñé a mi tío.

—¡No más que cuatro millas! —dijo—. ¡Cuatro de veintidós! ¡Hermoso paseo!

Quiso hacer una observación al guía, el cual, sin responderle, volvió a colocarse delante de los caballos y se puso en marcha.

Tres horas después, pisando siempre el descolorido césped, doblamos el Kollaljord, porque esta vuelta era más fácil y menos larga que una travesía del golfo. No tardamos en entrar en un *pingstoer,* lugar de jurisdicción comunal, llamado Ejuiberg, cuyo campanario hubiera dado las doce, si las iglesias islandesas hubiesen sido bastante ricas para tener reloj; pero las iglesias se parecen mucho a sus feligreses, que no gastan relojes, y se pasan muy bien sin ellos.

Allí se dio descanso a los caballos. Después, tomando por un ribazo encajonado entre una cordillera de colinas y el mar, nos llevaron de una tirada al *aoalkirjka* de Brantar, y una milla más adelante a *Saurboer Annexia:* iglesia anexa, situada en la costa meridional de Hvalfjord.

Eran entonces las cuatro de la tarde, y habíamos avanzado cuatro millas.

El *fiord* tenía en aquel punto al menos cuatro millas de ancho. Las olas se estrellaban con estrépito contra las agudas rocas. El golfo minaba murallas de peñascos que formaban una especie de escarpa cortada a pico que no tenía menos de tres mil pies de elevación, y era notable por sus capas cenicientas que contrastaban con los lechos de toba de un matiz rojizo. Por mucha que fuese la inteligencia de nuestros caballos, yo no me las prometía muy felices de la travesía de un verdadero brazo de mar pasado a lomo de cuadrúpedos.

—Si son inteligentes —dije— no tratarán de pasar, y en todo caso yo me encargo de ser inteligente por ellos.

Pero mi tío no quería aguardar. Se dirigió corriendo a la playa. Su cabalgadura olfateó la última ondulación de las aguas y se detuvo. Mi tío, que tenía también su instinto, le excitó para que pasase. Nueva negativa del animal, que sacudió la cabeza. Entonces, juramentos y latigazos, y el caballo, encabritándose, empezó a hacer perder el equilibrio a su jinete. En fin, el jaco, doblando sus corvejones, se separó de entre las piernas del profesor y dejó a éste plantado en la orilla, como el coloso de Rodas.

—¡Ah! ¡Maldito animal! —exclamó el jinete súbitamente convertido en peón, y avergonzado como un oficial de caballería que pasase a infantería.

—*Farja* —dijo el guía tocándole en el hombro.

—¡Cómo! ¿Una barca?

—*Der* —respondió Hans, señalándola con la mano.

—Sí —exclamé yo—, hay una barca.

—¡Pues haberlo dicho! ¡Adelante!

—*Tidvatten* —repuso el guía.

—¿Qué dice?

—Dice marea —respondió mi tío, traduciéndome el vocablo dinamarqués.

—¿Será sin duda preciso aguardar la marea?

—*Fórbida?* —preguntó mi tío.

—*Ja* —respondió Hans.

Mi tío dio con el pie en el suelo en señal de impaciencia, mientras los caballos se dirigían pausadamente a la barca.

Comprendí perfectamente la necesidad de aguardar un instante dado de la marea para emprender la travesía del *fiord,* es decir, el momento en que, llegada a su mayor altura, la marea se tiende, como dicen los marinos. Entonces el flujo y reflujo no ejerce ninguna acción sensible, y la barca no corre peligro de ser arrastrada hacia el fondo del golfo, ni mar adentro.

El instante favorable no llegó hasta las seis de la tarde. Mi tío, yo, el guía, dos pasajeros y los cuatro caballos nos habíamos colocado en una especie de barca chata, bastante frágil. Acostumbrado como estaba a las barcas de vapor del Elba, me parecían un recurso de maquinaria demasiado primitivo los remos de los barqueros. Más de una hora necesitamos para cruzar el *fiord,* pero en fin, no hubo en la travesía ningún accidente.

Media hora después, llegábamos al *aoalkirjka* de Gärdar.

CAPÍTULO XIII

Debía de ser de noche, pero bajo el paralelo 75 la claridad nocturna de las regiones polares no debían asombrarme. En Islandia, durante los meses de junio y julio, el sol no se pone.

No obstante, había bajado la temperatura. Yo tenía frío, y sobre todo hambre. ¡Bendito sea el bóer que se abrió hospitalariamente para recibirnos!

Era el albergue de un rústico, pero, desde el punto de vista hospitalario, valía más que el palacio de un rey.

A nuestra llegada, el dueño vino a tendernos la mano, y sin más ceremonias, nos hizo señal de que le siguiésemos.

Le seguimos, en efecto, pues acompañarle era imposible. Un corredor largo, estrecho, oscuro, daba acceso a una habitación construida con maderas casi sin labrar y permitía llegar a todas las piezas.

Éstas eran cuatro: la cocina, el taller de tejedor, el *badstofs,* dormitorio de la familia, y el cuarto para los forasteros, que era el mejor de todos. Mi tío, en cuya estatura no se había pensado al levantar la casa, tropezó tres o cuatro veces con la cabeza contra las vigas del techo.

Se nos introdujo en una especie de sala espaciosa, cuyo suelo era de tierra apisonada. Recibía la luz por una única ventana que tenía, en lugar de cristales, membranas de carnero de muy dudosa transparencia. Servían de cama dos marcos de madera pintados de encarnado, adornados con sentencias islandesas y que contenían cierta cantidad de heno seco. No esperaba yo tanta comodidad, y me hubiera parecido hasta excesiva, si no hubiese reinado en la casa un fuerte olor a pescado seco, carne macerada y leche agria, que estaba muy lejos de ser el bello ideal con que soñaba mi olfato.

Dejamos a un lado todos nuestros chismes de viaje, y oímos la voz del dueño de la casa, que nos invitaba a pasar a la cocina, única pieza en que se encendía lumbre, aunque fuese en la época de los mayores fríos.

Mi tío se rindió al momento a la amistosa invitación y yo no pude hacer más que seguirle.

La chimenea de la cocina era de un modelo antiguo. En medio de la pieza sobresalía una piedra; no había más hornillo, ni más hogar. En el techo se veía un agujero por donde salía el humo. Esta cocina servía también de comedor.

Apenas entramos, el huésped, como si no nos hubiese aún visto, nos saludó con la palabra *soellvertu,* que significa «sed felices» y nos besó en la mejilla.

Su mujer pronunció las mismas palabras acompañadas de la misma ceremonia, y luego los dos esposos, poniéndose la mano sobre el corazón, se inclinaron profundamente.

Debo decir que la islandesa era madre de diecinueve hijos; que todos, grandes y pequeños, hormigueaban y bullían en medio de los torbellinos de humo que llenaban la cocina. A cada instante veía salir de la niebla una nueva cabeza rubia y algo melancólica. Me hallaba en medio de un coro de ángeles en verdad no bastante limpios.

Mi tío y yo acogimos con cariño la parva de gurripatos, y no fue menester más para que tres o cuatro de ellos se nos subiesen a los hombros, otros tantos a las rodillas, quedándonos con los demás entre las piernas. Los que hablaban repetían *soellvertu* en todos los tonos imaginables. Los que no hablaban se desgañitaban gritando.

El anuncio de la comida interrumpió el concierto.

Entró entonces el cazador que venía de *echar el pienso* a los caballos, es decir, que les había económicamente dado suelta en medio de los campos para que los pobres animales paciesen el escaso musgo de las rocas y algunos fucos poco nutritivos. Así lo hicieron sin duda, y al día siguiente no dejaron ellos mismos de presentarse espontáneamente para volver a su tarea de la víspera.

—*Soellvertu* —dijo Hans.

Después, tranquilamente, automáticamente, sin que hubiese un ósculo más acentuado que otro, besó al huésped, a la huéspeda y a los diecinueve chiquillos.

Terminada la ceremonia nos sentamos a la mesa en número de veinticuatro, y por consiguiente, los unos encima de los otros, en el verdadero sentido de la frase. Los más favorecidos no tenían sobre las rodillas más que dos muñecos.

Impuso silencio a toda la pollada la aparición de la sopa, y recobró su imperio la taciturnidad que en los islandeses es característica de los chiquillos. El huésped nos sirvió una sopa de liquen, que no era desagradable, y luego una porción enorme de pescado seco que nadaba en un mar de manteca agriada hacía ya veinte años, y por consiguiente, muy preferible a la manteca fresca, según las ideas gastronómicas de Islandia. Había abundancia de *skyr,* especie de leche cuajada, acompañada de galleta y relevada por jugo de bayas de enebro. La bebida se reducía a lo que se llamaba *blande* en el país, que no es más que suero mezclado con agua. No puedo decir si tan singular alimentación es o no agradable e higiénica. Yo tenía hambre, y a los postres me di un buen atracón de una especie de papilla de alforfón.

Después de comer, los chiquillos desaparecieron, y las personas mayores rodearon el hogar, en que ardían brezos, toba, estiércol de vaca y huesos de pescados secos. Habiéndose ya calentado, los distintos grupos volvieron a sus respectivos cuartos. La huéspeda se ofreció, según costumbre, a quitarnos las medias y los pantalones, lo que nosotros no consentimos. Ella no insistió, y yo pude por fin echarme sobre mi cama de heno.

Al día siguiente, a las cinco, nos despedimos del rústico, a quien mi tío, no con poco trabajo, pudo hacer aceptar una remuneración conveniente. Hans dio la señal de marcha.

A cien pasos de Gärdar, el terreno empezó a tomar otro aspecto, volviéndose pantanoso y menos fácil de andar. A la derecha, la serie de montañas se prolongaba indefinidamente, como un inmenso sistema de fortificaciones naturales, cuya contraescarpa seguíamos. Con frecuencia teníamos que atravesar arroyos que era necesario vadear sin mojar demasiado los equipajes.

El desierto se hacía más y más profundo. Algunas veces, sin embargo, veíamos a lo lejos una sombra humana que huía. Si las revueltas del camino nos acercaban inopinadamente a alguno de aquellos espectros, yo experimentaba un asco repentino a la vista de una cabeza hinchada, de un cutis reluciente, desprovisto de pelo y de llagas repugnantes delatadas por desgarrones de miserables andrajos.

La desgraciada criatura no se acercaba para tender su mano desfigurada. Al contrario, huía, pero no tan deprisa que no tuviese Hans tiempo de saludarla con el *soellvertu* acostumbrado.

—*Spetelsk* —decía luego.

—Un leproso —repetía mi tío.

Y esta sola palabra producía un efecto repulsivo. La lepra es una horrible afección bastante común en Islandia. No es contagiosa, pero es hereditaria, por cuya razón a los leprosos se les prohíbe casarse.

No eran semejantes apariciones las más a propósito para alegrar el paisaje, que era cada vez más triste. Los últimos tallos de hierba acababan de morir bajo nuestros pies. No se veía ni un árbol, no había más que algunos álamos enanos, semejantes a malezas. Ni aparecían tampoco más animales que algunos caballos que, abandonados por su señor que no podía alimentarlos, andaban errantes por las tristes llanuras. De cuando en cuando un halcón se cernía entre las nubes cenicientas y huía hacia las comarcas del sur; yo me dejaba llevar de la melancolía de aquella naturaleza salvaje, y mis recuerdos me reconducían a mi país natal.

Hubo luego que cruzar algunos pequeños *fiords* sin importancia, y por fin un verdadero golfo. La marea, tendida entonces, nos permitió pasar en el acto y ganar el caserío de Aftames, situado una milla más allá.

Al anochecer, después de haber vadeado dos ríos ricos en truchas y sollos, el Alfa y el Heta, tuvimos que pernoctar en un mal casucho abandonado, digno de ser habitado por todos los duendes de la mitología escandinava. Es seguro que el genio del frío había fijado en él su domicilio, e hizo de las suyas durante la noche.

El siguiente día no presentó ningún incidente particular. El mismo terreno pantanoso, la misma uniformidad, la misma fisonomía triste. Al anochecer habíamos andado la mitad del camino que teníamos que recorrer, y pernoctamos en *l'annexia* de Krosolbt.

El 19 de junio, un terreno de lava que tenía alrededor de una milla, se extendió bajo nuestros pies. Esta disposición del terreno se llama *kraun* en el país. La lava arrugada en la superficie afecta formas de cable, ya prolongadas, ya arrolladas sobre sí mismos. Un inmenso rastro de cenizas bajaba de las montañas vecinas, volcanes actualmente apagados, pero cuyas reliquias atestiguaban la violencia pasada. Trepaban a trechos, como reptiles, algunos torbellinos de humo de manantiales calientes.

Nos faltaba tiempo para observar aquellos fenómenos, y nos detuvimos. El terreno pantanoso se presentó de nuevo bajo los cascos de nuestros caballos. Algunas lagunas entrecortaban los pantanos. Nuestra dirección era entonces al oeste. Habíamos doblado la gran bahía de Faxa, y la doble cima blanca del Sneffels se levantaba hasta las nubes a menos de cinco millas.

Los caballos andaban bien, sin que les detuviesen las dificultades del terreno. Yo empezaba a estar muy fatigado, pero mi tío permanecía firme y tieso como el primer día, y yo no podía dejar de admirarle lo mismo que al cazador, el cual consideraba la expedición como un simple paseo.

· El sábado 20 de junio, a las seis de la tarde, llegamos a Burdi, aldea situada a orillas del mar, y el guía reclamó su salario correspondiente. Se entendió con mi tío. Fue la misma familia de Hans, es decir, sus tíos y primos hermanos, la que nos ofreció hospitalidad. Fuimos bien recibidos, y sin abusar de las bondades de aquellas buenas gentes, yo de buena gana hubiera permanecido en su compañía para reponerme de las fatigas del viaje. Pero mi tío, que nada tenía que reponer, vio las cosas de otro modo, y al día siguiente fue preciso ponerme de nuevo a horcajadas sobre mi cabalgadura.

El terreno se resentía de la proximidad de la montaña, cuyas raíces de granito salían de la tierra como las de una añosa encina. Dimos vuelta alrededor de la inmensa base del volcán. El profesor le devoraba con sus miradas, gesticulaba, parecía que le desafiaba y decía: «¡He aquí el gigante que voy a domar!». En fin, después de cuatro horas de marcha, los caballos se detuvieron, sin mandárselo, a la puerta del presbiterio de Stapi.

CAPÍTULO XIV

Stapi es un lugarejo compuesto de unas treinta chozas y edificado en plena lava bajo los rayos del sol, reflejados por el volcán. Se extiende en el fondo de un pequeño *fiord* encadenado en un murallón basáltico del más extraño efecto.

Sabido es que el basalto es una roca oscura de origen ígneo. Sorprenden por su disposición las formas regulares que afecta. La naturaleza en su formación procede geométricamente y trabaja a la manera humana, como si manejase el cartabón, el compás y el nivel. En todas sus demás edificaciones desenvuelve su arte con grandes moles echadas sin orden, con sus conos apenas esbozados, con sus pirámides imperfectas, con la extraña sucesión de sus líneas. En basalto, queriendo dar ejemplo de regularidad, y precediendo a los arquitectos de las primeras edades, ha creado un orden severo, que no han sobrepujado jamás los esplendores de Babilonia, ni las maravillas de Grecia.

Había oído hablar muchas veces de la Calzada de los Gigantes en Irlanda, y de la gruta de Fingal en una de las Hébridas; pero el espectáculo de una construcción basáltica no se había ofrecido aún a mis miradas.

En Stapi este fenómeno aparecía con toda su belleza.

El murallón del *fiord,* como toda la costa de la península, se componía de una serie de columnas verticales de treinta pies de altura, rectas y bien proporcionadas, que sostenían una arcada formada de travesaños, de cuya clave arrancaba media bóveda suspendida sobre el mar. A ciertos intervalos, y bajo aquel cobertizo natural, la mirada sorprendía aberturas ojivales de un dibujo admirable, por las cuales se precipitaban vomitando espuma las irritadas olas. Algunos pedruscos de basalto, arrancados por los furores del océano, quedaban tendidos en tierra como las ruinas de un templo antiguo; ruinas eternamente jóvenes, sobre las cuales, sin deteriorarlas, pasaban siglos y más siglos.

Tal era el último término de nuestro viaje terrestre. A él nos había conducido Hans con inteligencia, y me tranquilizaba un poco la idea de que él seguiría conduciéndonos.

Al llegar a la puerta de la casa del rector, simple cabaña baja, no más bella, ni más cómoda que las demás, vi un hombre en actitud de herrar un caballo, con el martillo en la mano, y con el mandil de cuero atado a la cintura.

—*Soellvertu* —le dijo el cazador.

—*God day* —respondió el albéitar en muy buen dinamarqués.

—*Kyrkoherde* —murmuró Hans, volviéndose hacia mi tío.

—¡El rector! —repitió mi tío volviéndose hacia mí—. Parece, Axel, que el albéitar es el rector.

El guía entretanto ponía al *kyrkoherde* al corriente de la situación. El *kyrkoherde,* suspendiendo su trabajo, lanzó una especie de grito, que está sin duda en uso entre caballos y chalanes y salió inmediatamente de la cabaña una mujer que parecía una furia. Muy poco le faltaba para medir seis pies de estatura.

Me temí que viniera a ofrecer a los viajeros el ósculo islandés; pero afortunadamente no fue así, y hasta estuvo muy poco amable al introducirnos en su casa.

El cuarto de los viandantes, estrecho, sucio e infecto, me pareció el peor del presbiterio, pero no se nos ofrecía otro. No eché de ver que el rector practicase la hospitalidad antigua. Antes de anochecer vi que teníamos que habérnoslas con un herrero, un herrador, un pescador, un cazador, un carpintero, con uno que de todo tenía menos de ministro del Señor. Verdad es que era el día de trabajo. Tal vez se desquitaba los domingos.

No quiero hablar mal de aquellos pobres curas, que al fin y al cabo son muy miserables. Reciben del Gobierno dinamarqués una asignación ridícula y perciben la cuarta parte del diezmo de su parroquia, lo que no llega a una suma de sesenta marcos corrientes[5]. Necesitan, por tanto, trabajar para vivir; pero pescando, cazando, herrando caballos, se acaba por tomar las maneras, el tono y las costumbres de los cazadores, pescadores y otras gentes algo ru-

---

[5] Moneda de Hamburgo. Unos noventa francos.

das, y así es que aquella misma noche me enteré de que nuestro huésped no contaba la sobriedad en el número de sus virtudes.

Mi tío comprendió pronto con quién tenía que bregar, pues en vez de un digno y honrado sabio, halló un patán descortés y grosero. Resolvió, pues, empezar cuanto antes su gran expedición y abandonar aquel cura poco hospitalario. No tenía para nada en cuenta sus fatigas, y resolvió ir a pasar algunos días en la montaña.

Así, pues, al día siguiente de nuestra llegada a Stapi, se hicieron los preparativos de marcha. Hans contrató los servicios de tres islandeses para remplazar a los caballos en el transporte de los equipajes; pero una vez llegados al fondo del cráter, aquellos indígenas debían retroceder y dejarnos solos. Quedó este punto definitivamente resuelto.

Entonces mi tío puso en conocimiento del cazador que su intención era proseguir el reconocimiento del volcán hasta sus últimos límites.

Hans no hizo más que inclinar la cabeza. Entre ir allí o a otra parte, entre hundirse entre las entrañas de su isla o recorrerla por fuera, no veía ninguna diferencia. En cuanto a mí, distraído hasta entonces por los incidentes del viaje, me había olvidado algo del porvenir, pero en aquel momento sentí que las zozobras me asaltaban con nueva violencia. Pero, ¿qué había de hacer? En el caso de intentar resistir al profesor Lidenbrock, debía haberlo intentado en Hamburgo y no al pie del Sneffels.

Una idea, entre otras, me trastornaba mucho, idea espantosa y muy capaz de conmover nervios menos sensibles que los míos.

—Veamos —me decía—. Vamos a encaramarnos hasta la cresta del Sneffels. Bien. Vamos a visitar un cráter. Bueno. Otros lo han visitado y no han muerto. Pero vamos a hacer algo más. Si se presenta un camino para bajar a las entrañas de la Tierra, si ese malhadado Saknussemm ha dicho la verdad, vamos a perdernos en medio de las galerías subterráneas del volcán. ¿Y quién sabe si el Sneffels está apagado? ¿Hay algo que pruebe que no se prepara una erupción? De que el monstruo duerma desde 1229, ¿es lícito deducir que no pueda despertarse? Y si se despierta, ¿qué será de nosotros?

La cosa valía la pena de reflexionar, y yo reflexionaba. No podía dormir sin soñar con erupciones. El papel de escoria que me exponía a representar, me parecía brutal y repugnante.

No pudiendo por más tiempo ocultar mis zozobras, resolví someter el caso a mi tío con la mayor destreza posible, y bajo la forma de una hipótesis perfectamente razonable.

Me dirigí a él, y al darle cuenta de mis recelos, retrocedí dos pasos para dejarle desenvolver su saña libremente.

—Pensaba en lo mismo —respondió sencillamente.

¿Qué significaban tan inesperadas palabras? ¿Iba al fin a oír la voz de la razón? ¿Pensaba en suspender sus proyectos? Tanta dicha era excesiva para ser posible.

Después de algunos instantes de silencio, durante los cuales no me atrevía a interrogarle, añadió:

—Pensaba en el caso por ti supuesto. Desde nuestra llegada a Stapi, me he ocupado de la grave cuestión que acabas de someter a mi juicio, porque conviene obrar con prudencia.

—En efecto —repliqué yo vivamente.

—Seiscientos años hace que el Sneffels está mudo, pero puede hablar de un momento a otro. Mas a las erupciones preceden siempre fenómenos perfectamente conocidos. He interrogado a la gente del país, he estudiado el terreno. Y puedo asegurarte, Axel, que no habrá erupción.

Su afirmación me dejó atónito y no supe qué decir.

—¿Dudas de mis palabras? —dijo mi tío—. ¡Pues bien, sígueme!

Obedecí maquinalmente. Al salir del presbiterio, el profesor tomó un camino directo que, por una abertura del murallón basáltico, se alejaba del mar. Estuvimos luego en campo raso, si se puede dar este nombre a un montón inmenso de depresiones volcánicas. El país estaba como abismado bajo una lluvia de piedras enormes, lava, basalto, granito y todas las rocas piroxénicas.

Veía a trechos humaredas que empañaban el aire. Aquellos vapores termales, llamados *reikyr* en lengua islandesa, procedían de manantiales termales, que con su violencia indicaban la actividad volcánica del suelo. En mi concepto, justificaban mis recelos, y así es que me quedé como quien ve visiones cuando mi tío me dijo:

—¿Ves todas esas humaredas, Axel? Ellas prueban que no tenemos que temer ningún furor del volcán.

—¡Cómo! —exclamé yo.

—No olvides lo que voy a decirte —repuso el profesor—. Al acercarse una erupción, esas humaredas redoblan su actividad para desaparecer completamente durante la realización del fenómeno, porque los fluidos elásticos, no teniendo ya la tensión necesaria, toman el camino de los cráteres en lugar de escaparse por las hendiduras del globo. Si pues esos vapores se mantienen en su estado habitual, si no aumenta su energía, y si añades a dicha observación que el viento y la lluvia no son remplazados por un aire pesado y tranquilo, puedes afirmar que no habrá erupción próxima.

—Pero...

—Basta. Cuando la ciencia ha hablado, deber es callar.

Me volví a casa del cura con las orejas gachas. Mi tío me acababa de anonadar con sus argumentos científicos. Sin embargo, me quedaba aún la esperanza de que una vez llegados al fondo del cráter fuera imposible, por falta de galería, bajar más profundamente, a pesar de todos los Saknussemm del mundo.

Pasé la noche siguiente cautivo de una pesadilla en medio de un volcán, y desde las profundidades de la tierra me sentía arrojado a los espacios planetarios en forma de roca eruptiva.

El día siguiente, 23 de junio, Hans nos aguardaba con sus compañeros cargados de víveres, herramientas e instrumentos. Dos bastones con punta de hierro, dos fusiles y dos cartucheras estaban reservados a mi tío y a mí. Hans, que era hombre precavido, había añadido un cántaro lleno que, junto con nuestras calabazas, nos aseguraba agua para ocho días.

Eran las nueve de la mañana. El doctor y su gigantesca ama aguardaban delante de la puerta. Querían sin duda darnos el adiós supremo del huésped al viajero. Pero su adiós tomó la forma inesperada de una nota formidable, en que se nos contaba hasta el aire, bien infecto por cierto, de la casa pastoral. La digna pareja nos desolló como un posadero suizo y daba mucho valor a su hospitalidad ponderada.

Mi tío pagó sin regatear. Un hombre que partía para el centro de la tierra no había de ponerse a disputar por unos cuantos rixdales.

Arreglado este punto, Hans dio la señal de marcha y algunos momentos después habíamos salido de Stapi.

CAPÍTULO XV

El Sneffels tiene cinco mil pies de altura. Es por su doble cono la conclusión de una faja traquítica que se destaca del sistema orográfico de la isla. Desde nuestro punto de partida no se podían ver sus dos picos perfilándose en el fondo ceniciento del cielo. Yo no distinguí más que el casquete de nieve que cubre el cráneo del gigante.

Marchábamos en fila, precedidos del cazador. Éste se encaramaba por estrechos senderos que no hubieran permitido pasar de frente a dos personas. Toda conversación era, pues, poco menos que imposible.

Más allá del murallón basáltico del *fiord* de Stapi se presentó un terreno de turba herbácea y fibrosa, residuo de la antigua vegetación de los pantanos de la península. La masa de aquel combustible aún no explotado hubiera bastado para calentar por espacio de un siglo a toda la población de Islandia. El inmenso hornaguero, medido desde el fondo de algunos barrancos, tenía con frecuencia setenta pies de altura y presentaba capas sucesivas de detritus carbonizados, separados por hojas de tabas y piedra pómez.

Como buen sobrino del profesor Lidenbrock, yo observaba con interés, no obstante mis preocupaciones, las curiosidades mineralógicas expuestas en aquel inmenso gabinete de historia natural, y al mismo tiempo rehacía en mi mente toda la historia geológica de Islandia.

Islandia es una isla curiosa, salida evidentemente del fondo de las aguas en una época relativamente moderna. Tal vez siga aún elevándose por un movimiento insensible. Siendo así, no se puede atribuir su origen más que a la acción de los fuegos subterráneos, en cuyo caso la teoría de Humphry Davy, el documento de Saknussemm y las pretensiones de mi tío se convertían en humo. Esta hipótesis me indujo a examinar atentamente la naturaleza del terreno y no tardé en darme cuenta de la sucesión de fenómenos que presidieron su formación.

Islandia, absolutamente privada de terreno sedimentario, se compone únicamente de tobas volcánicas, es decir, de una aglomeración de piedras y rocas de una textura porosa. Antes de la existencia de los volcanes, estaba formada de una masa sólida lentamente levantada encima de las olas por el empuje de las fuerzas centrales. No había habido una irrupción exterior de los fuegos interiores.

Pero, más adelante, se abrió diagonalmente del sudoeste al nordeste de la isla una ancha grieta, por la cual se derramó poco a poco toda la pasta traquítica. El fenómeno se producía entonces sin violencia; la abertura era enorme, y las materias derretidas, arrojadas de las entrañas del globo, se extendieron tranquilamente en vastas sábanas o cn masas apezonadas. En aquella época aparecieron los feldespatos, las sienitas y los pórfidos.

Pero gracias a aquel desahogo, el grueso de la isla aumentó considerablemente, y por consiguiente, su fuerza de resistencia. Se concibe la cantidad de fluidos elásticos que se almacenarían en su seno, cuando no ofreció ya ninguna salida después del enfriamiento de la costra traquítica. Llegó, pues, un momento en que fue tal el poder de los gases, que levantaron la pesada corteza y se abrieron erguidas chimeneas. Tenemos, por lo tanto, el volcán formado por el levantamiento de la corteza, y después el cráter abierto de repente en la cima del volcán.

Entonces, a los fenómenos eruptivos sucedieron los fenómenos volcánicos. Por las aberturas recién formadas se escaparon desde luego las deposiciones basálticas, de las cuales ofrecía a nuestras miradas las más maravillosas muestras la llanura que en aquel momento atravesábamos. Marchábamos sobre aquellas pesadas rocas de un color ceniciento oscuro que el enfriamiento había moldeado en prismas de base hexagonal. A lo lejos se veían numerosos conos aplastados, que habían sido en otro tiempo bocas ignívomas.

Después, agotada la erupción basáltica, el volcán cuya fuerza aumentó con la que tomó de los cráteres apagados, dio paso a las lavas y a aquellas tobas de cenizas y escorias cuyas largas madejas veía desparramadas por sus manos como una cabellera opulenta.

Tal fue la sucesión de los fenómenos que constituyeron Islandia. Todos provenían de la acción de los fuegos interiores, y locura sería suponer que la masa interna no permaneciese en un permanente estado de liquidez candente. ¡Locura sería pretender llegar al centro del globo!

Así, pues, mientras íbamos al asalto del Sneffels, estaba tranquilo acerca del resultado de nuestra empresa.

El camino se hacía cada vez más difícil. El terreno subía, las rocas oscilaban y se necesitaba la más escrupulosa atención para evitar caídas peligrosas.

Hans avanzaba tranquilamente como en un terreno llano. Desaparecía algunas veces detrás de los grandes peñascos, y le perdíamos momentáneamente de vista. Entonces, salía de sus labios un silbido agudo que indicaba la dirección que debíamos seguir. Con frecuencia también se detenía, cogía algunas piedras, las disponía de modo que fuese fácil reconocerlas y así dejaba trazada la senda que debíamos seguir a nuestro regreso. La precaución era buena, pero futuros acontecimientos la volvieron inútil.

Tres horas de penosísima marcha se invirtieron sólo para llegar a la falda de la montaña. Allí Hans nos hizo una señal para que nos detuviéramos, y almorzamos todos sumariamente. Mi tío, para despachar más pronto, doblaba los bocados antes de introducírselos: pero como aquel alto para almorzar era también un alto de descanso, tuvo que sujetarse a la voluntad del guía, el cual no dio la señal de marcha hasta una hora después. Los tres islandeses, tan taciturnos como su camarada el cazador, no pronunciaron una palabra y almorzaron sobriamente.

Empezábamos a ganar las laderas del Sneffels. Su nevada cima, por una ilusión de óptica frecuente en las montañas, me parecía muy próxima, y, sin embargo, ¡cuántas horas habían de pasar antes de que llegásemos a ella! ¡Cuántas fatigas sobre todo! Las piedras, no unidas entre sí por ninguna hierba ni por ningún cemento de tierra, rodaban al tocarlas nuestros pies y con la rapidez de una avalancha iban a perderse en la llanura.

En ciertos sitios, los flancos del monte formaban con el horizonte un ángulo que no bajaba de treinta y seis grados. Era imposible encaramarse por ellos, y no con poca dificultad conseguimos dar vuelta por aquellos ribazos de piedras. Entonces, con nuestros bastones, nos auxiliábamos mutuamente.

Debo decir que mi tío procuraba estar tan cerca de mí como era posible. No me perdía de vista, y en varias ocasiones me sirvió su brazo de sólido apoyo. En cuanto a él tenía sin duda el sentimiento innato del equilibrio, pues no se bamboleaba nunca. Los islandeses, aunque cargados, trepaban con una agilidad de monos.

Al ver la altura de la cúspide del Sneffels, me parecía imposible que por aquel lado se pudiese llegar a ella, si no se cerraba el ángulo de inclinación de las pendientes. Afortunadamente, después de una hora de fatigas y esfuerzos desesperados, en medio del dilatado tapiz de nieve desplegado en la cumbre del volcán, se presentó inopinadamente una escalera que simplificó nuestra excursión. Estaba formada por uno de esos torrentes de piedras vomitadas por las erupciones, que los islandeses llaman *stiná*. Si aquel torrente no se hubiese detenido en su caída por la disposición de los flancos de la montaña, habría ido a precipitarse en el mar y a formar islas nuevas.

Tal como era, nos fue muy útil. La rigidez de las pendientes iba en aumento, pero algunos peldaños de piedra permitían irlas ganando con cierta facilidad relativa, y hasta con tal rapidez, que habiéndome yo quedado atrás un momento mientras mis compañeros proseguían su ascensión, les distinguí reducidos ya por la distancia a una apariencia microscópica.

A las siete de la tarde, habíamos subido los dos mil peldaños de la escalera, y dominábamos una abolladura de la montaña, especie de estribo en que se apoyaba el cono propiamente dicho del cráter.

El mar se extendía a una profundidad de tres mil doscientos pies. Habíamos traspasado el límite de las nieves perpetuas, bastante poco elevado en Islandia a consecuencia de la constante humedad del clima. Hacía mucho frío, el viento soplaba con violencia. Yo estaba rendido. El profesor vio que no podía ya más, que mis piernas se negaban a prestarme servicio alguno, y a pesar de su impaciencia, tuvo a bien detenerse.

Hizo, pues, una señal al cazador, el cual sacudió la cabeza diciendo:

—*Olvanfor.*

—Parece que es preciso subir más —dijo mi tío.

Después preguntó a Hans cuál era el motivo de su respuesta.

—*Mistour* —respondió el guía.

—*Ja mistour* —repitió con sobresalto uno de los islandeses.

—¿Qué significa esa palabra? —pregunté con inquietud.

—Mira —dijo mi tío.

Dirigí mis miradas hacia la llanura. Una inmensa columna de piedra pómez pulverizada, arena y polvo se elevaba arremolinándose como una tromba; el viento la rechazaba contra el flanco del Sneffels, en que nos manteníamos agarrados; aquella cortina opaca tendida delante del sol producía una enorme sombra echada sobre la montaña. Si aquella manga se inclinaba, tenía evidentemente que envolvernos en sus torbellinos. Semejante fenómeno, bastante frecuente cuando el viento viene de los ventisqueros, toma el nombre de *mistour* en lengua islandesa.

—*Hastigt, hastigt* —exclamó nuestro guía.

Sin conocer el dinamarqués comprendí que teníamos que seguir a Hans a toda prisa. Hans empezó a rodear por el cono del cráter, pero al sesgo para facilitar la marcha, La tromba atacó luego la montaña, la cual se estremeció a su choque, y las piedras comprendidas dentro de los remolinos del viento volaron como en una erupción para caer a manera de lluvia. Afortunadamente, nos hallábamos en la ladera opuesta, a cubierto de todo peligro. Sin la precaución del guía, nuestros cuerpos, desmenuzados, reducidos a polvo, hubieran ido a caer muy lejos como el producto de algún meteoro desconocido.

Con todo, Hans no consideró prudente pasar la noche en los costados del cono. Continuamos nuestra ascensión describiendo eses; los mil quinientos pies que teníamos que salvar nos llevaron cerca de cinco horas; las revueltas, sesgos y contramarchas no medían menos de tres leguas. Yo no podía ya más; sucumbía al frío y al hambre. El aire, algo rarificado, no bastaba al juego de los pulmones.

En fin, a las once de la noche, siendo la oscuridad completa, alcanzamos la cima del Sneffels, y yo, antes de ir a abrigarme dentro del cráter, tuve tiempo de contemplar el *sol de medianoche* en lo más bajo de su carrera, proyectando sus pálidos rayos sobre la isla dormida a mis pies.

CAPÍTULO XVI

Se cenó a escape, y la comitiva se acomodó para dormir lo mejor que pudo. La cama era dura, el abrigo poco sólido y la situación muy penosa, a cinco mil pies sobre el nivel del mar. Sin embargo, en aquella noche, una de las mejores que había pasado desde mucho tiempo, mi sueño fue sumamente tranquilo. No soñé siquiera.

El día siguiente, a los rayos de un hermoso sol, me despertó un aire muy vivo, que me dejó medio helado. Salí de mi dormitorio de granito y fui a gozar del magnífico espectáculo que se desenvolvía ante mis ojos.

Ocupé la cima de uno de los dos picos del Sneffels, el pico del sur, desde el cual mi vista dominaba la mayor parte de la isla. La óptica común a todas las grandes alturas abultaba la circunferencia del cuadro, al paso que las partes centrales se hundían aparentemente. Hubiérase dicho que se desarrollaba bajo mis pies uno de los mapas en relieve de Helbesmer. Veía los valles profundos, cruzándose en todas direcciones, los precipicios ahondarse como pozos, los lagos convertirse en estanques, y los ríos degenerar en arroyos. A mi derecha se sucedían los innumerables ventisqueros y multiplicados picos, entre los cuales había algunos que ostentaban en penacho de humo muy liviano. La ondulación de aquellas montañas infinitas que con sus capas de nieve parecían que echaban espuma, me recordaban la superficie de un mar tempestuoso. Si me volvía hacia el oeste, veía allí desenvolver el océano en su majestuosa extensión, como un continente de aquellos cerros vedijosos. Mi vista apenas distinguía dónde concluía la tierra y dónde empezaban las olas.

Me abismé en el éxtasis prodigioso que producen las elevadas cimas, y no sentí ningún vértigo, porque me iba acostumbrando, en fin, a las sublimes contemplaciones. Mis miradas deslumbradas se bañaban en la transparente irradiación de los rayos solares. Olvidaba quién era y dónde estaba para vivir con la vida de los elfos o de los silfos, imaginarios habitantes de la mitología escandinava.

Me embriagaba con la voluptuosidad de las alturas, sin pensar en los abismos en que dentro de poco me sumergería mi destino. Pero me volvió al sentimiento de la realidad la llegada del profesor y de nuestro guía Hans, que se unieron en la punta del pico.

Mi tío, volviéndose hacia el oeste, me indicó con la mano un ligero vapor, una bruma, una apariencia de tierra que dominaba la línea de las olas.

—Groenlandia —dijo.

—¿Groenlandia? —exclamé yo.

—Sí, no distamos más de treinta y cinco leguas de allí, y durante los deshielos los osos blancos llegan a Islandia embarcados en los témpanos del norte. Pero eso importa poco. Nos hallamos en la cima del Sneffels, y ahí tienes dos picos, uno al sur y otro al norte. Hans va a decirnos qué nombre dan los islandeses al que nos sostiene en este momento.

Formulada la pregunta, el cazador respondió:

—*Scartaris.*

Mi tío me dirigió una mirada de triunfo.

—¡Al cráter! —dijo.

El cráter del Sneffels representaba un cono tumbado. Su abertura tenía media legua de diámetro aproximadamente, y su profundidad sería de unos dos mil pies. ¡Si estaría imponente un recipiente semejante cuando se llenase de truenos y llamas! El fondo del embudo no mediría más allá de quinientos pies de circunferencia, de suerte que sus pendientes, bastante suaves, permitían llegar fácilmente a su parte inferior. Involuntariamente comparaba este cráter a un trabuco de ancha boca, y la comparación me espantaba.

«El que se mete en un trabuco —decía yo para mis adentros—, cuando puede estar cargado y dispararse al menor choque, es un loco».

Pero no podía retroceder. Hans, con la mayor indiferencia, se colocó de nuevo al frente de la comitiva. Le seguí sin decir palabra.

Para facilitar el descenso, Hans describía dentro del cono elipses muy prolongadas. Teníamos que andar en medio de rocas eruptivas, de las cuales algunas, desprendidas de sus alvéolos, se precipitaban botando hasta el fondo del abismo. Su caída determinaba repercusiones de ecos de un sonido extraño.

Algunas partes del cono formaban ventisqueros interiores. Hans entonces no avanzaba sino con la mayor precaución, sondeando el terreno con su bastón de punta de hierro para descubrir las quebrajas. En ciertos pasos dudosos, era necesario atarnos todos con una cuerda para que el que tuviese la mala suerte de resbalar o precipitarse de improviso, se hallase sostenido por sus compañeros. Esta dependencia recíproca era prudente, pero no excluía todo peligro.

Sin embargo, y a pesar también de las dificultades del descenso por pendientes que el guía desconocía, siguió la peregrinación, sin más accidente que el extravío de un lío de cuerdas que se escapó de las manos de un islandés y no se detuvo hasta el fondo del abismo.

Al mediodía habíamos llegado. Levanté la cabeza y percibí la abertura superior del cono, en que se encerraba como en un marco un pedazo de cielo de una circunferencia irregularmente reducida, pero casi perfecta. Sólo en un punto se destacaba el pico del Scartaris, que se hundía en la inmensidad.

En el fondo del cráter se abrían tres chimeneas por las cuales, en los tiempos de las erupciones del Sneffels, el foco central arrojaba sus lavas y vapores. Cada chimenea tenía unos cien pies de diámetro, y estaban abiertas debajo de nosotros. No tuve valor para hundir en ellas mis miradas. El profesor Lidenbrock había examinado rápidamente su disposición y corría jadeante de una a otra, sin dejar de gesticular y de proferir palabras incomprensibles.

Hans y sus compañeros, sentados sobre montones de lava, le miraban y callaban; era evidente que le creían loco.

De repente mi tío lanzó un grito. Creí que había dado un resbalón y se había precipitado en una de las tres simas. Pero no. Le distinguí con los brazos tendidos, las piernas abiertas, en pie delante de una roca de granito colocada en el centro del cráter, como un enorme pedestal hecho para la estatua de un Plutón. Guardaba la actitud de un hombre asombrado, pero su asombro fue muy pronto remplazado por una alegría insensata.

—¡Axel! ¡Axel! —gritaba—. ¡Ven! ¡Ven!

Acudí. Hans y los islandeses permanecieron inmóviles.

—Mira —me dijo el profesor.

Y yo, participando de su asombro, ya que no de su alegría, leí en la superficie occidental de la roca, grabado en caracteres rúnicos medio roídos por el tiempo, este nombre mil veces maldito:

$$\text{ᛏᛣᛜ ᛋᛏᚱᛚᚾᛋᛋᛏ᛬}$$

—¡Arne Saknussemm! —exclamó mi tío—. ¿Dudarás todavía?

—No —respondí, y me volví consternado a mi banco de lava. Me abandonaba a la evidencia.

Ignoro cuánto tiempo permanecí abismado en mis reflexiones. Sólo sé que al levantar la cabeza vi a mi tío y a Hans solos en el fondo del cráter. Los islandeses habían sido despedidos y en aquel momento estaban bajando las cuestas exteriores del Sneffels para regresar a Stapi.

Hans dormía tranquilamente al pie de una peña, en un rimero de la lava en que se había improvisado una cama. Mi tío daba vueltas y revueltas en el fondo del cráter, como una fiera en la trampa de un cazador. Yo no tenía fuerzas ni ganas de levantarme, y siguiendo el ejemplo del guía, me entregué a un doloroso sopor, creyendo oír ruidos y percibir sacudimientos en los flancos de la montaña.

Así pasó aquella primera noche en el fondo del cráter.

Al día siguiente, cubría el vértice del cono un cielo ceniciento, nebuloso y pesado. No tanto me lo dio a conocer la oscuridad del antro como la cólera que se apoderó de mi tío.

Comprendí el motivo y renació en mi corazón alguna esperanza. He aquí por qué.

De los tres caminos que teníamos abiertos bajo nuestras plantas. Saknussemm no había seguido más que uno que, según él, se debía comprender por la particularidad indicada en el criptograma. Éste habla de la sombra del Scartaris que acaricia sus bordes durante los últimos días del mes de junio.

Se podía, en efecto, considerar aquel pico agudo como la varilla de un inmenso cuadrante solar cuya sombra en un día dado marcaba el itinerario del centro del globo.

Pero si faltaba el sol, faltaba la sombra, y, por consiguiente, no había indicación. Habíamos llegado al 25 de junio. Como el cielo permaneciese encapotado durante seis días, se tendría que aplazar la observación para el año siguiente.

Renuncio a pintar la impotente cólera del profesor Lidenbrock. Transcurrió aquel día, y no se alojó ninguna sombra en el fondo del cráter. Hans no se movió de su sitio, y como no estaba en antecedentes, se preguntaría sin duda, en el caso de preguntarse algo, qué era lo que allí hacíamos. Mi tío no me dirigió ni una sola vez la palabra. Sus miradas, invariablemente dirigidas al cielo, se perdían en sus tintas oscuras y brumosas.

El 26 lo mismo. Estuvo todo el día lloviznando y nevando. Hans construyó una choza con fragmentos de lava. Yo experimentaba cierto placer en seguir con la vista los millares de cascadas improvisadas en el flanco del cono, las cuales aumentaban el atronador murmullo de las piedras que caían.

Mi tío no podía ya contenerse. Motivos hubiera tenido para ponerse frenético, aunque hubiera sido más paciente, porque verdaderamente lo que le pasaba era un naufragio dentro del puerto.

Pero con los grandes dolores el cielo mezcla incesantemente las grandes alegrías, y reservaba al profesor Lidenbrock una satisfacción igual a sus desesperados afanes.

El cielo se presentó también nebuloso al día siguiente; pero el domingo, 28 de junio, antepenúltimo día del mes, con la variación de la luna vino la variación del tiempo. El sol vertió a torrentes sus rayos dentro del cráter, participando de su luminoso efluvio todas las prominencias, todas las rocas, todas las piedras, todas las asperezas que proyectaron inmediatamente en el suelo su respectiva sombra. La del Scartaris, que era de todas la más notable, empezó a girar insensiblemente con el astro del día.

Mi tío giraba como ella.

Al llegar el sol a la mitad de su carrera, la sombra del Scartaris, en un período muy corto, lamió nuevamente el borde de la chimenea central.

—¡Allí está! —exclamó el profesor—. ¡Allí está!

—¡Al centro del globo! —añadió en dinamarqués.

Yo miré a Hans.

—*Forü!* —dijo tranquilamente el guía.

—¡Adelante! —respondió mi tío.

Era la una y trece minutos de la tarde.

CAPÍTULO XVII

Empezaba el verdadero viaje. Hasta entonces las fatigas habían sido superiores a las dificultades; ahora alguna de éstas nacería a cada paso.

Yo no había aventurado aún una mirada en aquel insondable paso en que iba a abismarme. Había llegado el momento. Aún era hora de acometer la empresa o de retroceder ante ella. Pero me dio vergüenza una retirada estando delante del cazador. Hans aceptaba la aventura tan tranquilamente, con tanta indiferencia, cuidándose tan poco del peligro, que me sonrojé a la idea de ser cobarde en presencia de un hombre tan valiente. Solo, hubiera acumulado la serie de grandes argumentos; pero delante del guía, callé; uno de mis recuerdos voló hacia mi encantadora virlandesa, y me acerqué a la chimenea central.

Ya he dicho que mide cien pies de diámetro o trescientos pies de circunferencia. Me incliné encima de una roca casi vencida, y miré. Se me erizaron los cabellos. Se apoderó de mi ser el sentimiento del vacío. Sentí que me faltaba el centro de gravedad y que el vértigo invadía como una embriaguez mi cabeza. No hay nada más capital que la atracción del abismo. Iba a caer. Una mano me sostuvo. La de Hans. Estaba visto que no había tomado bastantes *lecciones de abismo* en la Frelsers Kirk de Copenhague.

Con todo, por poco que fuese lo que había fijado mis miradas en aquel pozo, me había dado cuenta de su conformación. Sus paredes, cortadas a pico, presentaban numerosas escabrosidades y ángulos salientes que debían facilitar el descenso. Había escalera, pero era una escalera sin baranda. Una cuerda atada al borde del abismo habría bastado para sostenernos; pero ¿cómo desatarla al llegar a su extremidad inferior?

Para allanar esta dificultad, mi tío ideó un medio muy sencillo. Desenrolló una cuerda del grueso de una pulgada y de cuatrocientos pies de longitud, dejó correr de ella la mitad, y la pasó alrededor de un gran pedazo de lava que sobresalía, y soltó la otra mitad dejándola caer por la chimenea. Entonces, uno tras otro, podíamos bajar reuniendo en la mano las dos mitades de la cuerda que no podía desensartarse, y al llegar a doscientos pies de profundidad, nada había más hacedero que traerse toda la cuerda soltando un cabo y tirando del otro. Después se repetiría la misma operación *ad infinitum*.

—Ahora —dijo mi tío después de haber terminado los preparativos— ocupémonos de los equipajes. Vamos a dividirlos en tres paquetes, y cada uno de nosotros cargará con uno de ellos atándoselo sólidamente a la espalda. Entiéndase que me refiero sólo a los objetos frágiles.

Era evidente que el audaz profesor no nos comprendía en esta última categoría.

—Hans —añadió—, va a encargarse de las herramientas y de una parte de las municiones de boca; de otra parte de éstas, y además de las armas, te encargarás tú, Axel, y yo tomo por mi cuenta los víveres restantes y los instrumentos delicados.

—Pero —dije yo—, ¿y los vestidos y esa balumba de cuerdas y de escalas?

—Todo eso bajará solo.

—¿Cómo?

—Vas a verlo.

Mi tío, aficionado a los grandes medios, los empleaba sin vacilaciones. Hans, por orden suya, reunió en un solo fardo los objetos no quebradizos, y sólidamente atados, los dejó rodar hasta el fondo del precipicio.

Se oyó el sonoro ruido que produce la dislocación de las capas de aire. Mi tío, inclinado sobre el abismo, siguió con una mirada satisfecha la marcha de sus equipajes, y no se puso derecho hasta que los hubo perdido de vista.

—Bueno —dijo—. Ahora nosotros.

Dejo a todos los hombres de buena fe que digan si es posible oír sin estremecerse semejantes palabras.

El profesor ató a su espalda el paquete de los instrumentos; Hans ató a la suya el de las herramientas, y yo a la mía el de las armas. El descenso se hizo en el orden siguiente: Hans, mi tío y yo. Se fue llevando a cabo en medio de un profundo silencio únicamente interrumpido por los pedruscos que se hundían en el abismo.

Yo me deslizaba, si así puede decirse, agarrando frenéticamente la doble cuerda con una mano, y apuntalándome con la otra por medio de mi bastón con punta de hierro. Una sola idea me dominaba, temía que me llegase a faltar el punto de apoyo. La cuerda me parecía muy floja para resistir el peso de tres personas. La trataba con todo el mimo posible, haciendo milagros de equilibrio al afirmarme en todos los puntos salientes que mi pie procuraba coger como si fuese una mano.

Cuando alguno de aquellos escalones cedía al peso de Hans, éste decía con voz tranquila:

—*Gif akt!*

—¡Atención! —repetía mi tío.

Después de media hora de estar bajando, habíamos llegado a la superficie de una roca fuertemente engastada en la pared de la chimenea.

Hans tiró de la cuerda por uno de sus cabos, el otro subió, y después de haber pasado por encima del peñasco superior que acababa de ejercer las funciones de garrucha, volvió a caer raspando las piedras y lavas salientes que formaban una especie de lluvia, o, mejor dicho, de granizo muy peligroso.

Inclinándome desde nuestra estrecha meseta o descansillo, noté que el fondo del agujero era aún invisible.

Volvió a empezar la maniobra de la cuerda, y media hora después habíamos ganado una nueva profundidad de doscientos pies.

No sé si el más rabioso geólogo, durante un descenso semejante, hubiera pensado en estudiar la naturaleza de los terrenos que le rodeaban. Lo que es a mí me importaban maldita de Dios la cosa; que fuesen pliocenos, miocenos, eocenos, cretáceos, jurásicos, triásicos, pernianos, carboníferos, devónicos, silúricos o primitivos, me era de todo punto indiferente. Pero el profesor hizo sin duda sus observaciones o tomó algunas notas, pues en uno de los altos me dijo:

—Cuanto más avanzamos, tanto mayor es mi confianza. La disposición de estos terrenos volcánicos confirma de una manera absoluta la teoría de Davy. Nos hallamos en pleno terreno primario,

en que se ha producido la operación química de los metales inflamados al contacto del aire y del agua. Rechazo terminantemente el
sistema de un calor central. Nosotros lo hemos de ver; el tiempo
doy por testigo.

Siempre la misma conclusión. Se comprende que yo no estaría
de humor para discutir. Pero como dice el refrán, quien calla otorga,
se dio la callada por respuesta, se tomó mi silencio por un asenti-
miento y el descenso empezó de nuevo.

Al cabo de tres horas, no atisbaba aún el fondo de la chimenea.
Cuando levanté la cabeza, percibí su abertura, que disminuía sensiblemente. Sus paredes, a consecuencia de su ligera inclinación, tendían a
aproximarse. Poco a poco las tinieblas se iban condensando.

Sin embargo, seguíamos descendiendo. Me parecía que las
piedras desprendidas de las paredes, al ser devoradas por el abismo,
producían una repercusión más opaca y llegaban antes al fondo.

Como yo había cuidado de anotar exactamente nuestras maniobras de cuerda, pude darme exacta cuenta de la profundidad alcanzada y del tiempo transcurrido.

Habíamos entonces repetido catorce veces la maniobra, la cual
cada vez duraba media hora, sin contar catorce cuartos de hora de
descanso, o sea tres horas y media. Total, diez horas y media. Habíamos partido a la una, y en aquel momento debían de ser las once.

En cuanto a la profundidad a que habíamos llegado, las catorce
maniobras de una cuerda de doscientos pies daban dos mil ochocientos pies.

En aquel momento se oyó la voz de Hans.

—¡Alto! —dijo.

Yo me detuve de pronto en el momento de ir mis pies a tropezar
con la cabeza de mi tío.

—Hemos llegado —dijo éste.

—¿Dónde? —pregunté yo deslizándome hasta él.

—Al fondo de la chimenea.

—¿No hay, pues, otra salida?

—Sí, una especie de corredor que entreveo y que oblicúa hacia
la derecha. Mañana lo veremos. Ahora, a cenar, y después a dormir.

La oscuridad no era aún completa. Se abrió el saco de las provisiones, cenamos y nos acostamos como pudimos en un lecho de piedras y lava.

Y cuando, tendido de espaldas, abrí los ojos, percibí un punto brillante en la extremidad de aquel tubo que tenía tres mil pies de longitud, y se transformaba en un gigantesco anteojo de larga vista.

Aquel punto luminoso era una estrella sin centelleo alguno, que según mis cálculos debía ser la Osa menor.

Después me dormí profundamente.

CAPÍTULO XVIII

A las ocho de la mañana, un rayo de luz vino a despertarnos. Las mil facetas de lava de las paredes lo recogían al paso y lo desmenuzaban como una lluvia de centellas.

Aquella claridad era suficiente para distinguir los objetos circundantes.

—¿Qué te parece, Axel? —exclamó mi tío restregándose las manos—. ¿Has pasado en toda tu vida una noche más pacífica en nuestra casa de Königstrasse? Aquí no hay ruido de carretas, gritos de vendedores ambulantes ni vociferaciones de barqueros.

—Sin duda, en el fondo de este pozo estamos muy tranquilos, pero esta misma calma tiene algo de aterrador.

—Muchacho —exclamó mi tío—, si te asustas ya, ¿qué será más adelante? Aún no hemos penetrado una pulgada en las entrañas de la tierra.

—¿Qué queréis decir?

—Quiero decir que aún no hemos alcanzado más que el suelo de la isla. Este largo tubo vertical que conduce al cráter del Sneffels, se detiene a poca diferencia del nivel del mar.

—¿Estáis seguro de ello?

—Muy seguro. Consulta el barómetro.

Efectivamente, el mercurio que, a medida que nosotros bajábamos fue subiendo poco a poco en el instrumento se había detenido a veintinueve pulgadas.

—Ya lo ves —repuso el doctor—, aún no tenemos más que la presión de una atmósfera, y estoy aguardando con ansia el momento de remplazar el barómetro con el manómetro.

El barómetro, en efecto, iba a ser inútil desde el momento en que el peso del aire excediese a su presión, calculada al nivel del océano.

—Pero —dije yo—, ¿no es de temer que sea muy penosa una presión siempre en aumento?

—No. Bajaremos lentamente, y nuestros pulmones se habituarán a respirar una atmósfera más comprimida. Los aeronautas, elevándose sobre las capas superiores, acaban por carecer de aire, y nosotros tendremos tal vez demasiado. Lo prefiero. No perdamos un instante. ¿Dónde está el paquete que nos ha precedido en el interior de la montaña?

Me acordé entonces de que la víspera por la tarde lo habíamos buscado inútilmente. Mi tío interrogó a Hans, el cual, después de haber mirado atentamente con sus ojos de cazador, respondió:

—*Der hudpe!*

—¡Allá arriba!

En efecto, el paquete había quedado enganchado a una prominencia de roca, a cien pies encima de nuestras cabezas. Inmediatamente, el ágil islandés se encaramó como un gato, y a los pocos minutos el paquete estaba con nosotros.

—Ahora —dijo mi tío— almorcemos, pero almorcemos fuerte, como corresponde a gentes que pueden verse obligadas a correr mucho.

Rociamos la galleta y la carne con unos cuantos tragos de agua mezclada con nebrina.

Después del almuerzo, sacó mi tío del bolsillo un libro de memorias destinado a sus observaciones; tomó sucesivamente varios instrumentos y apuntó los siguientes datos:

Lunes, 1.º de julio

Cronómetro: 8 h. 17 m. de la mañana.
Barómetro: 29 p 7 l.
Termómetro: 6 grados.
Dirección: ESE.

Esta última observación se aplicaba a la galería oscura y fue indicada por la brújula.

—Ahora, Axel —exclamó el profesor con voz entusiasta—, vamos a hundirnos verdaderamente en las entrañas del globo. He aquí, pues, el momento preciso en que empieza nuestro viaje.

Sin decir más, mi tío cogió con una mano el aparato de Ruhmkorff que llevaba colgado del cuello, con la otra puso la corriente eléctrica en comunicación con la serpentina de la linterna, y una luz bastante viva disipó las tinieblas de la galería.

Hans llevaba el segundo aparato, que funcionó también. Esta ingeniosa aplicación de la electricidad nos permitía ir creando durante mucho tiempo un día artificial, aun en medio de los gases más inflamables.

—¡En marcha! —ordenó mi tío.

Cada cual cogió su fardo. Hans se encargó de empujar hacia delante el paquete de cuerdas y vestidos, y entramos en la galería, formando yo la retaguardia.

En el momento de abismarme en aquel oscuro corredor, levanté la cabeza y, por última vez, en el campo del inmenso tubo percibí aquel cielo de Islandia, que no debía volver a ver.

La lava, en la última erupción de 1229, se había abierto paso a lo largo de aquel túnel. Tapizaba el interior con una especie de barniz espeso y brillante en que se reflejaba la luz eléctrica centuplicando su intensidad.

Toda la dificultad del camino consistía en procurar no deslizarse con demasiada rapidez por aquella pendiente que tenía 45 grados de inclinación. Afortunadamente algunas corrosiones y abolladuras servían de peldaños, y no teníamos que hacer más que dejar bajar por su propio peso nuestros equipajes sujetándolos con una larga cuerda.

Pero lo que bajo nuestros pies era escalón, en las demás paredes se hacía estalactita. La lava, porosa en algunos puntos, presentaba flictenas redondeadas, y cristales de cuarzo opaco, ornados de límpidas gotas de vidrio y suspendidos en la bóveda como arañas, parecía que se encendían al pasar nosotros. Hubiérase dicho que los genios del abismo iluminaban su palacio para recibir a los huéspedes de la tierra.

—¡Magnífico! —exclamé yo involuntariamente—. ¡Qué espectáculo, tío! ¿No admiráis esos matices de la lava, que pasan del rojo oscuro al deslumbrador amarillo por degradaciones insensibles? ¿Y estos cristales que se nos aparecen como globos luminosos?

—¡Te vas convenciendo, Axel! —respondió mi tío—. ¡Esto te parece espléndido, muchacho! Mayores cosas has de ver, así lo espero. ¡Andemos! ¡Andemos!

Mejor hubiera dicho *resbalemos,* porque no hacíamos más que dejarnos caer por nuestro propio peso por pendientes inclinadas. Aquello era el *facilis descensus Averni* de Virgilio. La brújula, que yo consultaba con frecuencia, indicaba la dirección del Sudeste con un rigor imperturbable. Aquella senda de lava no se torda a un lado ni a otro. Tenía la inflexibilidad de la línea recta.

Sin embargo, el calor no aumentaba de una manera sensible, lo que confirmaba la verdad de los teorías de Davy, y más de una vez consulté el termómetro con asombro. Después de dos horas de marcha, no señalaba aún más que diez grados, es decir, un aumento de cuatro grados, lo que me autorizaba para pensar que nuestro descenso era más horizontal que vertical. En cuanto a conocer exactamente la profundidad alcanzada, nada había más fácil. El profesor medía exactamente los ángulos de desviación e inclinación del camino, pero guardaba para sí el resultado de sus observaciones.

Por la tarde, a eso de las ocho, dio la señal de alto. Colgamos las lámparas de algunas puntas salientes de lava. Estábamos en una especie de caverna en que no faltaba el aire. Al contrario. Algunas bocanadas llegaban hasta nosotros. ¿Qué las producía? ¿A qué agitación atmosférica se podía atribuir su origen? He aquí una cuestión que no traté de resolver en aquel momento. El hambre y la fatiga me incapacitaban para raciocinar. Un descenso de siete horas seguidas no se verifica sin un gran despilfarro de fuerzas. Estaba extenuado. Oí con placer la palabra *alto.* Hans puso algunas provisiones encima de un pedazo de lava, y comimos todos con buen apetito. Sin embargo, me inquietaba una idea: nuestra reserva de agua estaba medio consumida. Mi tío contaba con rehacer la aguada en los manantiales subterráneos, pero hasta entonces no había aparecido manantial alguno. No pude abstenerme de llamar su atención sobre el particular.

—¿Te sorprende esta falta de manantiales? —dijo.

—¿Sorprenderme? No, pero me inquieta. No tenemos agua más que para cinco días.

—Tranquilízate, Axel; te respondo de que encontraremos agua, y más de la que queramos.

—¿Cuándo?

—Cuando hayamos salido de esta costra de lava. ¿Cómo quieres que de estas paredes broten manantiales?

—Pero acaso esta costra llegue a grandes profundidades. Me parece que no hemos avanzado mucho verticalmente.

—¿Por qué supones eso?

—Porque si hubiésemos penetrado mucho en el interior de la corteza terrestre, el calor sería más fuerte.

—Según tu sistema —respondió mi tío—, ¿qué indica el termómetro?

—Quince grados apenas, lo que es sólo un aumento de nueve grados desde nuestra partida.

—Y bien, ¿qué deduces?

—He aquí mi conclusión. Según las observaciones más exactas, el aumento de la temperatura en el interior del globo es de un grado por cada cien pies, si bien ciertas condiciones locales pueden modificar esta cifra. Así es que en Yakoust, en Siberia, se ha notado que aumentaba un grado por cada treinta y nueve pies. Esta diferencia depende evidentemente de la conductibilidad de las rocas. Añadiré también que en las inmediaciones de estos cráteres apagados y atravesando el gneis, se ha notado que la elevación de la temperatura es sólo de un grado por cada ciento veinticinco pies. Adoptemos, pues, esta última hipótesis, que es la más favorable, y calculemos.

—Calcula cuanto quieras, muchacho.

—Nada más fácil —dije yo disponiendo mis cifras en mi libro de memorias—. Nueve veces ciento veinticinco pies dan mil ciento veinticinco pies de profundidad.

—Exactamente.

—Pues bien...

—Pues bien, según mis observaciones, hemos llegado a diez mil pies bajo el nivel del mar.

—¿Es posible?

—Sí, o los números no son números.

Los cálculos del profesor eran exactos. Habíamos ya excedido en seis mil pies las mayores profundidades alcanzadas por el hombre, tales como las minas de Kitz Bahl en el Tirol y las de Wuttsember en Bohemia.

La temperatura que en aquel punto debiera haber sido de ochenta y un grados, era apenas de quince, lo que daba mucho que reflexionar.

CAPÍTULO XIX

Al día siguiente, martes, 30 de junio, a las seis emprendimos de nuevo nuestro descenso.

Seguimos la galería de lava, verdadera cuesta natural, suave como esos planos inclinados que reemplazan la escalera en algunas casas antiguas. Así anduvimos hasta las doce y diecisiete minutos, instante preciso en que alcanzamos a Hans, que acababa de detenerse.

—¡Ah! —exclamó mi tío—. Hemos llegado al fondo de la chimenea.

Miré alrededor. Nos hallábamos en el centro de una encrucijada en que terminaban dos caminos, ambos sombríos y estrechos. ¿Cuál convenía tomar? Difícil era resolverlo.

Sin embargo, mi tío no quiso ostentar ninguna vacilación delante de mí y del guía, y dio la preferencia al túnel del este, en el cual nos hundimos los tres inmediatamente.

Además, todas las vacilaciones delante de aquel doble camino se habrían prolongado indefinidamente, porque ningún indicio podía determinar la elección de uno u otro, y era preciso confiarse completamente al azar.

La pendiente de aquella nueva galería era poco sensible, y su sección muy desigual. Algunas veces se desarrollaba delante de nuestros pasos una sucesión de arcos como las segundas naves de una catedral gótica. Allí los artistas de la Edad Media habrían podido estudiar todas las formas de aquella arquitectura religiosa que tiene por generatriz la ojiva. Una milla más adelante, nuestra cabeza se agachaba bajo las bóvedas del estilo romano, y gruesos pilares embutidos en la pared se doblaban bajo el peso de los arcos. En ciertos puntos, esta disposición era sustituida por bajas construcciones que se asemejaban a las de los castores, y nosotros nos deslizábamos arrastrándonos por estrechas alcantarillas a manera de tripas.

El calor se mantenía a un grado tolerable. Pensaba involuntariamente en su intensidad, cuando las lavas vomitadas por el Sneffels se precipitaban por aquella senda a la sazón tan tranquila. Asaltaban mi imaginación los torrentes de fuego rechazados por los ángulos de la galería y la acumulación de los vapores condensados en aquel estrecho medio.

«¡Con tal —decía para mí— que al viejo volcán no le dé algún capricho intempestivo!».

No comunicaba estas reflexiones a mi tío Lidenbrock, no las hubiera comprendido. Su único pensamiento era ir adelante. Andaba, se deslizaba y hasta se precipitaba con una convicción que causaba maravilla.

A las seis de la tarde, después de un paso algo penoso, habíamos ganado dos leguas hacia el sur, pero ni siquiera un cuarto de milla de profundidad.

Mi tío dio la señal de descanso.

Comimos sin hablar mucho y nos dormimos reflexionando menos.

Nuestras disposiciones para pasar la noche eran muy sencillas; una manta de viaje, en que nos envolvíamos, componía toda la cama con todos los accesorios. No teníamos que temer ni frío ni visitas importunas. Los viajeros que penetran en medio de los desiertos de África, en el seno de los bosques vírgenes del Nuevo Mundo, se ven obligados durante el sueño a poner a uno de ellos de vigilante. Pero donde estábamos nosotros, la soledad era absoluta y la seguridad completa. No eran de temer malhechores, razas de salvajes ni de fieras.

Nos despertamos al día siguiente por la mañana, ágiles y repuestos. Emprendimos de nuevo la caminata. Seguíamos, lo mismo que el día anterior, una senda de lava que atravesaba terrenos de reconocimiento imposible. El túnel, en lugar de hundirse en las entrañas del globo, tendía a hacerse horizontal. Hasta creí notar que subía hacia la superficie de la tierra, volviéndose tan evidente esta disposición a eso de las diez de la mañana, y por consiguiente tan penosa, que tuvimos que moderar el paso.

—¿Y bien, Axel? —dijo con impaciencia el profesor.

—¡No puedo más! —respondí.

—¡Cómo! Después de tres horas de paseo por un camino tan fácil.

—No digo que no sea fácil, pero cansa mucho.

—¡Cómo! Cuando no hacemos más que bajar.

—¡Permitidme que os diga que subimos!

—¡Subimos! —repitió mi tío, encogiéndose de hombros.

—Sin duda. Hace media hora que se han modificado las pendientes, y como sigamos así algún rato, volveremos a la tierra de Islandia.

El profesor meneó la cabeza como el que no quiere dejarse convencer.

Procuré seguir la conversación. No me respondió y dio la señal de marcha. Su silencio no era más que el malhumor reconcentrado.

Con todo, yo había vuelto a cargar con mi fardo valerosamente, y seguí con rapidez a Hans, que precedía a mi tío. Tenía mucho empeño en no ensanchar la distancia que de él me separaba. Mi gran preocupación era no perder de vista a mis compañeros. Me estremecía a la sola idea de extraviarme en la profundidad de aquel laberinto.

Además, si bien el camino ascendente era más penoso, me consolaba, pensando que me conducía a la superficie de la tierra. Era una esperanza. Cada paso lo confirmaba, y me regocijaba con la idea de volver a ver a mi encantadora Graüben.

Al mediodía tomaron otro aspecto las paredes de la galería. Me lo hizo notar la debilitación de la luz eléctrica reflejada en las paredes. Al revestimiento de lava sucedía la roca viva. La base se componía de capas inclinadas y con frecuencia dispuestas verticalmente. Nos hallábamos en plena época de transición, en pleno período silúrico[6].

—¡Es evidente —dije— que los sedimentos de las aguas han formado estos esquistos, calizas y asperones! ¡Volvemos la espalda a la masa granítica! ¡Nos parecemos a unos hamburgueses que para ir a Lubeck tomasen el camino de Hannover!

---

[6] Así llamado porque los terrenos de este período son muy extensos en Inglaterra, en las comarcas habitadas en otro tiempo por la tribu céltica de los Siluros.

Mejor hubiera hecho reservándome mis observaciones. Pero mi temperamento de geólogo prevaleció sobre la prudencia, y mi tío oyó mis exclamaciones.

—¿Qué tienes? —me preguntó.

—¡Ahí lo tenéis! —le respondí, mostrándole toda aquella sucesión de piedras areniscas y calizas y los primeros indicios de terrenos pizarrosos.

—¿Y qué?

—Hemos llegado al período en que aparecieron las primeras plantas y los primeros animales.

—¿Lo crees?

—¡Pero mirad, examinad, observad!

Obligué al profesor a pasear su lámpara por las paredes de la galería. Esperaba que prorrumpiese en alguna exclamación. Pero no dijo una palabra y prosiguió su camino.

—¿Me había o no comprendido? ¿No quería, por amor propio de tío o de sabio, convenir conmigo en que se había equivocado, siguiendo el túnel del este, o estaba empeñado en reconocer aquel paso subterráneo hasta su último extremo? Era evidente que habíamos abandonado el camino de las lavas, y que el que seguíamos no podía llevarnos al foco del Sneffels.

¿Pero no daba, tal vez demasiada importancia a aquella modificación de los terrenos? ¿No me engañaba a mí mismo? ¿Atravesábamos realmente las capas de rocas que se sobreponen a las masas graníticas? He aquí lo que yo a mí mismo me preguntaba.

«Si estoy en lo justo —añadía—, hallaré algunos detritus de planta primitiva, y fuerza será rendirse a la evidencia. Busquemos».

No había aún dado cien pasos, cuando se ofrecieron a mi vista pruebas incontestables. Era lógico que así sucediese, porque en la época silúrica los mares encerraban más de mil quinientas especies vegetales o animales. Mis pies, avezados al duro suelo de las lavas, pisaron de pronto un polvo formado de plantas y de conchas. En las paredes se veían distintamente huellas de fucos y de licopodios. El profesor Lidenbrock no podía equivocarse; pero, en mi concepto, hacía la vista gorda y pasaba de largo, siguiendo imperturbablemente su camino.

Era una terquedad la suya que excedía todos los límites. Yo no podía ya contenerme. Cogí un caparazón bien conservado, que había pertenecido a un animal análogo a la actual corredera, lo mostré a mi tío:

—¡Mirad! —le dije.

—¿Y qué? —respondió él desdeñosamente—. Es el caparazón de un crustáceo, perteneciente al orden ya extinguido de los trilobites. Ni más ni menos.

—¿Pero no deducís nada de su presencia?

—Lo que deduces tú. Perfectamente. Hemos abandonado la roca de granito y el camino de las lavas. Es posible que yo me haya equivocado, pero no me convenceré de mi error hasta que haya llegado al extremo de esta galería.

—Harías bien, tío, en proceder así; y aprobaría vuestra conducta si no tuviésemos que temer un peligro cada vez más inminente.

—¿Cuál?

—La falta de agua.

—Nos pondremos a media ración, Axel.

CAPÍTULO XX

En efecto, era preciso escatimar mucho el agua. La que teníamos no podía durar más de tres días. Lo reconocí por la noche a la hora de cenar. Y la expectativa era muy triste, pues no había esperanza de encontrar manantial alguno en aquellos terrenos de la época de transición.

Durante todo el día siguiente, la galería desplegó delante de nosotros sus interminables arcadas. Andábamos sin decir una palabra. El mutismo de Hans se nos había contagiado.

El camino no subía, al menos de una manera sensible, y hasta algunas veces parecía que andábamos cuesta abajo. Pero esta tendencia del camino no podía tranquilizar a mi tío, porque era poco pronunciada y además, la naturaleza de las capas no se modificaba y el período de transición se iba acentuando incesantemente.

La luz eléctrica hacía centellear espléndidamente los esquistos, las calizas y los antiguos asperones rojos de las paredes. Hubiérase podido creer que nos hallábamos en una zanja, abierta en medio del Devonshire, a que daban su nombre los terrenos de esta clase. Muestras de magníficos mármoles tapizaban las paredes, presentándose algunos de color de ágata con un matiz ceniciento, surcados de venas blancas, caprichosamente ramificadas, y otros de color encarnado o amarillo, con manchas rojizas. Más adelante aparecieron jaspes de colores sombríos, que hacían resaltar los más vivos matices de la caliza.

Aquellos mármoles ofrecían, en su mayor parte, huellas de animales primitivos. Desde el día anterior, la creación había progresado de una manera evidente. En lugar de trilobites rudimentarios, distinguía restos de un orden más perfecto, entre otros, peces ganoides y esos sauropterios, en que la perspicacia del paleontólogo ha descubierto las primeras formas del reptil. Los mares devónicos estaban habitados por un gran número de animales de esta especie, y los depositaron en las rocas de nueva formación.

Era evidente que nos encaramábamos por la escala de la vida animal, de la que ocupa el hombre el último peldaño. Pero no parecía que el doctor Lidenbrock fijase en esto la atención.

Mi tío esperaba dos cosas: o un pozo vertical, que se abriese a sus pies y le permitiese seguir bajando, o un obstáculo que le impidiese proseguir aquella senda. Pero llegó la noche sin que se hubiese realizado su esperanza, en uno o en otro sentido.

El viernes, después de una noche en que empezó a atormentarme la sed, nos hundimos de nuevo en las revueltas de la galería.

Después de diez horas de marcha, noté que en las paredes disminuía considerablemente la reverberación de nuestras lámparas. El mármol, el esquisto, la caliza y el asperón, cedían su puesto a un revestimiento sombrío y mate. Llegamos a un punto en que el túnel se hacía más angosto, y yo me apoyé con la mano en su pared izquierda.

Cuando la aparté estaba enteramente negra. Miré con más atención. Estábamos en una mina de carbón de piedra.

—¡Una mina de carbón! —exclamé.

—Una mina sin mineros —respondió mi tío.

—¿Quién sabe?

—Lo sé yo —replicó el profesor con cierto desenfado—. Estoy seguro de que esta galería abierta entre estas capas de carbón de piedra no es obra de hombres. Es obra de la naturaleza, pero séalo o no, me importa poco. Ya es hora de cenar. Cenemos.

Hans preparó algunos alimentos. Yo cené muy poco y bebí la escasa cantidad de agua que me tocaba. La calabaza del guía, llena solamente hasta la mitad, era lo único que quedaba para apagar la sed de tres hombres.

Después de cenar, mis dos compañeros se echaron envueltos en sus mantas, y hallaron en el sueño un remedio a sus fatigas. Yo no pude cerrar los ojos en toda la noche.

El sábado, a las seis, proseguíamos nuestra peregrinación subterránea. A los veinte minutos llegamos a una vasta excavación, y yo reconocí entonces que la mano del hombre no había abierto aquella mina puesto que las bóvedas no estaban apuntaladas, y sólo se sostenían por un milagro de equilibrio.

Aquella especie de caverna no tenía menos de cien pies de ancho, ni menos de ciento cincuenta de elevación. El terreno había sido violentamente separado por una conmoción subterránea. Cediendo a un empuje poderoso, se había dislocado, y quedó aquella espaciosa excavación en que penetraban por vez primera algunos habitantes de la Tierra.

En aquellas sombrías paredes estaba escrita toda la historia del período hullero, cuyas diversas fases podía fácilmente seguir un geólogo. Los lechos de carbón estaban separados por estratificaciones de asperón o de arcilla compacta y como aplastados por las capas superiores.

En aquella edad del mundo que precedió a la época secundaria, la tierra se cubrió de inmensas vegetaciones, debidas a la doble acción de un calor tropical y de una humedad persistente. Una atmósfera de vapores envolvía el globo por todas partes, privándole de los rayos del sol.

Sostúvose por lo mismo que no procedía del sol la elevación de las temperaturas. A la sazón, el astro del día no estaba tal vez en disposición aún de desempeñar su brillante papel. Los climas no existían aún, y en la superficie entera del globo predominaba un calor tórrido, que era igual en el ecuador y en los polos. ¿De dónde procedía? Del interior del planeta.

A pesar de las teorías del profesor Lidenbrock, un fuego violento se hallaba latente en las entrañas del asteroide, haciéndose sentir su acción hasta en las últimas capas de la corteza terrestre. Las plantas, privadas de los benéficos efluvios del sol, no daban flores ni perfume, pero sus raíces tomaban una vida fuerte en los terrenos ardientes de los primeros días.

Había pocos árboles, pero abundaban las plantas herbáceas, inmensos céspedes, brezos, licopodios, sagitarias, asterofilitas, familias actualmente raras, cuyas especies se contaban entonces por millares.

A esta exuberante vegetación debe la hulla precisamente su origen. La corteza, aún elástica, del globo, cedió a los movimientos de la masa líquida que la cubría, produciéndose numerosas grietas y hendiduras. Las plantas, arrastradas debajo de las aguas, formaron poco a poco acumulaciones considerables.

Entonces intervino la acción de la química natural; en el fondo de los mares, los detritus vegetales se convirtieron primero en turba, y después, gracias a la influencia de los gases y bajo el fuego de la fermentación, sufrieron una mineralización completa.

Así se formaron esas inmensas capas de carbón que un consumo excesivo agotará, sin embargo, en menos de tres siglos, si los pueblos industriales no moderan su ansia de despilfarro.

Estas reflexiones asaltaban mi mente, mientras consideraba las riquezas hulleras acumuladas en aquel subterráneo desconocido, donde probablemente no serán nunca descubiertas. Su explotación exigiría sacrificios demasiado considerables. ¿Y qué necesidad hay de ellas, cuando la hulla en muchas comarcas se encuentra aún en la superficie de la tierra? Tales como yo las veía, aquellas capas seguirían intactas hasta la última hora del mundo.

Seguíamos caminando, y yo era el único de los expedicionarios que olvidaba las molestias del camino, distraído con mis consideraciones geológicas. La temperatura seguía siendo lo que era cuando pasábamos entre lavas y esquistos, Pero había afectado mi pituitaria un olor muy subido de protocarburo de hidrógeno. Reconocí desde luego en aquella galería la presencia de una notable cantidad de ese fluido peligroso a que los mineros de ciertas comarcas dan el nombre de grisú, y cuya explosión ha causado con mucha frecuencia espantosas catástrofes.

Estábamos afortunadamente alumbrados por ingeniosos aparatos de Ruhmkorff. Si hubiésemos explorado imprudentemente la galería, una explosión terrible hubiera acabado con nuestro viaje y con los viajeros.

La excursión en la mina duró hasta la noche. Mi tío podía apenas reprimir la impaciencia que le causaba la horizontalidad del camino. Las tinieblas, profundas a veinte pasos de distancia de nuestras lámparas, impedían apreciar la longitud de la galería, y yo empezaba ya a creerla interminable, cuando de repente, a las seis, se nos presentó un murallón impenetrable. Ni a derecha ni a izquierda, ni arriba ni abajo, había ningún paso. Habíamos llegado al fondo de un saco, de un intestino ciego, de un callejón sin salida.

—¡Tanto mejor! —exclamó mi tío—. Ahora sé al menos a qué atenerme. No estamos en el camino de Saknussemm, y no nos queda más arbitrio que retroceder y desandar una buena parte de lo andado. Tomemos una noche de descanso, y antes de tres días llegaremos al punto en que las dos galerías se bifurcan.

—¡Sí —dije yo—, si fuerza tenemos para tanto!

—¿Y por qué?

—Porque mañana careceremos absolutamente de agua.

—¿Y careceremos también de valor? —dijo el profesor mirándome severamente.

No me atreví a responderle.

CAPÍTULO XXI

Partimos al día siguiente, muy de madrugada. Teníamos que darnos prisa. Estábamos a cinco jornadas de la encrucijada.

No me detendré en circunstanciar minuciosamente los padecimientos de nuestra marcha. Mi tío los sobrellevó con la cólera de un hombre que no se siente ya más fuerte que ellos; Hans, con la resignación de su temperamento flemático, y yo, lo confieso, quejándome y desesperándome, sin encontrar energía en mi corazón contra mi mala fortuna.

Como lo había previsto, el agua faltó completamente al concluir el primer día de marcha. Nuestra provisión de líquido se redujo entonces a ginebra, a ese infernal licor extraído del enebro, que quema la garganta y que no podía mirar siquiera. La temperatura me pareció sofocante. Me paralizaba el cansancio, y más de una vez estuve próximo a caer sin conocimiento. Entonces hacíamos alto, y mi tío y el islandés me animaban lo mejor que podían. Pero yo estaba ya viendo que el primero reaccionaba difícilmente contra la extrema fatiga y los tormentos nacidos de la privación de agua.

En fin, el martes, 8 de julio, arrastrándonos a gatas, llegamos medio muertos al punto de intersección de las dos galerías. Allí permanecí como un cuerpo inerte, tendido sobre la lava. Eran las diez de la mañana.

Hans y mi tío, recostados contra la pared, procuraron pasar algunos bocados de galleta. Prolongados gemidos se escapaban de mis entumecidos labios, hasta que caí en un profundo sopor.

Al cabo de algún tiempo, mi tío se me acercó y me levantó entre sus brazos.

—¡Pobre muchacho! —murmuró con un verdadero acento de piedad.

Me afectaron sus palabras, pues no estaba acostumbrado a las ternezas del áspero profesor. Cogí con las mías sus manos estremecidas, y él no hacía más que mirarme. Sus ojos estaban humedecidos.

Le vi entonces coger la calabaza que llevaba colgada. Con mucho asombro mío la aproximó a mis labios.

—¡Bebe! —me dijo.

¿Había oído bien? ¿Se había mi tío vuelto loco? Yo le miraba con una fijeza estúpida. No quería comprenderle.

—¡Bebe! —repitió.

Y levantando su calabaza, vació entre mis labios toda el agua que contenía.

¡Oh, fruición infinita! Un sorbo de agua humedeció mi boca de fuego, no más que un sorbo, pero bastó para devolverme la vida que había ya casi perdido.

Di gracias a mi tío juntando las manos.

—Sí —dijo él—. ¡Un sorbo de agua! ¡El último! ¿Lo oyes? ¡El último! Lo guardaba como un tesoro en el fondo de mi calabaza. ¡Veinte veces, cien veces he tenido que resistir al imperioso deseo de humedecer con él mis secas fauces! Pero no, Axel, lo reservaba para ti.

—¡Tío mío! —murmuré, y gruesas lágrimas brotaron de mis ojos.

—Sí, pobre muchacho, sabía que al llegar a esta encrucijada caerías medio muerto, y he conservado para reanimarte mis últimas gotas de agua.

—¡Gracias! ¡Gracias! —exclamé.

Aquel sorbo de agua, aunque muy insuficiente para apagar mi sed devoradora, me infundió algún aliento. Se produjo una reacción en los músculos de mi garganta hasta entonces contraídos, y se suavizaron un poco mis labios abrasados. Podía hablar.

—Veamos —dije—, no podemos tomar más que un partido, carecemos de agua, es forzoso retroceder.

Oyéndome hablar así, mi tío procuraba no mirarme; bajaba la cabeza, sus ojos huían de los míos.

—Es preciso retroceder —repetí—, y volver a tomar el camino del Sneffels. ¡Que Dios nos dé fuerzas para subir a la cima del cráter!

—¡Retroceder! —exclamó mi tío, contestando tal vez a su propio pensamiento y no a mis palabras.

—Sí, retroceder, y sin pérdida de un instante.

Hubo una pausa bastante larga.

—Así, pues, Axel —repuso el profesor con un tono extraño—, ¿el sorbo de agua que te he dado no te ha devuelto el valor y la energía?

—¡El valor!

—Te veo abatido como antes, y pronunciando aun palabras de desesperación.

¿Con qué hombre tenía que luchar? ¿Qué proyectos podía acariciar todavía aquella atrevida mente?

—¡Cómo! ¿No queréis...?

—¿Renunciar a esta expedición en el momento de anunciarme todo que puedo llevarla a cabo? ¡Jamás!

—¿Entonces hay que resignarse a morir?

—¡No, Axel, no; parte! ¡Yo no quiero tu muerte! Que Hans te acompañe. ¡Dejadme solo!

—¡Abandonaros!

—¡Déjame, te digo! ¡He empezado este viaje y lo he de concluir, o no volveré! ¡Vete, Axel, vete!

Mi tío hablaba con extraordinario calor. Su voz, instantáneamente afable, excepcionalmente cariñosa, volvió a ser dura y amenazadora. Con sombría energía luchaba contra lo imposible. Yo no quería abandonarle en el fondo de aquel abismo, pero al mismo tiempo el instinto de conservación me mandaba huir de él.

El guía seguía esta escena con su indiferencia de costumbre. Comprendía, sin embargo, lo que pasaba entre sus dos compañeros. Nuestros ademanes indicaban demasiado la vía diferente por la cual cada uno de nosotros procuraba arrastrar al otro; pero Hans tomaba, al parecer, poco interés en una cuestión en que su existencia se hallaba, sin embargo, comprometida, y permanecía dispuesto a marchar si se le daba la señal de marcha, y dispuesto a quedarse a la menor intimación de su señor.

¡Qué no hubiera yo dado en aquel instante para hacerme comprender de Hans! Mis palabras, mis gemidos, mi acento, habrían triunfado de su fría naturaleza. Le hubiera hecho comprender y palpar los peligros que él, al parecer, no sospechaba. Y los dos juntos habríamos tal vez convencido al obstinado profesor. En caso necesario, le hubiéramos obligado a la fuerza a volver a las alturas del Sneffels.

Me acerqué a Hans, le cogí una mano. Él no se movió siquiera. Le indiqué el camino del cráter. Permaneció inmóvil. Mi rostro expresaba todos mis pensamientos. El islandés movió lentamente la cabeza y señaló tranquilamente a mi tío.

—*Master* —dijo.

—¡El señor! —exclamé—. ¡Insensato! ¡No, él no es el dueño de la vida! ¡Es preciso huir! ¡Es preciso arrastrarse! ¿Me oyes? ¿Me comprendes?

Tenía a Hans asido del brazo. Quería obligarle a levantarse. Luchaba con él. Mi tío intervino.

—Calma, Axel —dijo—. Nada obtendrás de este servidor impasible. Oye, pues, lo que voy a proponerte.

Me crucé de brazos, mirando a mi tío frente a frente.

—La falta de agua —dijo— es el único obstáculo que se opone a la realización de mis proyectos. En esta galería del este, formada de lavas, esquistos y hullas, no encontraremos una sola molécula líquida. Es posible que seamos más afortunados siguiendo el túnel del oeste.

Meneé la cabeza, manifestando mi profunda incredulidad.

—Escúchame hasta el fin —repuso el profesor, esforzando la voz—. Mientras tú yacías sin movimiento, he ido a reconocer la conformación de esta galería. Se hunde directamente en las entrañas del globo, y en pocas horas nos conducirá a la masa granítica. Allí hemos de encontrar manantiales abundantes. Así lo quiere la naturaleza de la roca, y el instinto está de acuerdo con la lógica para apoyar mi convicción. He aquí, pues, lo que voy a proponerte. Cuando Colón pidió tres días a los tripulantes, para encontrar las nuevas tierras, sus tripulantes enfermos, arredrados, accedieron, sin embargo, a su demanda, y él descubrió el Nuevo Mundo. Yo, el Colón de estas regiones subterráneas, no te pido más que un día. Si pasado este día no he encontrado el agua que nos falta, te lo juro, volveremos a la superficie de la tierra.

A pesar de mi irritación, me conmovieron las palabras de mi tío y la violencia que se hacía para usar semejante lenguaje.

—¡Pues bien! —exclamé—. Hágase como lo deseáis, y que Dios recompense vuestra energía sobrehumana. No os quedan más que algunas horas para tentar la suerte. ¡En marcha!

CAPÍTULO XXII

Comenzamos a bajar por la nueva galería. Hans, según costumbre, iba delante. No habíamos andado cien pasos, cuando el profesor, desplazando su lámpara a lo largo de sus paredes, exclamó:

—¡He aquí los terrenos primitivos! ¡Estamos en buen camino! ¡Adelante! ¡Adelante!

Cuando la Tierra se enfrió poco a poco en los primeros días del mundo, la disminución de su volumen produjo en la corteza dislocaciones, contracciones, roturas y grietas. El pasillo en que acabábamos de introducirnos era una de estas hendiduras por las cuales se derramara en otro tiempo un granito eruptivo. Sus mil recodos formaban en el terreno primitivo un laberinto intrincado.

A medida que bajábamos, aparecía más distinta la sucesión de las capas que formaban el terreno primitivo, considerado por la ciencia geológica como la base de la corteza mineral. El terreno primitivo se compone de tres capas diferentes, los esquistos, los gneis y los micasquistos, que descansan sobre esa inquebrantable roca que se llama granito.

Nunca se han encontrado los mineralogistas en circunstancias tan maravillosas para estudiar la naturaleza en la naturaleza misma, si así puede decirse. Lo que la sonda, máquina ciega y brutal, no podía desde el interior del globo conducirlo a la superficie, nosotros lo veíamos con nuestros propios ojos, lo tocábamos con nuestras propias manos.

Por entre la capa de los esquistos, matizados de un hermoso verde, serpenteaban filones metálicos de cobre y manganeso con algunos vestigios de platino y oro. Yo pensaba en aquellas riquezas sepultadas en las entrañas del globo que nunca alcanzará la avara mano del hombre. Han sido enterradas a tales profundidades por los trastornos de los primeros días, que el azadón y el pico no llegaban a arrancarlas nunca de su ignorada tumba.

A los esquistos sucedieron los gneis de la estructura estratiforme, notables por la regularidad y paralelismo de sus hojas, y a los gneis los micasquitos dispuestos en grandes láminas, realzadas a la vista por los centelleos de la mica blanca.

La luz de los aparatos, reflejada por las innumerables facetas de la masa de roca, cruzaba bajo todos los ángulos sus chorros de fuego, y yo me imaginaba estar viajando por el interior de un diamante hueco en que los rayos se rompían y deshacían en lluvia de resplandores.

A eso de las seis, la fiesta de la luz empezó a desanimarme sensiblemente y hasta a cesar casi del todo. Las paredes tomaron un aspecto de cristal, pero sombrío; la mica se mezcló más íntimamente con el feldespato y el cuarzo, para formar la roca por excelencia, la piedra más dura de todas, la que sostiene sin romperse los cuatro pisos de terrenos de que consta el globo. Nos hallábamos encerrados en la cárcel inmensa de granito.

Eran las ocho de la noche. El agua seguía faltando. Yo sufría horriblemente. Mi tío iba delante. No quería detenerse. Tenía el oído atento para sorprender los murmullos de algún manantial. ¡Pero nada!

Y ya las piernas se negaban a sostenerme. Y resistía a mis torturas para no obligar a mi tío a hacer alto. Un alto para él hubiera sido el último término de la desesperación, porque tocaba el día a su fin, y aquel día era el último de que podía disponer para proseguir su empresa.

Por fin las fuerzas me abandonaron. Lancé un grito y caí.

—¡Socorro! ¡Me muero!

Mi tío retrocedió. Me miró con los brazos cruzados, y salieron de sus labios estas palabras sordas:

—¡Todo ha concluido!

Un gesto de cólera espantoso hirió por última vez mis miradas, y cerré los ojos.

Cuando los volví a abrir, vi a mis dos compañeros inmóviles y envueltos en sus mantas. ¿Dormían? Lo que es yo no pude conciliar el sueño ni un instante. Sufría demasiado, tanto más, cuanto que estaba persuadido de que para mi mal no había remedio. Las últimas palabras de mi tío retumbaban en mi oído: «¡Todo ha concluido!».

En efecto, en el estado de debilidad en que me encontraba, ni siquiera podía pensar en volver a la superficie del globo.

Tenía encima legua y media de corteza terrestre.

Me parecía que aquella masa abrumadora pesaba toda entera sobre mis hombros. Me sentía aplastado, y acababan de extenuarme los violentos esfuerzos que hacía para volverme de un lado a otro en mi lecho de granito.

Pasaron algunas horas. Reinaba en torno nuestro un silencio profundo, un silencio de tumba. Ningún rumor atravesaba aquellas paredes, de las cuales la más delgada medía un grueso de cinco millas.

Sin embargo, en medio de mi sopor, creía oír un ruido.

El túnel se oscurecía. Miré más atentamente, y me pareció ver al islandés que desaparecía con la lámpara en la mano.

¿A dónde iba? ¿Nos abandonaba? Mi tío dormía. Quise gritar. Mi voz no pudo abrirse paso entre mis labios secos. La oscuridad se había hecho profunda, y acababan de extinguirse los últimos ruidos.

—¡Hans nos abandona! —exclamé—. ¡Hans! ¡Hans!

Estas palabras las gritaba, si así puede decirse, dentro de mí mismo. No eran audibles. Sin embargo, pasado el primer momento de terror, me avergoncé de las sospechas que había concebido contra un hombre cuya conducta nada tenía de sospechosa. Su partida no podía ser una fuga. En lugar de subir por la galería, bajaba. Un mal pensamiento le hubiera arrastrado hacia arriba y no hacia abajo. Este raciocinio me tranquilizó un poco, y entré en otro orden de ideas. Sólo un motivo grave podía arrancar de su reposo a Hans, el hombre pacífico por excelencia. ¿Iba a la descubierta? ¿Había oído durante la noche silenciosa algún murmullo que no había llegado hasta mí?

CAPÍTULO XXIII

Durante una hora, cruzaron por mi cerebro delirante todas las razones que habían podido hacer obrar al tranquilo cazador. Bullían en mi cabeza las ideas más absurdas. Me volvía loco.

Pero, por fin, se produjo un ruido de pasos en las profundidades del abismo. Hans subía. Empezaba a deslizarse por las paredes la dudosa luz de su linterna, y Hans apareció después por la abertura del corredor.

Se acercó a mi tío, le tocó ligeramente en un hombro y lo despertó sin ruido. Mi tío se levantó.

—¿Qué ocurre? —dijo.

—*Vatten* —respondió el cazador.

Sin duda, bajo la inspiración de violentos dolores, todos nos hacemos políglotas. Yo, sin saber una palabra de dinamarqués, comprendí instantáneamente la palabra del guía.

—¡Agua! ¡Agua! —exclamé, palmoteando, gesticulando como un insensato.

—¡Agua! —repetía mi tío.

—*Hvar?* —preguntó al islandés.

—*Nedat* —respondió Hans.

—¿Dónde? ¡Abajo! —lo comprendí todo.

Cogí las manos del cazador con la mayor precaución, mientras él me miraba con calma.

No fueron largos los preparativos de marcha, y luego nos colamos por un corredor cuya pendiente era de dos pies por toesa.

Una hora después, habíamos andado unas mil toesas y bajado dos mil pies.

En aquel momento oí distintamente un sonido insólito que corría por los flancos de la pared granítica, una especie de ruido sordo, como un trueno lejano. Durante aquella primera hora de marcha, no encontrando el manantial anunciado, se reprodujeron mis angustias; pero entonces mi tío me explicó el origen de los ruidos que se producían.

—Hans no se ha engañado —dijo—, lo que oyes es el ruido de un torrente.

—¿Un torrente? —exclamé.

—Sin duda alguna. Alrededor de nosotros circula un río subterráneo.

Aceleramos el paso, alentados por la esperanza. Yo no sentía ya cansancio alguno. Me refrescaba el solo ruido del agua murmuradora, ruido que aumentaba sensiblemente. El torrente, después de haberse sostenido mucho tiempo encima de nuestra cabeza, corría por la pared de la izquierda, rugiendo y saltando. Pasé frecuentemente la mano por la pared, esperando encontrar en ella vestigios de rezumo o humedad, pero en vano.

Transcurrió otra media hora. Se avanzó otra media legua.

Entonces vi evidentemente que el cazador durante su desaparición no había podido llevar más allá sus investigaciones.

Guiado por un instinto peculiar de los montañeses, de los hidrocospos, Hans percibió aquel torrente dentro de la roca, pero sin haber visto el precioso líquido; él no había bebido.

Luego se hizo ver que si continuábamos nuestra marcha, nos alejaríamos de la corriente, cuyo murmullo iba disminuyendo.

Volvimos atrás. Hans se detuvo en el punto preciso que parecía estar más cerca del torrente.

Me senté junto a la pared, en tanto que las aguas corrían a dos pies de distancia con mucha violencia. Pero de ellas nos separaba una muralla de granito.

Sin reflexionar, sin preguntarme si había algún medio de procurarse aquella agua, volví a entregarme momentáneamente a la desesperación.

Hans me miró, y creí ver asomar a sus labios una sonrisa.

Se levantó y cogió la lámpara. Le seguí. Se dirigió hacia la pared. Yo no hacía más que mirarle. Aplicó su oído a la piedra seca, y lo paseó por ella lentamente, escuchando con la mayor atención. Comprendí que buscaba el punto preciso en que el torrente rugía con más estrépito. Encontró el punto deseado en la pared lateral izquierda, a tres pies de altura.

¡Cuán conmovido estaba yo! No me atrevía a adivinar lo que quería hacer el cazador. Pero fuerza fue comprenderle y aplaudirle, y le abrumé con mis halagos cuando le vi coger el zapapico para atacar la misma roca.

—¡Salvados! —exclamé.

—Sí —repetía mi tío con alegría frenética—. Hans, tienes razón. ¡Ah! ¡Bravo cazador! ¡Esto a nosotros no se nos hubiera ocurrido!

Me parece que no, por sencillo que sea semejante medio. Nada más peligroso que jugar con la armazón del globo. ¡Podía sobrevenir un hundimiento que nos aplastase! ¡Podía producirse una inundación y ser invadidos por el torrente! No eran quiméricos estos peligros, pero en ocasión tan crítica y tan apremiante, no podían detenernos temores de hundimiento o de inundación, pues para apagar nuestra sed hubiéramos abierto una sangría al mismo océano.

Hans empezó este trabajo, que mi tío y yo no hubiéramos podido llevar a cabo. Nuestra mano, impelida por nuestra misma impaciencia, hubiera precipitado sus golpes y hecho pedazos la roca. El guía, al contrario, tranquilo y moderado, desgastó poco a poco la roca con una serie de golpes repetidos, hasta abrir un agujero de unas seis pulgadas de diámetro. Yo oía aumentar el ruido del torrente, y me parecía que humedecía ya mis labios el agua bienhechora.

Pronto el hierro penetró hasta la profundidad de dos pies en el granito. El guía estuvo trabajando en esta operación más de una hora. La impaciencia me devoraba. Mi tío quería recurrir a medios más decisivos, y me costó no poco detenerle. Pero al ir a coger el zapapico, se oyó de repente un silbido, y salió impetuosamente de la pared un chorro de agua que se estrelló en la pared opuesta.

Hans, medio derribado por el choque, no pudo reprimir un grito. Comprendí que se lo había arrancado el dolor al sumergir mis manos en el chorro, porque yo también a mi vez lancé una violenta exclamación. El manantial estaba hirviendo.

—¡Agua a cien grados de temperatura! —exclamé.

—Se enfriará —respondió mi tío.

El pasillo se llenaba de vapores, y al mismo tiempo se formaba un arroyo que iba a perderse en las tortuosidades y senos subterráneos. En aquel arroyo bebimos todos.

¡Ah! ¡Qué delirio! ¡Qué incomparable voluptuosidad! ¿Qué era aquella agua? ¿De dónde venía? Poco nos importaba averiguarlo. Era agua, y si bien estaba aún tibia, volvía al corazón la vida que se escapaba. Yo la bebí sin respirar y sin paladearla siquiera.

Hasta después de un minuto de goce no exclamé:

—¡Es agua ferruginosa!

—¡Y muy mineralizada! —respondió mi tío—. Es excelente para el estómago. Los que van a tomar las aguas a Spa o Toepliz podrían venir aquí sin desventaja.

—¡Ah, es cosa rica!

—Ya lo creo. ¡Un agua cogida a dos leguas bajo tierra! Tiene un sabor a tinta que no es desagradable. ¡Qué riqueza nos ha procurado Hans! Propongo, agradecido, dar su nombre a este arroyo solitario.

—¡Aprobado! —exclamé yo.

Y quedó inmediatamente adoptado el nombre de Hans-bach.

No envaneció a Hans distinción tan honorífica. Después de haber bebido con moderación, se recostó contra la pared con su calma acostumbrada.

—Ahora —dije yo— convendría no dejar perder esta agua.

—¿Para qué la queremos? —preguntó mi tío—. Sospecho que el manantial es inagotable.

—Aunque lo sea. Llenemos el odre y las calabazas, y después procuraremos tapar el agujero.

Se siguió mi consejo. Hans, con piedras y estopas trató de obstruir la abertura practicada en la pared. No era cosa fácil. Se abrasaba las manos sin lograr su intento, porque la presión, que era muy considerable, hacía infructuosos todos los esfuerzos.

—Si hemos de juzgar —dije— por la fuerza del chorro, es evidente que las capas superiores de este caudal de agua están situadas a una inmensa altura.

—No es dudoso —replicó mi tío—; si esta columna de agua tiene treinta y dos mil pies de altura, su presión es de mil atmósferas. Pero una idea se me ocurre.

—¿Cuál?

—¿Por qué nos obstinamos en tapar esta abertura?

—Porque...

No pude hallar ninguna razón.

—¿Estamos seguros de que cuando hayamos vaciado nuestras calabazas, las podremos volver a llenar?

—Es evidente que no.

—Pues entonces dejemos correr esta agua, y al mismo tiempo apagará nuestra sed en el camino.

—¡Muy bien pensado! —exclamé yo—. Y teniendo este arroyo por compañero, no hay ninguna razón para que no salgamos airosos de nuestro empeño.

—¡Ah! ¿Te vas convenciendo, muchacho? —dijo el profesor riendo.

—No me voy convenciendo, que estoy convencido.

—¡Aguardemos un instante! Empecemos por tomar algunas horas de descanso.

Yo no me acordaba siquiera de que fuese de noche. El cronómetro se encargó de advertírmelo. Suficientemente repuestos y bien aplacada la sed, nos dormimos todos profundamente.

CAPÍTULO XXIV

Al día siguiente, habíamos olvidado ya nuestros padecimientos pasados. Causábame maravilla mi falta de sed, y me preguntaba qué razón había para no tenerla. Se encargó de contestarme el arroyo que corría, a mis pies murmurando.

Almorzamos. Bebimos de la excelente agua ferruginosa. Yo me sentía rejuvenecido y dispuesto a ir muy lejos. ¿Por qué no había de salirse con la suya un hombre convencido como mi tío, con un guía industrioso como Hans, y un sobrino *determinado* como yo? ¡He aquí las halagüeñas ideas que brotaban de mi cerebro! Si me hubiesen propuesto volver a la cima del Sneffels, hubiese rechazado la proposición con verdadera ira.

Pero felizmente no se trataba más que de descender.

—¡Partamos! —exclamé, despertando con mis acentos entusiastas los antiguos ecos del globo.

Volvimos a emprender la marcha el jueves a las ocho de la mañana. El pasadizo de granito, desenvolviéndose en tortuosísimos giros, presentaba recodos inesperados, y remedaba la confusión de un laberinto, pero en definitiva su dirección principal era siempre hacia el sudeste. Mi tío consultaba incesantemente y con el mayor cuidado su brújula, para darse cuenta del camino recorrido.

La galería se hundía casi horizontalmente, no excediendo su pendiente de dos pulgadas por toesa. El arroyo corría bajo nuestros pies sin precipitación y murmurando. Yo le comparaba a algún genio familiar que nos guiara por debajo de tierra, y acariciaba con la mano a la tibia náyade cuyos cantos acompañaron nuestros pasos. Mi buen humor tomaba espontáneamente un giro mitológico.

En cuanto a mi tío, echaba sapos y culebras contra la horizontalidad del camino, siendo, como era, *el hombre de verticales.* Su camino se prolongaba indefinidamente; y en lugar de deslizarse, según su expresión, a lo largo del radio terrestre iba por la hipotenusa. Pero nosotros carecíamos de la facultad de escoger, y con tal que ganásemos terreno hacia el centro, por poco que fuese, no teníamos razón para quejarnos.

Además, las pendientes se hacían de vez en cuando más rápidas; la náyade se precipitaba entonces rugiendo, y nosotros bajábamos con ella más profundamente.

En resumen, durante aquel día y el siguiente, hicimos mucho camino horizontal, y relativamente poco camino vertical.

El viernes por la noche, 10 de julio, debíamos, según nuestros cálculos, hallarnos a treinta leguas al sudeste de Reikiavick y a una profundidad de dos leguas y media.

Abrióse entonces bajo nuestros pies un espantoso pozo. Mi tío no pudo abstenerse de palmotear y hacer mil aspavientos y extremos de alegría calculando la rapidez de sus pendientes.

—He aquí un pozo —exclamó— que nos llevará lejos, y por el cual descenderemos fácilmente, porque las escabrosidades de la roca forman una verdadera escalera.

Hans dispuso las cuerdas para prevenir todo accidente. Empezó el descenso, que no me atrevo a llamar peligroso, porque me había familiarizado con este género de ejercicios.

Era el pozo de una grieta angosta abierta en la piedra, del género de las llamadas fallas. La contracción de la armazón terrestre, en la época de su enfriamiento, era evidente que la había producido. Si sirvió en otro tiempo para el paso de las materias eruptivas vomitadas por el Sneffels, no podía explicarme cómo estas materias no habían dejado en ella vestigio alguno. Bajamos una especie de escalera de caracol que parecía obra de hombres.

A cada cuarto de hora teníamos que detenernos para descansar y devolver su elasticidad a nuestras articulaciones. Entonces nos sentábamos en alguna parte saliente de la roca, con las piernas colgando, hablábamos, comíamos y apagábamos la sed en el agua del arroyo, que no nos abandonaba.

No hay necesidad de decir que en aquel precipicio el Hansbach, con menoscabo de su volumen, se convertía en cascada; pero era más que suficiente para satisfacer nuestras necesidades de agua, y además, con declives menos pronunciados, no podía dejar de recobrar su curso pacífico. En aquel momento me recordaba a mi tío con sus impaciencias y sus cóleras, al paso que en las pendientes suaves veía en él la imagen del cazador islandés con su apacibilidad y serena calma.

El 6 y 7 de julio seguimos las espirales de la quebraja, penetrando dos leguas más adentro en el fondo de la corteza terrestre, lo que nos ponía a cinco leguas bajo el nivel del mar. Pero el 8, a eso de mediodía, el pozo tomó, en la dirección del sudeste, una inclinación mucho menos vertical, que sería de unos cuarenta y cinco grados.

El camino se hizo entonces de buen andar y de una perfecta monotonía. Difícil era que sucediese otra cosa. La peregrinación no podía tener el aliciente de la variedad por los incidentes del paisaje.

Por último, el miércoles 15, nos hallábamos a siete leguas bajo la tierra, y a unas cincuenta leguas del Sneffels. Aunque algo fatigados, nos sentíamos en buen estado de salud, y el botiquín de viaje permanecía intacto.

Mi tío anotaba hora por hora las indicaciones de la brújula, del cronómetro, del manómetro, que son las mismas que ha publicado en la narración científica de su viaje. Podía, pues, darse fácilmente cuenta de su situación.

Cuando me manifestó que nos hallábamos a una distancia horizontal de cincuenta leguas, no pude contener una exclamación.

—¿Qué tienes? —preguntó mi tío.

—Nada, pero hago una reflexión.

—¿Qué reflexión, muchacho?

—Que si son exactos vuestros cálculos, no estamos debajo de Islandia.

—¿Crees?

—Es muy fácil asegurarnos de ello.

Tomé con el compás mis medidas en el mapa.

—No me engañaba —dije—. Hemos dejado atrás el cabo Portland, y estas cincuenta leguas al sudeste nos colocan debajo del mar.

—Debajo del mar —repitió mi tío restregándose las manos muy satisfecho.

—Así, pues —exclamé—, el océano pasa por encima de nuestra cabeza.

—¡Bah! No hay nada más natural, Axel. ¿Acaso en Newcatle no hay minas de carbón que penetran por debajo de las olas?

Esta situación podía parecer muy sencilla al profesor, pero a mí la idea de que me estaba paseando por debajo de la inmensidad de las aguas, no dejaba de preocuparme. Y, sin embargo, con tal que la armazón granítica fuese sólida, lo mismo daba en definitiva tener encima de nosotros las llanuras y montañas de Islandia que las olas del océano. Por lo demás, me habitué pronto a esta idea; porque el pasadizo, tan pronto recto como tortuoso, no menos caprichoso en sus pendientes que en sus revueltas, pero siempre dirigiéndose al sudeste, y siempre hundiéndose más y más, nos condujo rápidamente a grandes profundidades.

Cuatro días después, el sábado 18 de julio, por la noche, llegamos a una especie de gruta bastante espaciosa. Mi tío entregó a Hans sus tres rixdales de la semana, y se decidió a descansar el siguiente día.

CAPÍTULO XXV

Así pues, el domingo por la mañana me desperté sin la preocupación habitual de una partida inmediata, lo que no deja de ser agradable aun hallándose en lo más profundo de los abismos. Además, nos habíamos ya acostumbrado a vivir como trogloditas. Yo no me acordaba ya del sol, ni de las estrellas, ni de la luna, ni de los árboles, ni de las casas, ni de las poblaciones, ni de todas las demás superfluidades terrestres de que se han formado una necesidad los seres humanos. En nuestra condición de fósiles nos daban asco estas inútiles maravillas.

La gruta era un espacioso salón. Sobre su pavimento granítico corría el fiel arroyo. A tanta distancia de su origen, su agua no tenía ya más que la temperatura ambiente y se dejaba beber sin dificultad.

Después del almuerzo, quiso el doctor dedicar algunas horas a ordenar sus anotaciones ordinarias.

—En primer lugar —dijo él—, voy a hacer mis cálculos con el fin de determinar exactamente nuestra situación, pues quiero, a nuestro regreso, hallarme en aptitud de trazar un mapa de nuestro itinerario, una especie de sección vertical del globo, que dará el perfil de la expedición.

—Será cosa curiosa, tío, ¿pero tendrán vuestras observaciones un grado suficiente de precisión?

—Sí, he anotado con cuidado los ángulos y las pendientes. Seguro estoy de no engañarme. Veamos lo primero de todo dónde estamos. Toma la brújula y observa la dirección que indica.

Miré el instrumento, y después de un atento examen, respondí:

—Este, cuarto al sudeste.

—¡Estupendo! —dijo el profesor, apuntando la observación y haciendo rápidamente algunos cálculos—. De aquí deduzco que nos separan ochenta y cinco leguas del punto de partida.

—¿Viajamos, pues, bajo el Atlántico?

—Perfectamente.

—¿Dónde en este momento se desencadena tal vez una tempestad, y las olas y el huracán sacuden buques sobre nuestra cabeza?

—Es posible.

—¿Y vienen tal vez las ballenas a azotar con su formidable cola los muros de nuestra cárcel?

—Tranquilízate, Axel, no los derribarán. Pero volvamos a nuestros cálculos. Estamos a ochenta y cinco leguas al sudeste de la base del Sneffels, y, según mis precedentes notas, calculo que es de dieciséis leguas la profundidad alcanzada.

—¡Dieciséis leguas! —exclamé.

—Sin duda.

—Pero dieciséis leguas son el límite extremo que la ciencia señala al grueso de la corteza terrestre.

—No digo que no.

—Y aquí, según la ley del aumento de la temperatura, debería existir un calor de lo menos mil quinientos grados.

—*Debería,* muchacho.

—Y todo este granito no podría conservar su estado sólido y se hallaría en plena fusión.

—Ya ves que no es así, y que los hechos, como tienen por costumbre, echan abajo las teorías.

—Tengo que convenir en ello, pero estoy asombrado.

—¿Qué indica el termómetro?

—Veintiséis grados seis décimas.

—Pues no faltan más que mil cuatrocientos setenta y dos grados y cuatro décimas de grado para que los sabios tengan razón. El aumento proporcional de la temperatura es ya para nosotros un error manifiesto. No se engañaba, pues, Humphry Davy. Hice, por consiguiente, muy bien en hacerle caso. ¿Qué tienes que responder?

—Nada.

La verdad es que habría tenido mucho que decir. Yo no admitía en manera alguna la teoría de Davy, y seguía creyendo en el calor central, no obstante no experimentar sus efectos. Prefería admitir que aquella chimenea de un volcán apagado, cubierto de lavas refractarias, no permitía a la temperatura propagarse por sus paredes.

Pero sin detenerme a buscar argumentos nuevos me limité a tomar la situación tal como era.

—Tío —respondí—, tengo por exactos todos vuestros cálculos, pero permitidme sacar de ellos una consecuencia rigurosa.

—Despáchate a tu gusto, muchacho.

—¿En el punto en que nos hallamos, bajo la latitud de Islandia, el radio terrestre es de mil quinientas ochenta y tres leguas aproximadamente?

—Mil quinientas ochenta y tres leguas y un tercio de legua.

—Pongamos en cifras redondas mil seiscientas leguas, de las cuales hemos andado dieciséis. ¿No es verdad?

—Verdad es.

—¿Y las hemos andado a costa de una diagonal de ochenta y cinco leguas?

—Perfectamente.

—¿En veinte días aproximadamente?

—En veinte días.

—Y como dieciséis leguas constituyen la centésima parte del radio terrestre, emplearemos en descender, al paso que llevamos, dos mil días, que reducidos a años, son cerca de cinco años y medio.

El profesor dio la callada por respuesta.

—Sin contar con que si una vertical de dieciséis leguas obliga a una horizontal de ochenta, resulta una proporción de ocho mil leguas al sudeste, y antes de alcanzar el centro hará ya mucho tiempo que habremos salido por un punto de la periferia.

—¡Vete al diablo con tus cálculos! —replicó mi tío con un movimiento de cólera—. ¡Al infierno tus teorías! ¿Sobre qué descansan? ¿Quién te ha dicho que este pasadizo no nos lleve directamente a nuestro objetivo? Yo tengo a mi favor un precedente. Lo que hago, otro lo ha hecho, y si él se ha salido con la suya yo me saldré con la mía.

—Lo espero; pero, en fin, debe serme permitido...

—Permitido callarte, Axel, cuando quieres desbarrar como lo haces.

Vi que el terrible profesor iba a reaparecer bajo la piel del tío, y me puse en guardia.

—Ahora —repuso— consulta el manómetro. ¿Qué indica?

—Una presión considerable.

—Bueno. Ya ves que descendiendo poco a poco, y habituándonos gradualmente a la densidad de esta atmósfera, no nos desazona en lo más mínimo.

—Exceptuando algunos dolores de oído.

—Que no valen nada. Harás desaparecer esa incomodidad poniendo en comunicación rápida el aire exterior con el contenido en tus pulmones.

—Perfectamente —respondí yo, decidido a no llevar la contraria—. Hasta se experimenta cierto placer hallándose sumergido en esta atmósfera más densa. ¿Habéis notado con que intensidad se propagan en ella los sonidos?

—Sin duda. Un sordo acabaría por oír aquí a las mil maravillas.

—Pero, ¿esta densidad aumentará sin duda alguna?

—Sí, siguiendo una ley no muy bien determinada. Es verdad que la intensidad de la gravedad o pesadez disminuirá a medida que bajemos. Ya sabes que su acción se hace sentir con más fuerza en la superficie misma de la tierra, y que en el centro del globo los objetos no tienen peso.

—Lo sé; pero decidme, ¿este aire no adquirirá al cabo la densidad del agua?

—Sin duda, bajo una presión de setecientas diez atmósferas.

—¿Y más abajo?

—Más abajo será mayor aún.

—¿Cómo bajaremos, pues?

—Nos meteremos guijarros en los bolsillos.

—Tenéis, tío, contestación para todo.

No me atreví a adelantar más en el campo de las hipótesis, porque hubiera tropezado con alguna otra imposibilidad que hubiera hecho dar un respingo al profesor.

Era evidente, sin embargo, que el aire, bajo una presión que podía ser de millares de atmósferas, acabaría por alcanzar el estado sólido, y entonces, admitiendo que nuestros cuerpos hubiesen resistido, fuerza sería detenerse, a pesar de todos los razonamientos del mundo.

Pero no hice valer este argumento. Mi tío me hubiera contestado con su eterno Saknussemm, precedente sin valor, porque, dando por perfectamente averiguado el viaje del sabio islandés, podía haber replicado:

«En el siglo XVI no se habían inventado el barómetro ni el manómetro, y ¿cómo pudo, por consiguiente, determinar Saknussemm su viaje al centro del globo?»

Pero guardé esta objeción para mí, y esperé los acontecimientos.

El resto del día se pasó en conversación y cálculos. Fui siempre de la opinión del profesor Lidenbrock, respondiendo a todo amén, y envidié la perfecta indiferencia de Hans, el cual, sin tanto buscar los efectos y las causas, iba a ciegas a donde le llevaba el destino.

CAPÍTULO XXVI

Fuerza es confesarlo, las cosas iban hasta entonces a pedir de boca, y si me hubiese quejado, hubiera sido de vicio. Si no aumentaba el *término medio* de las dificultades, no podíamos dejar de lograr nuestro objetivo. ¡Y entonces qué gloria! Me iba ya acostumbrando a razonar como Lidenbrock. ¿Dependería esto del medio especial en que vivía? Es posible.

Durante algunos días, pendientes más rápidas, algunas de ellas espantosamente verticales, nos internaron profundamente en la masa de granito. Algunos días ganábamos legua y media y hasta dos leguas hacia el centro. Había descensos peligrosos, en que la destreza de Hans y su maravillosa sangre fría nos fueron muy útiles. El impasible islandés se sacrificaba con una indiferencia incomprensible, y gracias a él salvamos más de un mal paso, del cual no hubiéramos salido nosotros dos.

Su mutismo aumentaba cada día, hasta creo que él nos lo contagiaba. Los objetos exteriores ejercen una acción real sobre el cerebro. El que se encierra entre cuatro paredes acaba por perder la facultad de asociar las ideas y las palabras. ¡Cuántos prisioneros célebres se han vuelto imbéciles, ya que no locos, por la falta de ejercicio de las facultades mentales!

Durante las dos semanas que sucedieron a nuestra última conversación, no se produjo ningún incidente que fuese digno de contar. No encuentro en mi memoria más que un solo acontecimiento de una gravedad suma, del cual difícil me sería olvidar el pormenor más insignificante.

El 7 de agosto, nuestros sucesivos descensos nos habían llevado a una profundidad de treinta leguas, es decir, que teníamos sobre nuestra cabeza treinta leguas de rocas, de océano, de continentes y de ciudades. Debíamos de hallarnos a la sazón a doscientas leguas de Islandia.

Aquel día, seguía el túnel un plano poco inclinado.

Yo iba delante, llevando uno de los aparatos de Ruhmkorff con que examinaba las capas de granito. Mi tío llevaba el otro.

De repente, volviéndome, noté que estaba solo.

«Bueno, dije para mí, he andado demasiado deprisa. Tal vez Hans y mi tío se han detenido en el camino. Voy, pues, a su encuentro. Afortunadamente, la senda no sube de una manera sensible».

Retrocedí. Anduve durante un cuarto de hora. Miré y no vi a nadie; llamé, y nadie me respondió. Mi voz se perdió en medio de los cavernosos ecos que desperté con frecuencia.

Empecé a inquietarme. Un estremecimiento recorrió todo mi cuerpo.

«Un poco de calma —dije en voz alta—. Seguro estoy de encontrar a mis compañeros. No hay dos caminos, y puesto que yo iba delante, debo volver atrás».

Subí por espacio de media hora. Escuché con atención por si alguien me llamaba, en cuyo caso en aquella atmósfera tan densa, debía oírlo de muy lejos. Un silencio extraordinario reinaba en la inmensa galería.

Me detuve. No podía creer en mi aislamiento. Quería estar extraviado y no perdido. Los extraviados se encuentran.

«Vamos —repetía—, puesto que no hay más que un camino, y ellos lo siguen, por fuerza he de dar con ellos. Bastará que suba. A no ser que ellos, no viéndome, y olvidando que les llevaba la delantera, hayan tenido la ocurrencia de volver atrás. ¿Y qué? En tal caso, apresurando el paso, los encontraré. Es evidente».

Repetía estas últimas palabras sin estar del todo convencido. Además, para asociar tan sencillas ideas y reunirlas en forma razonada, tardé bastante tiempo.

Entonces me sobrecogió una duda. ¿Iba yo muy adelante? Ciertamente. Hans que seguía, precediendo a mi tío. Y hasta recuerdo que se detuvo un poco para acomodar bien su equipaje a sus hombros. Esta circunstancia asaltó mi mente. En aquel momento debí de proseguir mi camino.

«Además —pensaba yo—, un medio tengo para no extraviarme, un hilo para guiarme en este laberinto, y es mi fiel arroyo. Este es un hilo que no se rompe. No tengo que hacer más que remontar su curso, y encontraré necesariamente las huellas de mis compañeros».

Este razonamiento me reanimó, y resolví ponerme en marcha sin pérdida de tiempo.

¡Cómo bendije yo entonces la previsión de mi tío, que se opuso a que el cazador tapase el agujero abierto en la pared de granito! Aquel manantial bienhechor, después de haber apagado nuestra sed durante el camino, iba a guiarme entre las tortuosidades de la corteza terrestre.

Antes de emprender mi marcha ascendente, creí que una ablución podría convenirme, y me bajé para sumergir mi frente en el agua del Hans-bach.

¡Júzguese cuál sería mi estupor!

¡Escarbé un granito seco y áspero! ¡El arroyo no corría a mis pies!

CAPÍTULO XXVII

No puedo pintar mi desesperación. Ninguna palabra de la lengua humana expresaría mis sentimientos. ¡Estaba enterrado vivo, con la perspectiva de morir entre los tormentos del hambre y de la sed!

Maquinalmente pasé por el suelo mis manos abrasadas. ¡Cuán seca me pareció aquella roca!

Pero, ¿cómo había abandonado el curso del arroyo? Porque la verdad es que el arroyo no estaba allí. Comprendí entonces la razón de aquel extraño silencio cuando escuché por última vez esperando llegase a mis oídos algún grito de mis compañeros. Así es, que en el momento de entrar imprudentemente en aquel camino equivocado no noté la falta del arroyo. Es evidente que en aquella ocasión se abrió delante de mí una bifurcación de la galería, en tanto que el Hans-bach, obedeciendo a los caprichos de otra pendiente, se iba con mis compañeros a profundidades desconocidas.

¡Cómo volver! ¡No había ninguna huella, ni la dejaba tampoco mi pie en aquel granito! Me devanaba los sesos buscando la solución de aquel insoluble problema. Mi situación se resumía en una palabra: ¡Perdido!

¡Sí, perdido a una profundidad que me parecía inconmensurable! Aquellas treinta leguas de corteza terrestre pesaban sobre mis hombros con un espantoso peso. Me sentía aplastado.

Me esforcé en ocuparme de las cosas de la Tierra.

Lo conseguí difícilmente. Hamburgo, la casa de Königstrasse, mi pobre Graüben, todo aquel mundo bajo el cual me extraviaba, pasó rápidamente por delante de mi memoria despavorida. Volví a ver vivamente alucinado los incidentes del viaje, la travesía, Islandia, el señor Fridrikson, el Sneffels, Me dije que, si en mi posición, conservaba una sombra de esperanza, esa sombra sería un síntoma de locura, y que valía más desesperar.

En efecto, ¿qué poder humano podía volverme a la superficie del globo y descoyuntar las bóvedas enormes que se conservaban encima de mi cabeza? ¿Quién podía reconducirme al buen camino para reunirme con mis compañeros?

—¡Oh, tío! —exclamé con el acento de la desesperación.

Fue la única palabra de reconvención que asomó a mis labios, porque comprendí que él también estaría sufriendo buscándome a su vez.

Cuando me vi lejos de todo auxilio humano, incapaz de intentar medio alguno de salvación, pensé en la ayuda del cielo. Los recuerdos de mi infancia, los de mi madre, a la cual no conocí sino en el tiempo de los besos, se agolparon en mi memoria. Recurrí a la oración, por pocos que fuesen mis derechos a ser oído del Dios al cual me dirigía tan tarde y oré con fervor.

Aquella invocación, aunque tardía, a la Providencia, me tranquilizó un poco, y pude concentrar sobre mi situación todas las fuerzas de mi inteligencia.

Tenía víveres para tres días, y mi calabaza estaba llena. Sin embargo, no podía estar más tiempo solo. Pero ¿era preciso subir o bajar?

¡Subir, evidentemente, siempre subir!

Había de llegar, subiendo, al punto en que había abandonado el arroyo, a la funesta bifurcación. Allí, teniendo el arroyo bajo mis pies, podría volver a la cima del Sneffels.

¿Cómo no se me había ocurrido antes? Había evidentemente una probabilidad de salvación. Lo que más importaba era, pues, hallar el curso del Hans-bach.

Me levanté, y, apoyándome en mi bastón, subí por la galería.

La pendiente era muy considerable. Andaba con esperanza y desembarazo, puesto que no tenía más camino que seguir.

Durante una hora, ningún obstáculo detuvo mis pasos. Traté de reconocer mi camino por la forma del túnel, por el vuelo de ciertas rocas, por la disposición de las revueltas. Pero ninguna señal particular me llamó la atención, y no tardé en reconocer que aquella galería no podía conducirme a la bifurcación. Era un callejón sin salida. Tropecé contra un muro impenetrable, y caí sobre la roca.

No puedo expresar el horror, la desesperación que se apoderó de mí. Quedé anonadado. Mi última esperanza acababa de estrellarse contra aquel muro de granito.

Perdido en un laberinto cuyas tortuosidades y senos se cruzaban en todos sentidos, hubiera sido inútil intentar una evasión que era imposible. ¡Fuerza era sufrir la más espantosa muerte! Y ¡cosa extraña!, me vino al pensamiento que si se encontraba un día mi cuerpo en estado fósil, su encuentro a treinta leguas dentro de las entrañas de la tierra, suscitaría graves cuestiones científicas.

Quise hablar en voz alta, pero sólo pasaron entre mis labios secos, acentos roncos. Jadeaba.

En medio de mis angustias, se apoderó de mí un nuevo terror. Al caer, se había estropeado mi lámpara, y no había posibilidad de componerla. La luz palidecía e iba a faltarme.

Veía cómo la corriente luminosa se amortiguaba en la serpentina del aparato. Una procesión de sombras movedizas pasaba por las tétricas paredes. No me atreví a bajar los párpados para no perder el menor átomo de aquella claridad fugitiva. A cada instante me parecía que iba a desvanecerse y que *lo negro* me invadía.

Tembló, en fin, en la lámpara un último resplandor. Lo seguí, lo aspiré con la mirada, concentré en él todo el poder de mis ojos, como en la última sensación de luz que me era dado experimentar, y quedé abismado en las inmensas tinieblas.

¡Qué terrible grito salió de mi pecho! Arriba, en medio de las noches más profundas, la luz no abandona jamás enteramente sus derechos. Es difusa, es sutil, pero por poco que de ella quede, la retina acaba al fin por percibirla. Allí nada. La sombra absoluta hacía de mí un ciego en toda la extensión de la palabra.

Entonces perdí la cabeza. Me levanté, con los brazos extendidos hacia adelante, buscando a tientas sin saber lo que buscaba. Di en huir, precipitando mis pasos al azar en aquel inextricable laberinto, siempre bajando, corriendo por la corteza terrestre, como un habitante de los abismos, llamando, gritando, aullando, magullado muy pronto por la aspereza de las rocas, cayendo y levantándome ensangrentado, procurando beber la sangre que me inundaba la cara y esperando siempre que un murallón imprevisto presentase a mi cabeza un obstáculo para hacerse en él pedazos.

¿Adónde me condujo aquella carrera insensata? Lo ignoré eternamente. Después de algunas horas, agotadas sin duda mis fuerzas, caí como un cuerpo inerte a lo largo de la pared, y perdí todo sentido de la existencia.

CAPÍTULO XXVIII

Cuando volví a la vida mi cara estaba mojada, pero mojada de lágrimas. No puedo decir cuánto duró mi estado de insensibilidad. No tenía medio alguno de darme cuenta del tiempo. ¡No hubo nunca soledad como la mía, ni un abandono tan completo!

Después de caer había perdido mucha sangre. Me sentía inundado de ella. ¡Cuánto lamenté no haber muerto, teniendo que morirme! No quería ya pensar. Desechaba todas las ideas, y vencido por el dolor, rodé hasta cerca de la pared opuesta.

Sentí que iba a caer otra vez desvanecido, y ya me parecía que había llegado mi último instante, cuando un ruido violento hirió mis oídos. Era un ruido semejante al retumbo de un trueno, y oí perderse poco a poco las ondas sonoras en las lejanas profundidades del abismo.

¿De dónde provenía aquel estruendo? Sin duda de algún fenómeno que se realizaba en el seno de la tierra. Sin duda de la explosión de un gas, o de la caída de alguno de los sustentáculos del globo.

Escuché. Quise averiguar si se repetía el estrépito. Transcurrió un cuarto de hora. Reinaba en la galería una fúnebre silencio. No percibía ni los latidos de mi corazón.

De repente mi oído, aplicado por casualidad a la pared, creyó sorprender palabras vagas, ininteligibles, lejanas. Me estremecí.

«¿Es —dije para mí— una ilusión acústica?».

Pero, no. Escuchando con más atención, oí realmente un rumor de voces. Pero mi debilidad no me permitía comprender lo que se decía. Sin embargo, hablaban, No me cabía la menor duda.

Llegué a temer un instante que aquellas palabras fuesen las mismas palabras mías que me devolvía un eco. ¿Habría yo gritado sin saberlo? Cerré con fuerza los labios. Y apliqué de nuevo el oído a la pared.

«¡Sí, cierto, hablan, hablan!».

Trasladándome a algunos pies más lejos a lo largo de la pared, oí distintamente. Llegué a percibir palabras inciertas, extrañas, incomprensibles. Llegaban a mí como si se hubiesen pronunciado en voz baja, murmuradas, si así puede decirse. El vocablo *jorlorad* se repetía varias veces con acento de dolor.

¿Qué significaba? ¿Quién lo pronunciaba? Mi tío o Hans, era evidente. Pero puesto que yo los oía, ellos podían oírme.

—¡Auxilio! —grité con toda la fuerza de mis pulmones—. ¡Auxilio!

Escuché, espié en la sombra una respuesta, un grito, un suspiro. Nada se dejó oír. Pasaron algunos minutos. Todo un mundo de ideas había nacido en mi mente. Pensé que mi voz debilitada no podía llegar a mis compañeros.

«Porque ellos son —repetía—. ¿Cuáles otros se habrían sepultado a treinta leguas bajo tierra?».

Volví a escuchar. Paseando mi oído por la pared, hallé un punto matemático en que parecía que las voces alcanzaban su máximo de intensidad. La palabra *förlorad* llegó de nuevo a mis oídos, y después otro retumbo de trueno como el que me había sacado de mi estupor.

«¡No —me dije—, esas voces no se oyen atravesando la piedra! La pared es de granito y no se dejaría penetrar por la detonación más violenta. Ese ruido llega por la misma galería. Preciso es que haya aquí un efecto particular de acústica».

Escuché de nuevo, y esta vez, ¡sí! ¡Esta vez oí mi nombre distintamente lanzado al espacio!

¡Era mi tío quien lo pronunciaba! Hablaba con el guía, y la palabra *förlorad* era una palabra dinamarquesa.

Todo lo comprendí entonces. Para hacerme oír era preciso hablar a lo largo de aquella pared que había de conducir mi voz como el alambre conduce la electricidad.

Pero no podía perder un instante. Con que mis compañeros se separasen algunos pasos de donde se hallaban, el fenómeno de acústica quedaría destruido. Me acerqué, pues, a la pared y pronuncié las siguientes palabras tan distintamente como me fue posible:

—¡Tío Lidenbrock!

Escuché con la mayor ansiedad. El sonido no se propagaba con una gran rapidez. La densidad de las capas de aire aumenta su intensidad, pero no su velocidad. Algunos segundos pasaron, que me parecieron siglos, y, al fin, llegaron a mis oídos estas palabras:

—¡Axel! ¡Axel! ¿Eres tú?

—¡Sí, sí! —respondí.

—Hijo mío, ¿dónde estás?

—¡Perdido en la más profunda oscuridad!

—¿Pues y la lámpara?

—Apagada.

—¿Y el arroyo?

—Desaparecido.

—¡Axel, mi pobre Axel, valor!

—¡Aguardad un poco! ¡Estoy casi exánime! ¡No tengo fuerzas para responder! ¡Pero habladme!

—¡Valor! —repitió mi tío—. No hables, no hagas más que escucharme. Te hemos buscado subiendo y bajando la galería. Imposible encontrarte. ¡Ah! ¡Cuánto te he llorado, hijo mío! En fin, suponiéndote siempre en el camino del Hans-bach, hemos vuelto a bajar disparando tiros. ¡Ahora, si bien por un efecto de acústica nuestras voces pueden reunirse, nuestras manos no pueden tocarse! ¡Pero no te desesperes, Axel! ¡Pudiéndonos oír, mucho tenemos adelantado!

Yo, entretanto, había reflexionado. Sonreía mi corazón a una esperanza, aunque débil y vaga. Había por de pronto una circunstancia que me importaba conocer. Acerqué mis labios a la pared, y dije:

—¡Tío!

—¡Hijo mío! —oí al cabo de algunos instantes.

—Es preciso, ante todo, conocer la distancia que nos separa.

—Fácil es averiguarla.

—¿Tenéis a mano el cronómetro?

—Sí.

—Pues bien, pronunciad mi nombre, anotando exactamente el segundo en que habléis. Yo lo repetiré apenas llegue a mi oído, y vos observaréis igualmente el momento preciso en que llegue al vuestro mi respuesta.

—Bien, y la mitad del tiempo comprendido entre mi pregunta y tu respuesta indicará el que mi voz necesita para llegar hasta ti.

—Eso es, tío.

—¿Estás ya?

—Sí.

—Pues bien, atención, voy a pronunciar tu nombre.

Apliqué el oído a la pared y apenas oí la palabra, Axel, respondí inmediatamente «Axel», y esperé.

—Cuarenta segundos —dijo entonces mi tío—. Han transcurrido cuarenta segundos entre las dos palabras, y por consiguiente, el sonido ha necesitado veinte segundos para transmitirse de ti a mí. A mil ciento veinte pies por segundo, tenemos veinte mil cuatrocientos o sea legua y media y medio cuarto de legua.

—¡Legua y media! —murmuré.

—¡Legua y media se salva, Axel!

—¿Pero he de subir o bajar?

—Bajar y verás por qué. Hemos llegado a una espaciosa gruta en que terminan numerosas galerías. A esta gruta te ha de conducir sucesivamente la galería que tú has seguido, pues parece que todas estas quebrajas y fracturas del globo convergen alrededor de la inmensa caverna que ocupamos. Levántate, pues, y emprende tu marcha. Anda, arrástrate, deslízate por las pendientes rápidas, y en el extremo del camino te recibirán nuestros brazos. ¡En marcha, hijo mío, en marcha!

Estas palabras me reanimaron.

—Adiós, tío —exclamé—, parto. ¡Nuestras voces no podrán comunicarse desde el momento en que abandone este sitio. ¡Adiós, pues!

—¡Hasta la vista, Axel! ¡Hasta la vista!

Tales fueron las últimas palabras que oí, palabras de esperanza, que atravesaron más de una legua de granito. Di gracias a Dios por haberme conducido entre aquellas inmensidades sombrías al único punto tal vez en que podía oír la voz de mis compañeros.

Por las solas leyes físicas se explicaba fácilmente aquel asombroso efecto de acústica, que procedía de la forma del pasadizo y de la conductibilidad de la roca. Muchos ejemplos hay de propagación de sonidos, que no son perceptibles en los espacios intermedios.

Recuerdo varios sitios en que se observa este fenómeno, entre otros la galería interior de San Pedro en Londres, y, sobre todo, esas curiosas cavernas de Sicilia, esos circos o mazmorras próximas a Siracusa, de las cuales es en este género la más maravillosa la conocida con el nombre de *Oreja de Dionisio.*

Estos recuerdos se acumularon en mi mente. y me pareció que puesto que llegaba hasta mí la voz de mi tío, no me separaba de él ningún obstáculo insuperable. Siguiendo el camino del sonido, debía lógicamente llegar como llegaba él, a no ser que me abandonasen las fuerzas.

Me levanté. Anduve, arrastrándome. La pendiente era bastante rápida. Me deslicé por ella.

La velocidad de mi descenso, verificado casi por mi propio peso, aumentaba en una proporción tan espantosa, que era casi una caída. No tenía fuerza para detenerme.

De repente, me sentí en el aire, sin que mis pies tocasen en la tierra. Botaba rodando por las escabrosidades de una galería vertical, de un verdadero pozo. Di de cabeza contra la punta de una roca, y quedé sin conocimiento.

CAPÍTULO XXIX

Cuando volví en mí estaba en una semioscuridad, tendido sobre tupidas mantas. Mi tío velaba espiando en mi semblante un vestigio de existencia. A mi primer suspiro, me cogió la mano; a mi primera mirada lanzó un grito de alegría.

—¡Vive! ¡Vive! —exclamó.

—¡Sí! —respondí con voz débil.

—¡Hijo mío! —dijo mi tío abrazándome—. Te has salvado.

Me afectó vivamente el acento con que fueron pronunciadas estas palabras, y más aún los solícitos cuidados que las acompañaban. Nada menos que pruebas de esta naturaleza se necesitaban para provocar en el profesor una expansión semejante de tiernos sentimientos.

En aquel momento llegó Hans, vio mi mano en la de mi tío, y me parece que sorprendí en sus ojos, casi siempre mudos, una expresión de contento.

—*God dag* —dijo.

—Buenos días, Hans, buenos días —murmuré yo—. Y ahora, tío, decidme dónde estamos en este momento.

—Mañana, Axel, mañana. Hoy estás demasiado débil; te he puesto compresas en la cabeza, y por ahora no se puede levantar el apósito. Duerme, pues, hijo mío, y mañana lo sabrás todo.

—Quisiera me dijeseis siquiera qué hora es y a cuántos del mes estamos.

—Las once de la noche, domingo 9 de agosto, y no me preguntes nada hasta mañana.

En realidad, estaba muy débil, y mis ojos se cerraron involuntariamente. Necesitaba una noche de descanso y me adormecí con la idea de que mi aislamiento había durado cuatro largos días.

Al día siguiente, al abrir los ojos, los volví alrededor. Mi cama hecha con todas las mantas de viaje, se hallaba en una gruta encantadora, cuyas paredes cubrían magníficas estalagmitas, y cuyo suelo tapizaba finísima arena. Reinaba en ella un resplandor dudoso. No había encendida ninguna antorcha, ninguna lámpara, y, sin embargo, por una estrecha abertura de la gruta entraban, viniendo del interior, ciertas claridades inexplicables. Oía también un murmullo vago e indefinido, semejante al ruido de las olas que se rompen en una playa, y algunas veces silbidos parecidos a los del viento.

Me preguntaba a mí mismo si estaba, en efecto, despierto o si estaba soñando. Me preguntaba si mi cerebro estaba enfermo a consecuencia de mi última caída, y percibía ruidos puramente imaginarios. Sin embargo, no podían engañarme hasta tal punto mis ojos y mis oídos.

«¡Es un rayo de luz —me dije— el que se desliza por esa abertura de las rocas! ¡Está producido por las olas el murmullo que oigo! ¡Percibo los silbidos del viento! ¿Me engañan mis sentidos, o hemos vuelto a la superficie de la tierra? ¿Ha renunciado mi tío a su expedición, o la ha terminado felizmente?».

Sometía a mi propio juicio estas cuestiones insolubles, cuando entró el profesor.

—Buenos días, Axel —dijo alegremente—. Ya sé yo que te sientes bien.

—Muy bien —dije incorporándome.

—Has dormido muy tranquilo. Hans y yo te hemos velado alternativamente, y hemos visto que adelantabas mucho en tu curación.

—Así es; la verdad, me siento como si tal cosa, dispuesto a honrar el almuerzo que tengáis a bien servirme.

—¡Almorzarás, muchacho! No te queda rastro de calentura. Hans ha aplicado a tus heridas no sé qué ungüento maravilloso que los islandeses guardan como un secreto. ¡Vale más oro que pesa, nuestro cazador!

Mi tío, al mismo tiempo que hablaba, me ponía delante algunos alimentos que yo devoraba con ansia, no obstante sus recomendaciones. Entretanto, menudeaba mis preguntas y él contestaba a ellas.

Supe entonces que mi caída vertiginosa me había conducido precisamente al extremo de una galería casi perpendicular, a la que llegué envuelto en un torbellino de piedras, de las cuales la menor hubiera bastado para aplastarme, de lo que era lícito deducir que una parte de la pared por la cual me deslicé se había deslizado conmigo. Tan espantoso vehículo no me abandonó hasta llegar a los brazos de mi tío, que me recibieron ensangrentado y exánime.

—Es verdad —me dijo—, es un milagro que no te hayas muerto mil veces. Pero, ¡por Dios!, procuremos en lo sucesivo no separarnos, porque nos expondríamos a no volvernos a ver.

¡No *separarnos!* ¿Es decir, que el viaje no había aún concluido? Abrí los ojos con asombro, lo que provocó inmediatamente esta pregunta:

—¿Qué quieres, Axel?

—Dirigiros una pregunta. ¡Decís que estoy sano y salvo!

—Ya se ve que sí.

—¿Tengo ilesos todos mis miembros?

—Indudablemente.

—¿Y también la cabeza?

—Perfectamente sobre tus hombros, no obstante las contusiones.

—Eso no obstante, me temo que esté mi cerebro descompuesto.

—¿Descompuesto?

—Sí. ¿No hemos vuelto a la superficie del globo?

—No, por cierto.

—Pues entonces estoy loco, pues percibo la luz del día y oigo, a no poderlo dudar, el ruido del viento que sopla, y del mar que rompe.

—¡Ah! ¿No es más que eso?

—Pues explicadme.

—¿Cómo he de explicarte lo que es inexplicable? Tú mismo verás, y entonces comprenderás que la ciencia geológica no ha pronunciado aún su última palabra.

—Salgamos, pues —exclamé, levantándome de repente.

—¡No, Axel, no! El aire te haría daño.

—¿El aire libre?

—Sí, hace un viento bastante fuerte. No quiero que te expongas.

—Pero si estoy completamente bueno.

—Un poco de paciencia, muchacho. Una recaída podría costarte cara, y no debemos perder tiempo porque la travesía puede ser larga.

—¿La travesía?

—Sí. Descansa hoy todavía, y nos embarcaremos mañana.

Esta última palabra me hizo dar un salto.

¡Cómo! ¡Embarcarnos! ¿Es decir que teníamos a nuestra disposición un río, un lago, un mar? ¿Había quizás un buque anclado en algún puerto interior?

Mi curiosidad estaba excitada hasta el último extremo.

En vano mi tío quiso contenerme. Cuando vio que mi impaciencia era tal, que podría perjudicarme más que la satisfacción de mis deseos, cedió.

Me vestí en un abrir y cerrar de ojos. Para mayor precaución, me envolví en una manta y salí de la gruta.

CAPÍTULO XXX

Al principio no vi nada. Mis ojos, vivamente impresionados por la luz, a la cual no estaban ya acostumbrados, se cerraron irresistiblemente. Cuando los pude volver a abrir, me quedé maravillado, y más aún que maravillado, atónito.

—¡El mar! —exclamé.

—¡Sí —respondió mi tío—, el mar Lidenbrock! ¡Me complazco en creer que ningún navegante me disputará el honor de haberlo descubierto y el derecho de darle mi nombre!

Una superficie de agua muy considerable, principio de un lago o de un océano, se extendía más allá de cuanto alcanzaba la vista. La orilla, sumamente escabrosa, ofrecía a las olas que expiraban en ella una arena fina, dorada, sembrada de esas conchas microscópicas en que vivieron los primeros seres de la creación. Las olas se estrellaban en ella con ese murmullo sonoro que se produce en los grandes espacios cerrados. Liviana espuma se levantaba al soplo de un viento moderado, salpicándome la cara. En aquella playa, suavemente inclinada, a cien toesas aproximadamente del punto en que morían las últimas olas, terminaban los contrafuertes de enormes peñascos que subían a considerable altura. Algunos de estos peñascos, cortando la costa con sus agudos lomos formaban senos y promontorios roídos por los innumerables dientes de la resaca. Más adelante, la vista seguía el conjunto claramente perfilado en el fondo nebuloso del horizonte.

Aquello era un verdadero océano con el caprichoso contorno de las playas terrestres, pero era un océano desierto y de un aspecto salvaje.

Mis miradas podían pasearse a lo lejos por aquel mar, gracias a una luz especial que alumbraba todos sus pormenores. No era aquella la luz del sol con sus haces deslumbradores y la irradiación espléndida de sus rayos; ni era tampoco la luz pálida y vaga del astro de la noche, la cual no es más que una reflexión sin calor. No.

El poder de aquella luz, su difusión temblorosa, su blancura, clara y seca, la poca elevación de su temperatura, su brillantez, superior a la de la luna, revelaban evidentemente un origen eléctrico. Era aquello una aurora boreal, un fenómeno cósmico continuo, que llenaba el espacio de una caverna capaz de contener un océano.

La bóveda suspendida encima de mi cabeza, bóveda que se puede llamar cielo, parecía formada de grandes nubes, vapores movedizos y caprichosos, que en ciertas épocas, por efecto de la condensación, debían de resolverse en fuertes chubascos. Yo creía que bajo una presión tan considerable de la atmósfera, la evaporación del agua no podía producirse, pero, por una razón física que no se me alcanzaba, circulaban por el aire dilatadas nubes. Las corrientes eléctricas producían en las nubes muy altas juegos de luz de lo más asombroso. Vistosas sombras orlaban sus bordes inferiores, y con frecuencia, entre dos capas separadas, se deslizaba hasta nosotros un rayo de luz sumamente intenso. Pero aquello no era el sol, puesto que era una luz sin color. La impresión que producía era triste, sumamente melancólica. En lugar de un firmamento salpicado de brillantes estrellas, comprendía que encima de aquellas nubes había una masa de granito que me oprimía con su peso, y que aquel espacio, tan grande como era, no hubiera bastado para la menor de sus evoluciones al más modesto y menos ambicioso de los satélites.

Entonces me acordé de la teoría de un capitán inglés, que comparaba la Tierra con una gran esfera hueca, en cuyo interior el aire se conservaba luminoso por efecto de su presión, al mismo tiempo que dos astros, Plutón y Proserpina, trazaban en ella sus misteriosas órbitas. ¿Si tuviera razón?

Estábamos realmente encarcelados en una excavación enorme. No podía saber cuál era su extensión, pues en algunas direcciones la playa se dilataba hasta perderse de vista, y en otras se detenía la mirada en una línea horizontal algo indecisa. En cuanto a su altura, debía de ser de muchas leguas. La vista no podía distinguir los estribos de granito en que la bóveda se apoyaba, pero alguna nube había suspendida en la atmósfera, cuya elevación no bajaba de dos mil toesas, que es una elevación superior a la de los vapores terrestres. Debíase, indudablemente, a la densidad considerable del agua.

Para dar una idea de aquel inmenso espacio, no expresa bien mi pensamiento la palabra «caverna». Pero las palabras de la lengua humana no pueden bastar al que penetra en los abismos del globo.

Yo, por otra parte, no conocía ningún hecho geológico que bastase a darme la explicación de una excavación semejante. ¿Había podido producirla el enfriamiento del globo? Por las narraciones de los viajeros, tenía conocimiento de ciertas cavernas célebres, pero no de ninguna que presentase tales dimensiones.

Si bien la gruta de Guachara, en Colombia, visitada por Federico de Humbold, no entregó el secreto de su profundidad al sabio que la reconoció en un espacio de dos mil quinientos pies, no es verosímil que se extendiese mucho más allá de donde alcanzó el reconocimiento. La inmensa caverna de Mammouth, en Kentucky, ofrecía proporciones gigantescas, puesto que su bóveda se elevaba encima de un lago insondable, y sin llegar a su fin, la recorrieron algunos viajeros en un trayecto de diez leguas. ¿Pero qué eran aquellas cavidades, comparadas con la que admiraba yo entonces, que tenía su cielo de vapores, sus irradiaciones eléctricas y su vasto mar encerrado en sus flancos? Delante de aquella inmensidad, mi imaginación, convencida de su impotencia, se declaraba derrotada.

Contemplaba silencioso tan grandes maravillas, faltándome palabras para transmitir mis sensaciones. Creía hallarme en algún planeta lejano, en Urano o en Neptuno, contemplando fenómenos de que mi naturaleza terrenal no tenía conciencia. Nuevas sensaciones requerían nuevas palabras, que mi imaginación no me prestaba. Contemplaba, pensaba, admiraba con asombro algo, mezclado de espanto.

Lo imprevisto del espectáculo había devuelto a mi semblante el color de la salud; de manera que la admiración fue para mí como un tratamiento y obtuve mi curación por medio de esta nueva terapéutica. Además, me reanimaba la viveza de un aire más denso, que suministraba más oxígeno a mis pulmones.

Se comprenderá fácilmente que después de un cautiverio de cuarenta y siete días en una galería estrecha, era un goce infinito aspirar aquel ambiente cargado de húmedas emanaciones salinas.

No tuve, pues, motivos de arrepentirme por haber abandonado mi oscura gruta. Mi tío, acostumbrado ya a aquellas maravillas, no hacía ningún comentario.

—¿Te sientes con fuerzas —me preguntó— para dar un paseo?

—Sí, por cierto —respondí— y deseo mucho darlo.

—Pues bien, cógete de mi brazo, Axel, y sigamos las tortuosidades de la orilla.

Acepté al momento y empezamos a recorrer la playa de aquel nuevo océano. A la izquierda, ásperos peñascos, hacinados unos sobre otros, formaban una aglomeración titánica de un efecto prodigioso. De sus flancos partían innumerables cascadas, que se dilataban y convertían en tersos espejos. Algunos livianos vapores, encaramándose de una a otra roca, indicaban el sitio en que había algún manantial caliente, y numerosos arroyos corrían sosegadamente hacia el depósito común, buscando en las pendientes pretextos para murmurar de una manera más agradable.

Entre los arroyos reconocí a nuestro fiel compañero de viaje, el Hans-bach, que se perdía tranquilamente en el mar, como si nunca hubiese hecho otra cosa desde el principio del mundo.

—Ya en lo sucesivo no nos acompañará —dije con un suspiro.

—¡Ah! —respondió el profesor—. No faltará alguno que le remplace. Él u otro, ¿qué más da?

Me pareció la respuesta algo ingrata.

Pero en aquel momento llamó mi atención un espectáculo inesperado. A cien pasos, a la vuelta de un alto acantilado, apareció a nuestros ojos una arboleda alta, frondosa y espesa. Formábanla árboles de regular tamaño, cortados con la regularidad de quitasoles, con simetría y rigor geométrico. Las corrientes de la atmósfera no jugaban con su follaje, y ellos, en medio de las ráfagas y bocanadas de aire, permanecían inmóviles como un bosque de cedros petrificados.

Aceleré el paso. No podía dar ningún nombre a aquellas especies tan singulares. ¿No pertenecían a alguna de las doscientas mil conocidas hasta entonces, y era preciso formar con ellas una familia especial en la flora de las vegetaciones palustres? No. Cuando llegamos bajo su sombra, mi sorpresa no fue más que admiración.

Me hallaba en presencia de productos de la tierra, pero vaciados en un molde enorme, cortados sobre un patrón gigantesco. Mi tío les aplicó inmediatamente su nombre propio.

—Un bosque de hongos —dijo.

Y no se engañaba. Júzguese cuál sería el monstruoso desarrollo de aquellos vegetales, que tanto codician el calor y la humedad. Ya sabía yo que el *Lycoperdora giganteum* alcanza, según Bulliard, de ocho a nueve pies de circunferencia; pero aquí se trataba de hongos blancos, que tenían de treinta a cuarenta pies de altura, y una copa de proporcionado diámetro. Había millares de ellos. La luz no podía atravesar aquella especie de cimborrios o medias naranjas contiguas como los techos redondos de un poblado africano, y por consiguiente debajo de ellos reinaba una oscuridad completa.

Quise, sin embargo, penetrar más adelante. Un frío mortal bajaba de aquellas bóvedas carnosas. Vagamos a tientas durante media hora por aquellas húmedas tinieblas, y experimenté una sensación de bienestar indefinible cuando volví a la orilla del mar.

Pero no se limitaba a los hongos la vegetación de aquella comarca subterránea. Más adelante, se levantaban numerosos grupos de otros árboles, de follaje descolorido, que se reconocían fácilmente. Eran los humildes arbustos de la tierra con dimensiones fenomenales, marrubios de cien pies de elevación, sagitarias gigantescas, helechos arborescentes corpulentos, de tallos cilíndricos ahorquillados, que terminaban en prolongadas hojas y estaban erizados de pelos rudos como ciertas plantas monstruosas y grasientas.

—¡Asombroso, magnífico, espléndido! —exclamó mi tío—. He aquí toda la flora de la época de transición; de la segunda época del mundo. He aquí las humildes plantas de nuestros jardines hechas árboles como en los primeros siglos del globo. ¡Mira, Axel, y asómbrate! Te encuentras en una fiesta a la que no ha asistido jamás ningún botánico.

—Tenéis razón, tío. Diríase que la Providencia ha querido conservar en este invernáculo inmenso las plantas antediluvianas que con tanto acierto ha reconstruido la sagacidad de los sabios.

—Dices bien, muchacho, esto es un invernáculo. Pero, ¿quién nos ha dicho que no sea también una casa de fieras?

—¡Una casa de fieras!

—Indudablemente. ¿No ves este polvo que huellan nuestros pies? ¿No ves estas osamentas esparcidas por el suelo?

—¡Osamentas! —exclamé—. ¡Es verdad! ¡Osamentas de animales antediluvianos!

Me había precipitado a recoger aquellos restos seculares, compuestos de una sustancia mineral indestructible[7]. Di sin vacilar el nombre que les otorga la ciencia a aquellos huesos colosales que se asemejaban a troncos de árboles secos.

—He aquí —decía yo— la mandíbula inferior del mastodonte; he aquí los molares del dinoterio; he aquí un fémur que no puede haber pertenecido más que al magaterio, el mayor de los mamíferos terrestres habidos. Sí, estamos en un antro de fieras, porque estas osamentas no han sido transportadas aquí por ningún cataclismo. Los animales a que pertenecen han vivido en las orillas de este mar subterráneo; a la sombra de estas plantas arborescentes. ¡Mirad! ¡Esqueletos enteros! Y, sin embargo...

—Sin embargo, ¿qué? —dijo mi tío.

—No comprendo la presencia de semejantes cuadrúpedos en esta caverna de granito.

—¿Por qué?

—Porque la vida animal no ha existido en la tierra hasta llegar a los períodos secundarios, cuando el terreno sedimentario ha sido formado por los aluviones, y ha remplazado las rocas candentes de la época primitiva.

—Pues bien, Axel, hay una respuesta muy sencilla para invalidar tu objeción, y es que este terreno es secundario.

—¿Cómo? ¡A tanta profundidad debajo de la superficie de la Tierra!

—Sin duda, y el hecho se puede explicar geológicamente. La Tierra, en cierta época, no estaba formada más que por una corteza elástica, sometida, en virtud de las leyes de atracción, a movimientos alternativos de dilatación y depresión. Es probable que sobreviniesen hundimientos, y una parte de los terrenos sedimentarios fuese arrastrada al fondo de los abismos súbitamente abiertos.

---

[7] Fosfato de cal.

—Así debe haber sido. Pero si en esas regiones subterráneas han vivido animales antediluvianos, ¿quién nos dice que alguno de ellos no viva aún en medio de esos bosques sombríos, o detrás de esas rocas escarpadas?

Al emitir esta idea, interrogué, no sin cierta preocupación, los distintos puntos del horizonte; pero ningún ser viviente apareció en el inmenso desierto.

Estaba fatigado, por lo que fui a sentarme en el extremo de un promontorio, cuya base azotaban las olas con estrépito. Desde allí abarcaba mi mirada toda aquella bahía formada por una escotadura de la costa. En el fondo algunas rocas piramidales cerraban una especie de ancón, en que un bergantín y dos o tres goletas hubieran podido anclar cómodamente. Yo casi esperaba de un momento a otro ver zarpar un buque a toda vela navegando con viento del sur.

Pero la ilusión se disipó instantáneamente. Éramos los únicos moradores de aquel mundo subterráneo. En ciertas calmas pasajeras, en que el viento parecía dormirse, bajaba a las rocas áridas y pesaba sobre la superficie del océano un silencio más profundo que el que reina en el desierto. Entonces, procuraba atravesar con mis miradas las lejanas brumas, romper aquel telón corrido sobre el misterioso escenario del horizonte. ¡Cuántas preguntas brotaban de mis labios! ¿Dónde concluía aquel mar? ¿A dónde conducía? ¿Nos sería dado reconocer las orillas opuestas?

Mi tío no abrigaba acerca del particular la menor duda. Yo lo deseaba y temía al mismo tiempo.

Después de una hora pasada en la contemplación de aquel panorama maravilloso, emprendimos de nuevo el camino de la playa para volver a la gruta, y, bajo el imperio de los más extraños pensamientos, me dormí profundamente.

CAPÍTULO XXXI

Al día siguiente me desperté completamente curado. Me pareció que un baño había de sentarme bien, y lo tomé de algunos minutos en las aguas de aquel mar, que es más acreedor que todos los otros al nombre de Mediterráneo.

Al volver a la gruta almorcé con excelente apetito. Hans guisaba perfectamente, y teniendo a su disposición agua y fuego, pudo dar alguna variedad a nuestra alimentación ordinaria. Nos sirvió en los postres algunas tazas de delicioso moka, que saboreé con una fruición infinita.

—Ahora —dijo mi tío— está ya próxima la marea, y no debemos desperdiciar la ocasión de estudiar este fenómeno.

—¡Cómo! ¡La marea! —exclamé.

—Sin duda.

—¿Se deja sentir hasta aquí la influencia del sol y de la luna?

—¿Por qué lo dudas? ¿No se hallan acaso los cuerpos, sometidos en su conjunto, a la atracción universal? No puede, pues, sustraerse a esa ley general esta masa de agua, y a pesar de la presión atmosférica que se ejerce en su superficie, la verás subir como sube en el mismo Atlántico.

En aquel momento pisábamos la arena de la orilla, y las olas invadían la playa poco a poco.

—Ya empieza la marea —exclamé.

—Sí, Axel, y a juzgar por estas capas de espuma, el mar subirá unos diez pies aproximadamente.

—¡Es maravilloso!

—Es natural.

—Pues a mí, tío, todo esto me parece extraordinario, y apenas puedo dar crédito a mis ojos. ¿Quién podía creer que había de encontrar dentro de la corteza terrestre un verdadero océano, con su flujo y reflujo, sus vientos, con sus tempestades?

—¿Por qué no? ¿Hay alguna razón física que a ello se oponga?

—Ninguna, desde el momento que es preciso abandonar la hipótesis del calor central.

—Tenemos, pues, que la teoría de Davy está justificada.

—Evidentemente, puesto que no es posible contradecir la existencia de mares o de comarcas en el interior del globo.

—Sin duda, pero inhabitados.

—Pero, ¿por qué estas aguas no han de dar asilo a algunos peces de especie desconocida?

—Ello es que hasta ahora no hemos visto uno solo.

—Pues bien, podemos improvisar unos cuantos aparejos y ver si el anzuelo da aquí los mismos resultados que en los océanos sublunares.

—Lo probaremos, Axel, pues es preciso penetrar todos los secretos de estas nuevas regiones.

—Pero, ¿dónde estamos, tío? No os he dirigido hasta ahora esta pregunta, a la cual vuestros instrumentos deben haber contestado.

—Horizontalmente, a trescientas cincuenta leguas de Islandia.

—¿A tanto?

—No creo equivocarme en trescientas toesas.

—Y la brújula sigue señalando al sudeste.

—Sí, con una declinación occidental de 19º y 52', absolutamente lo mismo que en la superficie de la tierra. Respecto a su inclinación sucede una cosa curiosa que he observado atentamente.

—¿Qué cosa?

—La aguja, en lugar de inclinarse hacia el polo, como en el hemisferio boreal, se inclina en sentido contrario.

—¿De lo que hemos de deducir que el punto de atracción magnética se encuentra comprendido entre la superficie del globo y el punto a que hemos llegado?

—Precisamente, y es muy probable que si llegásemos a las regiones polares, hacia el 70º en que James Ross descubrió el polo magnético, veríamos la aguja levantarse verticalmente. Este misterioso centro de atracción se encuentra, pues, situado a una gran profundidad.

—He aquí un hecho que la ciencia no ha sospechado siquiera.

—La ciencia, muchacho, está formada de errores, pero de errores que conviene cometer, porque conducen poco a poco a la verdad. *Errando deponitur error.*

—¿Y a qué profundidad estamos?

—A una profundidad de treinta y cinco leguas.

—Así, pues —dije yo consultando el mapa—, tenemos encima de nosotros la parte montañosa de Escocia, y allí, los montes Grampianos levantan a una prodigiosa altura sus crestas cubiertas de nieve.

—Sí —respondió el profesor riendo—, la carga es algo pesada, pero la bóveda es sólida. El sabio arquitecto del universo la ha construido con buenos materiales, y el hombre no hubiera podido darle esta solidez y resistencia. ¿Qué son los ojos de los puentes y los arcos de bóveda de las catedrales, puestos en parangón con esta nave de un radio de tres leguas, bajo la cual puede desarrollarse libremente un océano con todas sus tempestades?

—¡Oh! ¡No vayáis a creer que tema que el cielo se me caiga encima! Pero ahora, tío, decidme cuáles son vuestros proyectos. ¿No pensáis en volver a la superficie del globo?

—¡Volver! ¡Pues no faltaba más! Lo que quiero es continuar nuestro viaje, ya que todo pinta ahora perfectamente.

—Sin embargo, no comprendo cómo penetraremos por debajo del agua.

—¡Oh! No te figures que vaya a echarme a ella de cabeza. Pero si los océanos, propiamente hablando, no son más que lagos, puesto que están rodeados de tierra, con mayor razón debe este mar interior hallarse circunscrito por el granito.

—Es indudable.

—¡Pues bien! Tengo la seguridad de encontrar en las orillas opuestas nuevas salidas.

—¿Qué longitud suponéis, pues, que tiene este océano?

—Treinta o cuarenta leguas.

—¡Ah! —dije yo, reflexionando que el cálculo podía muy bien ser inexacto.

—Así, pues, no tenemos tiempo que perder, y mañana nos haremos a la mar.

Busqué involuntariamente con la mirada el buque que debía transportarnos.

—¡Ah! —dije—. Nos embarcaremos. ¡Bueno! ¿Y en qué buque?

—No será en un buque, muchacho, sino en una buena y sólida almadía.

—¡Una almadía! —exclamé yo—. Tan imposible es construir una almadía como un buque, y por más que miro, no veo...

—Tú, Axel, por más que miras, no ves; pero si escuchases podrías oír.

—¿Oír?

—Sí, ciertos martillazos que pondrían en tu conocimiento que Hans se halla manos a la obra.

—¿Construye una almadía?

—Sí.

—¡Cómo! ¿Qué árboles ha derribado con el hacha?

—¡Oh! Los árboles estaban ya derribados. Ven y le verás trabajar.

Echamos a andar por el otro lado del promontorio que formaba el ancón natural, y al cabo de un cuarto de hora vi a Hans que estaba trabajando. Pronto estuve junto a él. Con gran sorpresa mía vi tendida en la arena una almadía ya casi concluida, formada con tablas de una madera particular, y un gran número de traviesas, quebrantos y corbas y cuadernas de toda especie estaban hacinadas en el suelo. Había materiales para construir una escuadra.

—Tío —exclamé—, ¿qué madera es esta?

—Es madera de pino, de abeto, de álamo, de todas las coníferas del norte mineralizadas por la acción de las aguas del mar.

—¿Es posible?

—Es lo que se llama *surtarbrandur* o madera fósil.

—Pero entonces debe tener, como los lignitos, la dureza de la piedra, y no podrá sobrenadar.

—Así sucede algunas veces. Hay maderas que se han convertido en verdaderas antracitas, pero otras, tales como estas de que echa mano Hans, que no han sufrido aún más que un principio de transformación fósil. A la prueba me remito —añadió mi tío echando al mar uno de aquellos preciosos troncos, el cual, después de haber desaparecido, volvió a subir a la superficie del agua y flotó siguiendo el movimiento de las olas.

—¿Estás convencido? —dijo mi tío.

—Convencido estoy principalmente de que todo lo que veo es increíble.

Al anochecer del día siguiente, gracias a la habilidad del guía, la almadía estaba ya en disposición de cumplir su objetivo. Tenía diez pies de largo y cinco de ancho.

Las tablas del *surtarbrandur,* trabadas unas con otras por medio de varias cuerdas, ofrecían una superficie sólida, y aquella embarcación improvisada fue echada al agua y flotó tranquilamente en la superficie de las aguas del mar Lidenbrock.

CAPÍTULO XXXII

El 13 de agosto madrugamos mucho. Tratábase de inaugurar un nuevo género de locomoción rápido y poco penoso.

Se jimelgaron dos palos para formar un mástil, con otro se hizo una verga, se improvisó una vela a expensas de las mantas, y quedó aparejada la almadía. No faltaban cuerdas para jarcia, y el conjunto tenía la solidez apetecible.

A las seis, el profesor dio la señal de embarque. Hallábanse ya a bordo los equipajes, los instrumentos, las armas, las herramientas y una gran cantidad de agua potable recogida de las cascadas.

Hans había improvisado un gobernalle para dirigir el aparato flotante, y se colocó en el timón. Yo desaté la amarra que nos sujetaba a la orilla. Orientóse la vela, y zarpamos.

En el momento de salir del ancón, mi tío, que daba mucha importancia a su nomenclatura geográfica, le quiso dar un nombre, entre otros el mío.

—A fe mía —dije yo— que tengo otro mejor que proponeros.

—¿Cuál?

—¡El nombre de Graüben! Ensenada Graüben dirá muy bien en un mapa.

—Pues llámese Ensenada Graüben.

Y así es como el recuerdo de mi adorada virlandesa se asoció a nuestra expedición aventurera.

El viento que reinaba era nordeste. Navegamos viento en popa con una rapidez suma. Las muy densas capas de la atmósfera tenían un considerable empuje e hinchaban la vela como un ventilador poderoso.

Al cabo de una hora, mi tío había podido calcular con exactitud nuestra velocidad.

—Si seguimos navegando así —dijo— no será menos que de treinta leguas cada singladura, y no tardaremos en reconocer las playas opuestas.

No respondí y me senté en la proa de la almadía. Ya la costa septentrional se iba desvaneciendo en el extremo horizonte. Los dos brazos del golfo se abrían más y más para facilitar nuestro paso. Se extendía ante mis ojos un mar inmenso. Gigantescas nubes paseaban rápidamente sobre la superficie su cenicienta sombra, que parecía pesar sobre aquella agua lúgubre. Los plateados rayos de la luz eléctrica, reflejados a trechos por alguna gota de agua hacían brotar puntos luminosos en los remolinos que la embarcación determinaba en su rápida marcha. Muy pronto perdimos la tierra enteramente de vista, desaparecieron todos los términos de comparación que nos ofrecía la costa, y, sin el espumoso curso de la almadía, hubiéramos podido creer que ésta se hallaba en un estado de inmovilidad absoluta.

Hacia el mediodía, vimos flotar en la superficie de las olas algas inmensas. Conocía el poder de vegetación de aquellas plantas, que trepan a la superficie de los mares desde una profundidad de más de doce mil pies, se reproducen bajo presiones de cuatrocientas atmósferas y forman con frecuencia bancos bastante considerables para que en ellos se varen los buques; pero nunca hubiera podido creer en la existencia de algas tan gigantescas como las del mar Lidenbrock.

Nuestra almadía pasó junto a muchos fucos cuya longitud era de tres a cuatro mil pies, inmensas serpientes que desenvolvían sus espirales hasta perderse de vista, y yo me complacía en seguir con mis miradas aquellas cintas infinitas, figurándome que había de llegar a ver su extremidad, y después de algunas horas se cansaba mi paciencia, ya que no mi asombro.

¡Qué fuerza natural podía producir semejantes plantas! ¡Cuál decía ser el aspecto de la tierra en los primeros siglos de su formación, cuando bajo la acción del calor y de la humedad, el reino vegetal se desarrollaba sólo en su superficie!

Llegó la noche, y noté, lo mismo que la víspera, que el estado luminoso del aire no disminuía en lo más mínimo. Podíamos, pues, contar con la duración de aquel fenómeno constante.

Después de cenar me eché al pie del mástil, y no tardé en dormirme entre risueñas imágenes.

Hans, inmóvil junto al timón, dejaba correr la almadía, la cual, con el viento que llevaba en popa, no obligaba a tocar el aparejo, y ni necesidad tenía de ser dirigida.

Desde nuestra salida de la Ensenada Graüben, el profesor Lidenbrock puso a mi cargo el diario de a bordo, en el cual apunté las más pequeñas observaciones, y consigné los fenómenos interesantes tales como la dirección del viento, la velocidad adquirida, el camino recorrido, en una palabra, todos los incidentes y peripecias de tan extraña navegación.

Me limitaré, pues, a reproducir esas notas cotidianas, escritas por mí, pero dictadas por los mismos acontecimientos, para que sea más exacta y circunstanciada la narración de nuestra travesía.

Viernes, 14 de agosto. Viento igual del NO. La almadía avanza con rapidez y en línea recta. La costa queda a treinta leguas a sotavento. Nada en el horizonte. La intensidad de la luz no varía. Buen tiempo, es decir, que las nubes están muy altas, un poco densas y las baña una atmósfera blanca que parece plata derretida.

Termómetro: + 32 °C.

Hans, al mediodía, ata un anzuelo en el extremo de una cuerda, lo ceba con un poco de carne y lo echa al mar. Pasan dos horas sin que vea una tomada. ¿Estarán inhabitadas estas aguas? No. Hans percibe un tirón, es una picada, saca el aparejo del agua y sube un pez que se defiende vigorosamente.

—¡Albricias! —exclamó mi tío.

—¡Un sollo! —exclamé yo a mi vez—. ¡Un sollo pequeño!

El profesor miró atentamente al animal y no participó de mi opinión. Aquel pez tenía la cabeza chata y redondeada, y la parte anterior del cuerpo cubierta de láminas óseas. Su boca estaba privada de dientes, y sus aletas pectorales muy desarrolladas. Carecía de cola. Pertenecía indudablemente al orden en que los naturalistas han clasificado el sollo o esturión, pero difería por caracteres bastante esenciales.

Mi tío no se engañó, y después de un breve examen, dijo:

—Este pez pertenece a una familia extinguida hace ya siglos, de las cuales se encuentran únicamente restos fósiles en el terreno devónico.

—¡Cómo! —dije yo—. ¿Hemos podido coger vivo uno de esos habitantes de los mares primitivos?

—Sí —respondió el profesor continuando sus observaciones—, y ya ves que estos peces fósiles no tienen ninguna identidad con las especies actuales. Poseer vivo uno de estos seres, es un verdadero honor para un naturalista, es una suerte excepcional que nos envidiarían todos los sabios.

—¿Pero a qué familia pertenece?

—Al orden de los *ganoides,* familia de los *cefalispidos,* género...

—¿Y qué?

—Género de los *pterychtis,* lo juraría. Pero éste ofrece una particularidad, que se encuentra, según se dice, en los peces de las aguas subterráneas.

—¿Cuál es?

—¡Es ciego!

—¡Ciego!

—No solamente es ciego sino que carece absolutamente del órgano de la visión.

Miré. Era cierto. Pero este podía ser un caso particular. Cebamos de nuevo el anzuelo, y lo echamos otra vez al agua. Aquel océano es indudablemente muy abundante en pesca, pues en dos horas cogimos un gran número de *pteryschtis,* e igualmente otros peces pertenecientes a la familia también extinguida de los *dipterides,* si bien mi tío no pudo reconocer el género. Todos estaban privados del órgano de la visión. Aquella pesca inesperada, a más de lo mucho que nos divirtió y ayudó a matar el tiempo, renovó nuestras provisiones.

Así, pues, parecía evidente que aquel mar no encerraba más que especies fósiles, en que los peces, lo mismo que los reptiles, son tanto más perfectos cuanto más antigua es su creación.

¿Y no encontraremos algunos de esos saurios que la ciencia ha rehecho con un fragmento de hueso o de cartílago?

Tomó el anteojo y examinó el mar. Está desierto. Sin duda estamos aún demasiado cerca de las costas.

Recorro el espacio. ¿Por qué en esas pesadas capas atmosféricas no baten sus alas las aves reconstruidas por el inmortal Cuvier? Los peces les suministrarían una nutrición suficiente. Observo el horizonte, pero la atmósfera está deshabitada lo mismo que las costas.

Sin embargo, mi imaginación me arrastra a las maravillosas hipótesis de la paleontología. Sueño despierto. Creo ver en la superficie de las aguas aquellos enormes quersitos, aquellas tortugas antediluvianas que parecían islotes flotantes. Me parece ver transitar por las sombrías playas los grandes mamíferos de los primeros días, el leptoterio, hallado en las cavernas del Brasil, el mericoterio, venido de las heladas regiones de la Siberia. Más adelante, el paquidermo lofiodon, gigantesco cerdo, se oculta detrás de las rocas, dispuesto a disputar su presa al anoploterio, animal extraño que participa del rinoceronte, del caballo, del hipopótamo y del camello, como si el Creador, teniendo demasiada prisa en las primeras horas del mundo, hubiese reunido varios animales en uno sólo. El mastodonte celoso esgrime su trompa y pulveriza con sus colmillos la roca de la costa, en tanto que el megaterio, apuntalado en sus enormes patas escarba la tierra despertando con sus rugidos el eco de los granitos sonoros. Más arriba se encarama por las arduas cimas el protopiteco, el primer mono que apareció en la superficie del globo. Más arriba aún, el pterodáctilo, de manos aladas, se desliza como un anchísimo murciélago por entre las brumas del aire comprimido. En fin, en las últimas capas, aves inmensas, más fuertes que el casuario, más voluminosas que el avestruz, despliegan sus vastas alas y van a tropezar con su cabeza en la pared o en la bóveda granítica.

Todo el mundo fósil renace en mi imaginación. Retrocedo a las épocas bíblicas de la creación del mundo mucho antes del nacimiento del hombre, cuando a éste no le bastaba la Tierra aún incompleta. Mi sueño va aún más allá de la aparición de los seres animados. Los mamíferos desaparecen, y luego las aves, y despúes los reptiles de la época secundaria, y por último los peces, los crustáceos, los moluscos, los articulados. Los zoófitos del período de transición desaparecen a su vez. Toda la vida de la Tierra se resume en mí, y mi corazón es el único que late en este mundo despoblado. No hay ya estaciones, no hay ya climas; el calor propio del globo aumenta sin cesar y neutraliza el del astro radioso. La vegetación se exagera. Paso como una sombra en medio de los helechos arborescentes, hollando con mi pie inseguro las margas del color del iris y las abigarradas asperezas, me apoyo en el tronco de coníferas inmensas, y me echo a la sombra de los esfenófilis, de los asterófitos, y de los licopodios que tienen cien pies de altura.

¡Los siglos pasan como días! Me remonto por la serie de las transformaciones terrestres. Las plantas desaparecen; las rocas graníticas pierden su dureza; el estado líquido reemplaza al sólido bajo la acción de un calor más intenso; las aguas corren por la superficie del globo, hierven, se volatilizan; los vapores envuelven la tierra, que poco a poco se reduce a una masa gaseosa, que llega a la temperatura roja blanca, grande como el sol y como el sol brillante.

En el centro de esta nebulosa, un millón cuatrocientas mil veces más voluminosa que el globo que ha de formar un día, me siento arrastrado a los espacios planetarios. Mi cuerpo se sutiliza, se sublima a su vez y se mezcla como un átomo a esos inmensos vapores que trazan en el infinito su órbita inflamada.

¡Qué sueño! ¿A dónde me arrastra? ¡Mi mano calenturienta vierte en el papel extraños pormenores! ¡Todo lo he olvidado, el profesor y el guía y la almadía! Una fascinación se ha apoderado de mi espíritu...

—¿Qué tienes? —dijo mi tío.

Mis ojos, extraordinariamente abiertos, se fijan en él sin verle.

—¡Cuidado, Axel, que te vas a caer al mar!

Al mismo tiempo me sentí vigorosamente asido por la mano de Hans, sin cuyo auxilio me hubiera precipitado en las olas dominado por mi sueño.

—¿Te has vuelto loco? —exclamó el profesor.

—¿Hay alguna novedad? —dije, al fin, volviendo en mí.

—¿Estás enfermo?

—No; he tenido un momento de alucinamiento, pero se ha desvanecido. Por lo demás, ¿marcha todo al compás de nuestros deseos?

—Sí, buen viento, buena mar. Avanzamos con rapidez, y si no he calculado mal, no tardaremos en llegar a tierra.

Al oír estas palabras, me levanto, examino el horizonte y veo que la línea de agua sigue confundiéndose con la línea de las nubes.

CAPÍTULO XXXIII

Sábado, 15 de agosto. El mar conserva su monótona uniformidad. Ninguna tierra a la vista. El horizonte parece excesivamente alejado.

Tengo la cabeza pesada a consecuencia de mi alucinamiento.

Mi tío, aunque no ha soñado ni tenido pesadillas, como yo, está muy displicente. Armado de su anteojo, recorre todos los puntos del océano, y luego se cruza de brazos con despecho.

Voy viendo que el profesor Lidenbrock recobra su habitual impaciencia, y lo consigno en mi diario. Su mal carácter ha recobrado el predominio que sobre él ejercía, desde que han terminado mis padecimientos y peligros que engendraron en su corazón algunos sentimientos tiernos. ¿De qué procede su mal humor? ¿No favorecen acaso las circunstancias nuestro viaje? ¿No navega rápidamente nuestra almadía?

—¿Siente usted alguna zozobra, tío? —le dije al ver la frecuencia con que enfocaba el anteojo.

—Ninguna.

—¿Alguna impaciencia?

—Motivos hay para estar impaciente.

—Me parece que no podemos quejarnos de la velocidad de la marcha.

—¿Qué me importa la velocidad? Ésta no es pequeña, pero el mar es demasiado grande.

Recordé entonces que el profesor, poco antes de emprender la marcha por el golfo, no creía que la extensión de éste excediese de treinta leguas. Habíamos recorrido desde entonces un espacio tres veces mayor, y aún no se distinguían las costas del sur.

—Ya comprendes que navegando no bajamos —continuó el profesor—, y bajar es lo que yo quiero. Lo demás es tiempo perdido. ¿Pues qué? ¿Habría hecho tantos sacrificios para dar un paseo en bote por las aguas de una charca?

¡Paseo en bote llama mi tío a nuestro viaje, y a este mar le llama charca!

—Pero —dije yo— puesto que hemos seguido el derrotero indicado por Saknussemm...

—He aquí lo que no sabemos. ¿Hemos seguido realmente ese derrotero? ¿Encontró Saknussemm esta extensión de agua? ¿La atravesó? ¿No nos habrá extraviado completamente el arroyo que tomamos por guía?

—De todos modos, no debe pesarnos haber llegado aquí. Este espectáculo es magnífico, y...

—¿Quién piensa en espectáculos? Yo quiero alcanzar el objetivo que me he propuesto. ¡No me hables, pues, de espectáculos!

No eché en saco roto la advertencia, y me propuse tenerla muy presente para mi gobierno. Dejé al profesor devorado por su impaciencia frenética. A las tres de la tarde, Hans reclamó su paga, y se le entregaron los tres rixdales.

Domingo, 16 de agosto. Ninguna novedad particular. El mismo tiempo. La temperatura tiende a bajar ligeramente. Mi primer cuidado, apenas abro los ojos, es cerciorarme de la intensidad de la luz. Estoy siempre temiendo que el fenómeno eléctrico se debilite y extinga. Sin embargo, persiste como siempre, y en la superficie de las olas sigue pintándose, perfectamente destacada, la sombra de la almadía.

¡Este mar debe de ser infinito! Debe de tener la extensión del Mediterráneo, y tal vez la del Atlántico. ¿Por qué no?

Mi tío echa con frecuencia la sonda. Es una sonda que se ha improvisado atando una azada, la de más peso que ha encontrado, al extremo de una cuerda. Deja hundirse el escandallo hasta doscientas brazas, y no encuentra el fondo. Después, al quererlo sacar, encontramos bastante resistencia.

Cuando la azada vuelve a bordo, Hans me hace notar en ella señales bastante marcadas. Diríase que el hierro ha sido vigorosamente apretado entre dos cuerpos duros.

Miró al cazador.

—*Tander!* —dice.

No lo comprendo. Me vuelvo hacia mi tío, enteramente absorbido en sus reflexiones. No quiero sacarle de ellas, y miro de nuevo al islandés. Éste, abriendo y cerrando varias veces la boca, me hace comprender su pensamiento.

—¡Dientes! —dije con asombro, examinando más atentamente el hierro.

¡Sí! ¡Son dientes que han hecho mella en el duro metal! ¡Las mandíbulas que están con ellos armadas deben de estar dotadas de una fuerza prodigiosa! ¿Serán las de un monstruo de las especies perdidas que se agita bajo la capa profunda de las aguas, más voraz que un tiburón, más fuerte que una ballena? ¡No puedo separar mis miradas del hierro medio roído! ¿Va a convertirse en realidad mi sueño de la noche?

Durante todo el día me preocupan estos pensamientos, y apenas consigue calmar mi imaginación un reposo de algunas horas.

Lunes, 17 de agosto. Procuro recordar los particulares instintos de aquellos animales antediluvianos de la época secundaria, que, sucediendo a los moluscos, a los crustáceos y a los peces, precedieron a la aparición de los mamíferos en el globo. El mundo pertenecía entonces a los reptiles, monstruos disformes, que reinaban como dueños absolutos en los mares jurásicos[8]. ¡La naturaleza les había otorgado la organización más completa! ¡Qué estructura tan gigantesca! ¡Qué fuerza tan prodigiosa! ¡Los saurios actuales, caimanes o cocodrilos, más grandes y más temibles, no son más que ridículas reducciones de sus padres de las primeras edades!

Me estremezco sólo al evocar semejantes monstruos. Ningún ojo humano los había visto vivos. Aparecieron en la tierra mil siglos antes que el hombre, pero sus osamentas fósiles, encontradas en esas calizas arcillosas que los ingleses llaman *lias,* han permitido reconstruirles anatómicamente y conocer su colosal conformación.

En el Museo de Hamburgo he visto el esqueleto de uno de esos saurios, cuya longitud no baja de treinta pies. ¿Yo, habitante de la tierra, estaré destinado a encontrarme cara a cara con esos representantes de una familia antediluviana? ¡No! Es imposible. Sin em-

---

[8] Mares del período secundario que han formado los terrenos de que se componen las montañas del Jura.

bargo, la marca de los poderosos dientes está grabada en el hierro, y por la forma de la impresión reconozco que son cónicos como los del cocodrilo.

Con espanto fijo en el mar mis miradas. Temo ver salir algunos de esos monstruos de las cavernas submarinas.

Supongo que el profesor Lidenbrock participa de mis ideas, ya que no de mis temores, pues desde que examinó el hierro recorre sin cesar el océano con solícitas miradas.

«¡Maldita sea —dije para mis adentros— la ocurrencia que le ha dado de sondear! ¡Ha turbado a algún animal en su retiro, y si en el camino somos atacados...!».

Echo una mirada a mis armas, y me aseguro de su estado. Mi tío me hace una señal de aprobación.

Ciertos remolinos producidos en la superficie del agua indican ya la turbación de sus apartadas capas. El peligro está próximo. Vigilemos.

Martes, 18 de agosto. Llega la noche, o por mejor decir, el momento en que el sueño nos hace bajar los párpados, pues no hay noche en aquel océano, y la implacable luz fustiga con su obstinación nuestros ojos, como si navegásemos bajo el sol de los mares árticos. Hans no suelta la caña del timón. Mientras él está de guardia, yo duermo.

Dos horas después de haberme dormido, me despierta un espantoso sacudimiento. La almadía ha sido levantada por encima de las olas con un indescriptible empuje y lanzada a la distancia de veinte toesas.

—¿Qué sucede? —exclama mi tío—. ¿Hemos tocado?[9]

Hans indicó con el dedo, a una distancia de doscientas toesas, una masa negruzca, que subía y bajaba sucesivamente. Miré y exclamé:

—¡Una marsopa colosal!

—Sí —replicó mi tío—, y también un lagarto de un tamaño poco común.

---

[9] Los marinos llaman *tocar* a tropezar con algún bajo.

—¡Y más adelante un cocodrilo monstruoso! Ved sus anchas mandíbulas y las hileras de dientes de que están armadas! ¡Ah! ¡Desaparece!

—¡Una ballena! ¡Una ballena! —grita el profesor—. ¡Distingo sus enormes aletas natatorias! ¡Cuánto aire y cuánta agua arroja por sus espiráculos!

En efecto, dos columnas líquidas se elevaban sobre el mar a una altura considerable. Quedamos sorprendidos, asombrados, espantados, en presencia de aquel rebaño de monstruos marinos. Sus dimensiones son sobrenaturales, y el menor de ellos rompería la almadía de una sola dentellada. Hans quiere virar en redondo para huir de aquellos peligrosos vecinos, pero ve venir hacia popa otros enemigos no menos formidables, una tortuga que tiene de ancho cuarenta pies y una serpiente que de largo tiene treinta, y vibra su enorme cabeza encima de las olas.

La fuga es imposible. Tenemos cortada la retirada. Los reptiles se acercan; dan vueltas alrededor de la almadía con una rapidez que supera a la de una locomotora a todo vapor, y trazan alrededor círculos concéntricos. He cogido mi carabina. ¿Pero qué efecto puede producir una bala en las invulnerables escamas de que está cubierto el cuerpo de tan terribles animales?

Estamos mudos de espanto. ¡Se acercan! Por un lado el cocodrilo, por otro la serpiente. Los demás monstruos han desaparecido. Voy a hacer fuego. Hans me detiene con un ademán. Los dos monstruos pasan a cincuenta toesas de la almadía, se precipitan uno contra otro, y su furor les impide reparar en nosotros.

Se empeña el combate a cien toesas de la almadía. Vemos distintamente los dos monstruos agarrarse.

Pero me parece que los demás animales acuden para tomar parte en la lucha, la marsopa, la ballena, el lagarto, la tortuga. Los entreveo a cada instante. Se los enseño al islandés, y éste hace con la cabeza una señal negativa.

—*Twa* —dice.

—¡Cómo! ¿Dos? Pretende que dos animales solos...

—Y tiene razón —exclama mi tío, que no suelta un instante el anteojo.

—¿De veras?

—¡Sí! El primero de esos monstruos tiene el hocico de marsopa, la cabeza de lagarto, los dientes de cocodrilo, y he aquí lo que nos ha enseñado, Es el más temible de los reptiles antediluvianos, es el ictiosauro.

—¿Y el otro?

—El otro es una serpiente escondida bajo la concha de una tortuga, el terrible enemigo del ictiosauro, es el plesiosauro.

Hans ha estado en lo cierto. Así turban dos monstruos solos la superficie del mar, y tengo en mi presencia dos reptiles de los océanos primitivos. Percibo el ojo sangriento del ictiosauro, grande como la cabeza de un hombre. La naturaleza le ha dotado de un aparato óptico de un poder incomparable y capaz de resistir a la presión de las capas de agua en las profundidades que habita. No en vano se le ha llamado la ballena de los saurios, porque tiene de la ballena la rapidez y la talla. No mide menos de cien pies, y puede juzgarse de su magnitud cuando levanta encima del oleaje las membranas verticales de su cola. Su quijada es enorme, y según los naturalistas no cuenta menos de 182 dientes.

El plesiosauro, serpiente de tronco cilíndrico, tiene la cola y las patas dispuestas en forma de remo. Su cuerpo está enteramente acorazado con una concha de tortuga, y su cuello, flexible como el del cisne, se levanta a treinta pies encima de las olas.

Los dos animales se atacan con indescriptible furia. Levantan montañas líquidas que refluyen hasta la almadía, y nos ponen veinte veces a punto de zozobrar. Se oyen silbidos de una intensidad prodigiosa. Las dos bestias están enlazadas, sin que yo pueda distinguir una de otra. Todo es de temer de la rabia del vencedor.

Pasa una hora, pasan dos. Los combatientes se acercan y alejan sucesivamente de la almadía. Nosotros permanecemos inmóviles, prontos a hacer fuego.

De repente, el ictiosauro y el plesiosauro desaparecen abriendo una verdadera sima en el seno de las olas. Transcurren algunos minutos. ¿Va a terminarse el combate en las profundidades del mar?

Súbitamente surge fuera una cabeza enorme, la cabeza del plesiosauro. El monstruo está mortalmente herido. No percibo su inmensa coraza. No veo más que su cuello que se enhiesta, se baja, vuelve a levantarse, se encorva, flagela las olas como un látigo gigantesco y se retuerce como una lombriz cortada. El agua salta a una distancia considerable. Nos salpica, nos ciega. Pero luego la agonía del reptil toca a su fin, sus movimientos disminuyen, sus contorsiones se aplacan, y aquel enorme trozo de serpiente flota como un tronco inerte sobre las olas ya calmadas.

En cuanto al ictiosauro, ¿se ha internado en su caverna submarina, o va a reaparecer en la superficie del mar?

CAPÍTULO XXXIV

Miércoles, 19 de agosto. Felizmente el viento que sopla con fuerza nos ha permitido huir rápidamente del teatro de la lucha. Hans no se separa del gobernalle. Mi tío, arrancado momentáneamente de su idea fija por los incidentes de la lucha de las dos fieras, vuelve a contemplar el mar con la impaciencia propia de su carácter.

El viaje recobra su monótona uniformidad, que no deseo ver interrumpida por peripecias como las de ayer.

Jueves, 20 de agosto. Viento NNE, bastante desigual. Temperatura caliente. Navegamos a una velocidad de tres leguas y media por hora.

Hacia mediodía se oye un ruido lejano, que no puedo explicar, pero consigno el hecho. Es un ruido continuo.

—A alguna distancia de aquí —dijo el profesor—, hay alguna roca o islote en que el mar se estrella.

Hans sube al tope, y no distingue ningún escollo. En cuanto alcanza la vista, el océano no ofrece más que agua.

Pasan tres horas. Parece que los ruidos provienen de un salto de agua lejano.

Así lo hago notar a mi tío, el cual sacude la cabeza. Yo no creo, sin embargo, engañarme. ¿Vamos derechos a alguna catarata que nos precipitará en el abismo? Es posible que un modo tan extraño de bajar guste al profesor, que busca siempre la vertical, pero lo que es a mí...

Ello es que a algunas leguas de aquí se produce un fenómeno estrepitoso, porque los ruidos son cada vez más violentos. ¿Vienen del cielo o del océano?

Dirijo mi vista hacia los vapores suspendidos en la atmósfera, y procuro sondear su profundidad. El cielo está tranquilo. Las nubes, elevadas en lo más alto de la bóveda, permanecen inmóviles y se pierden en la intensa irradiación de la luz. Es, pues, preciso buscar en otra parte la causa del fenómeno.

Entonces interrogo el horizonte, que se presenta puro y libre de brumas. Su aspecto no ha variado. Pero si el ruido proviene de un salto de agua o de una catarata, si todo este océano se precipita en un depósito inferior, si esos ruidos son el efecto de una exuberancia de agua que cae, la corriente necesariamente debe de activarse, y su velocidad creciente puede darme la medida del peligro que nos amenaza. Consulto la corriente. No hay corriente alguna. Echo al mar una botella vacía, y queda a sotavento.

A eso de las cuatro, Hans se levanta, se encarama por el palo y sube al tope, desde donde su mirada recorre el arco de círculo que describe el océano delante de la almadía y se detiene en un punto. Su semblante no expresa la menor sorpresa, pero su mirada se fija con insistencia en un punto determinado.

—Algo ha visto —dice mi tío.

—Tal creo.

Hans baja del tope, y extiende su brazo hacia el sur, diciendo:

—*Der nere!*

—¿Allá abajo? —responde mi tío.

Y asestando el anteojo, mira con atención durante un minuto que me parece un siglo.

—¡Sí! ¡Sí! —exclama.

—¿Qué veis?

—Una inmensa columna de agua que se levanta por encima de las olas.

—¿Algún otro monstruo marino?

—Tal vez.

—Entonces vayamos más al oeste, ya que sabemos lo que pueden dar de sí estos monstruos antediluvianos.

—Sigamos adelante —responde mi tío.

Me vuelvo hacia Hans, que conserva el mismo rumbo con inflexible vigor.

Sin embargo, no bajará de diez leguas la distancia que nos separa del animal, y si desde tan considerable distancia distinguimos la columna de agua que arroja por sus espiráculos, debe, de ser un monstruo de formidables proporciones. Evitar su encuentro sería conformarse a las leyes de la más vulgar prudencia, pero no hemos venido aquí para ser prudentes.

Adelante, pues.

Cuanto más nos acercamos, tanto mayor nos parece la columna de agua. ¿Qué monstruo puede aspirar una cantidad de agua semejante y expelerla sin interrupción?

Menos de dos leguas nos separan de él a las ocho de la noche. Su cuerpo negruzco, enorme, monstruoso, se extiende como un islote. ¿Es ilusión o espanto? ¡Me parece que su longitud pasa de mil toesas! ¿Qué cetáceo es ese de quien nada nos han dicho ni los Cuvier ni los Blumenbach? Está inmóvil y como dormido. El mar no puede mecerle, y las olas circulan a su alrededor. La columna de agua, que sube a una altura de quinientos pies, cae en forma de lluvia con un ruido que aturde. Corremos como unos insensatos hacia aquella espantosa mole, que necesita para alimentarse cien ballenas diarias.

Sobrecogido de terror, no quiero ir más lejos. Cortaré, si es preciso, la driza de la verga. Me rebelo contra el profesor, que no me hace caso.

Hans se levanta de repente, y señalando con el dedo el punto amenazador:

—*Holme!* —dice.

—¡Una isla! —exclama mi tío.

—¡Una isla! —digo yo encogiéndome de hombros.

—Evidentemente —responde el profesor, soltando una estrepitosa carcajada.

—¿Pero esta columna de agua?

—*Geyser!* —responde Hans.

—¡Un geyser! ¿Quién lo duda? —responde mi tío—. Un géiser análogo a los de Islandia[10].

Me avergüenzo de haberme engañado tan groseramente. ¡Tomar un islote por un monstruo marino! Pero no cabe la menor duda, y tengo que confesar mi error. Estoy en presencia de un fenómeno que nada tiene de extraordinario.

---

[10] Manantial muy célebre, que brota con fuerza de la tierra al pie del Hecla.

A medida que nos acercamos adquiere grandiosidad la líquida columna. El islote representa, efectivamente un inmenso cetáceo, cuya cabeza domina las olas, descollando sobre ellas diez toesas. El géiser, que los islandeses pronuncian *geysir*, y significa *furor*, se eleva majestuosamente en uno de sus extremos. Resuenan con frecuencia sordas detonaciones, y el enorme chorro, como acometido de violentas cóleras, sacude su penacho de vapores saltando hasta la primera capa de nubes. Está solo, sin que le rodee ninguna humareda, ni tenga cerca ningún manantial caliente, resumiéndose en él todo el poder volcánico. Los rayos de la luz eléctrica acarician la deslumbradora columna, formando un iris de los más brillantes colores con cada una de las gotas de agua que lo componen.

—Atraquemos —dice el profesor.

Pero es preciso evitar ese sifón de agua que en un instante echaría a pique la almadía. Hans, maniobrando diestramente, nos lleva al otro extremo del islote.

Caminamos sobre un granito mezclado con toba silícea, El terreno gime bajo nuestros pies como una caldera en que se arremolina un vapor demasiado caliente. Llegamos delante de una especie de charca central, de la cual sale el géiser. Meto en el agua, que brota hirviendo, un termómetro de declinación, y señala el mercurio un calor de 163 grados.

Aquella agua sale, pues, de un foco ardiente contradiciendo singularmente las teorías del profesor Lidenbrock, como se lo hago yo notar con no mucha prudencia.

—¿Y qué? —me respondió—. ¿Qué prueba eso contra mi doctrina?

—Nada —digo yo secamente, viendo que no he de poder sacar ningún partido de una terquedad tan absoluta.

Con todo, debo confesar que hasta ahora la suerte nos ha sido muy propicia, y que por una razón que no se me alcanza, el viaje se ha llevado adelante en buenas condiciones de temperatura. Pero me parece evidente que llegaremos un día u otro a regiones en que el calor central alcance los más elevados límites, y deje atrás todos los grados que son susceptibles de indicar los termómetros.

Vivamos y veremos. Tal es la frase sacramental del profesor, el cual, después de haber bautizado el islote volcánico con el nombre de su sobrino, da la señal de embarque.

Durante algunos minutos sigo contemplando el géiser. Noto que su chorro es irregular e intermitente, disminuyendo algunas veces de intensidad para recobrar luego nuevo vigor, lo que atribuyo a las variaciones de presión de los vapores acumulados en su depósito.

Partimos, al fin, doblando las escarpadas rocas del sur. Hans, durante nuestra detención, ha reparado algunas averías de la almadía.

Antes de pasar más adelante, hago algunas observaciones para calcular la distancia que hemos recorrido, y apunto su resultado en mi diario. Desde la ensenada Graüben hemos atravesado 270 leguas de mar, y estamos debajo de Inglaterra, a 260 leguas de Islandia.

CAPÍTULO XXXV

Viernes, 21 de agosto. Hasta el día siguiente no perdimos de vista el magnífico géiser. El viento ha refrescado, y nos ha alejado con rapidez del islote Axel, cuyos ruidos se han extinguido poco a poco.

Amenaza alguna variación atmosférica. El aire se carga de brumas que se apoderan de la electricidad formada por la evaporación de las aguas salinas; las nubes bajan sensiblemente y toman un color uniformemente verdoso; los rayos eléctricos apenas pueden atravesar aquel opaco telón corrido sobre el teatro en que va a ponerse en escena el drama de las tempestades.

Me siento impresionado, como impresionado está en la tierra todo lo creado al acercarse un cataclismo. Los *cumulus*[11] agrupados en el sur presentan un aspecto siniestro, el aspecto *inexorable* que he notado con frecuencia al principiar las tormentas. El aire está pesado y el mar tranquilo.

Se ven nubes a lo lejos, que parecen enormes balas de algodón acumuladas en pintoresco desorden; se hinchan poco a poco y pierden en número lo que ganan en volumen; y su pesadez es tal, que no pueden desprenderse del horizonte; pero al impulso de las corrientes elevadas se condensan más y más y presentan luego una sola capa de imponente aspecto. De cuando en cuando una pelota de vapores, aún no del todo oscurecida, rebota sobre el ceniciento tapiz hasta que se confunde con una masa opaca.

Evidentemente, la atmósfera está cargada de fluido del cual yo participo.

Se me erizan los cabellos como si tuviese cerca una máquina eléctrica funcionando. Me parece que si en este momento me tocasen mis compañeros, experimentarían una conmoción violenta.

---

[11] Nubes de forma redondeada.

A las diez de la mañana, los síntomas de tempestad son más decisivos. Diríase que el viento descansa para tomar aliento y brío, y la nube se me figura un odre inmenso que se llena de huracanes.

No quiero creer en amenazas del cielo, y, sin embargo, no puedo abstenerme de decir:

—Mal tiempo se prepara.

El profesor no responde. Está de un humor tal que no puede sufrirse a sí mismo, viendo que el océano se prolonga indefinidamente. A cuanto le digo contesta encogiéndose de hombros.

—Tendremos tempestad —exclamé tendiendo la mano hacia el horizonte—. Esas nubes bajan como si quisieran aplastar el mar.

Silencio general. El viento calla. La naturaleza no respira, parece muerta. A lo largo del palo, en que empieza a centellear débilmente el fuego de San Telmo, la vela cae con pausada gravedad en pesados pliegues. La almadía está inmóvil en medio de una mar gruesa aunque sin oleaje. Pero ya que no se anda, ¿por qué no se amaina la vela que puede causar nuestra perdición al primer choque de la tempestad tan inminente?

—¡Arriemos la vela! —dije en voz alta—. ¡Y aún será mejor que desarbolemos! La prudencia lo aconseja.

—¡No, aunque nos lleve el diablo! —exclamó mi tío—. ¡No y cien veces no! ¡Que nos haga zozobrar el viento! ¡Que la tempestad nos eche a pique! ¡Pero que vea, al fin, las rocas de una costa, aunque en ellas se estrelle nuestra almadía!

No ha acabado aún mi tío de pronunciar estas palabras, cuando por el lado del sur el horizonte toma súbitamente otro aspecto. Los vapores acumulados se resuelven en agua, y el aire violentamente solicitado para colmar los vacíos producidos por la condensación, se hace huracán. Procede de los más remotos extremos de la caverna.

La oscuridad aumenta de tal modo que apenas me permite tomar algunas notas incompletas.

La almadía se levanta dando saltos. Mi tío cae. Yo me arrastro hacia él, que se agarra con fuerza a un cable y contempla, sin embargo, con placer aquel espectáculo de los elementos desencadenados.

Hans permanece firme. Sus largos cabellos, desgreñados por el huracán, que azota con ellos su rostro, acaban de alterar su extraña fisonomía, terminando cada una de sus puntas en un lucecilla fosfórica. Diríase, al ver su espantoso semblante, que es un hombre antediluviano, contemporáneo de los ictiosauros y de los megaterios.

El palo de la almadía resiste. La vela se hincha como una burbuja próxima a reventar. La embarcación avanza con una violencia que no puedo calcular, pero no tan deprisa como las gotas de agua que levanta escupiéndolas en línea recta a larga distancia.

—¡Abajo la vela! ¡Abajo la vela! —digo yo a mis compañeros.

—¡No! —responde mi tío.

—*Nej* —repite Hans, moviendo lentamente la cabeza.

La lluvia forma entretanto una catarata estrepitosa ante aquel horizonte, hacia el cual corremos como insensatos. Pero antes de llegar a nosotros la nube se desgarra, entra el mar en efervescencia, y se pone en juego la electricidad producida por una acción quimérica, poderosa, que se ejerce en las capas superiores. Se mezclan las centelleantes vibraciones del rayo a los imponentes estampidos del trueno; numerosos relámpagos se cruzan en medio de las detonaciones; los vapores se inflaman como una fragua; arroja luz el granizo que da contra el metal de nuestras herramientas y nuestras armas, y las olas hinchadas parecen cerros ignívomos que alimentan en sus entrañas un fuego activo, y cada una de ellas ostenta en su cresta un penacho de llama.

La intensidad de la luz deslumbra mis ojos, el estrépito del trueno desgarra mis oídos. ¡Tengo que agarrarme al palo de la almadía que al violento impulso del huracán se dobla como una endeble caña!

(Aquí mis notas de viaje aparecen muy incompletas. No apunté más que algunas observaciones fugitivas, tomadas, si así puede decirse, maquinalmente. Pero tan breves y oscuras como son, llevan el sello de la agitación que dominaba mi alma, y expresan la situación mejor que pudiera hacerlo mi memoria).

Domingo, 23 de agosto. ¿Dónde nos hallamos? Somos arrastrados con una rapidez que no puede medirse.

La noche ha sido espantosa. Vivimos envueltos en un fuego perenne, en una detonación incesante. De nuestros oídos brota sangre, y no podemos hablarnos.

Los relámpagos no cesan. Veo cómo culebrean retrógradamente, y después de una rápida fulminación, vuelven de abajo a arriba y van a herir la bóveda de granito. ¡Si llegase ésta a desplomarse! Otros relámpagos se bifurcan o toman la forma de globos de fuego que estallan como bombas. No por eso aumenta el general ruido, porque ha traspasado ya el límite que puede percibir el oído humano, y aun cuando saltaran a la vez todos los polvorines del mundo, no oiríamos más estruendo que el que oímos.

Hay en la superficie de las nubes una emisión de luz continua; de sus moléculas se desprende incesantemente la materia eléctrica; se han alterado evidentemente los principios gaseosos del aire e innumerables columnas de agua se lanzan a la atmósfera y caen echando espuma.

¿Adónde vamos...? Mi tío está echado cuan largo es en un extremo de la almadía.

El calor aumenta. Miro el termómetro, señala... *(La cifra está borrada).*

Lunes, 24 de agosto. ¡No acabará esta lucha! ¿Por qué no ha de poder ser definitivo el estado de esta atmósfera, una vez modificado?

Estamos quebrantados de fatiga. Hans sigue imperturbable. La almadía corre invariablemente hacia el sudeste. Desde el islote Axel hemos andado más de doscientas leguas.

El huracán arrecia al mediodía, y nos obliga a amarrar sólidamente todos los objetos que componen el cargamento. También nosotros tenemos que agarrarnos. Las olas pasan por encima de nuestras cabezas.

En tres días no podemos dirigirnos la palabra. Abrimos la boca, movemos los labios, y no se produce ningún sonido apreciable. No nos oímos aunque aplique uno sus labios al oído de otro.

Mi tío se me ha acercado. Ha articulado algunas palabras. Creo que me ha dicho: «Estamos perdidos», no puedo asegurarlo.

Tomo el partido de escribirle estas palabras: «Arriemos la vela».

Me hace señal de que consiente en ello.

Pero apenas ha tenido tiempo de hacerme esta señal, cuando un disco de fuego nos asalta por la borda. La vela es arrancada con el palo que la sostiene y con él vuela a una altura prodigiosa, semejante a un pterodáctilo, ave fantástica de los primeros siglos.

Estamos helados de espanto. El disco, mitad blanco, mitad azulado, es del tamaño de una bomba de diez pulgadas. Se pasea lentamente, girando con sorprendente velocidad al soplo del huracán. Pasa de un lado para otro, se detiene un momento en la borda de estribor, salta sobre el saco de provisiones, desciende ligeramente, bota, roza con sus alas de llama la caja de pólvora. ¡Qué horror! ¡Vamos a volar! No, el disco deslumbrador se separa, se acerca a Hans, el cual le mira fijamente; se acerca a mi tío, que se echa de rodillas para evitar su choque; por último, se acerca a mí, que palidezco y tiemblo espantado por su luz y calor, y da vueltas y revueltas alrededor de mi pie, que quiero levantar y no puedo.

La atmósfera se llena de un olor de gas nitroso que se introduce en la garganta y en los pulmones. Nos ahogamos.

¿Por qué no puedo levantar el pie? ¡Está clavado, remachado, en la almadía! ¡Ah! La caída de ese globo eléctrico ha imantado todo el hierro de a bordo; los instrumentos, las herramientas, las armas se agitan y chocan entre sí con un agudo chas-chas que parece una crepitación, y los clavos de mis zapatos están fuertemente adheridos a una plancha de hierro clavada en la madera. ¡No puedo mover el pie!

Lo arranco al fin, haciendo un esfuerzo violento, en el instante preciso de ir el globo a envolverlo en su movimiento de rotación y a arrastrarme, sí... ¡Ah! ¡Qué intenso resplandor! ¡El globo estalla! ¡Nos inunda un mar de llamas!

Después todo se apaga. He tenido tiempo de ver a mi tío tendido en la almadía, y a Hans sin separarse del timón y *escupiendo fuego* bajo la influencia de la electricidad que le penetra.

¿Adónde vamos? ¿Adónde vamos?

Martes, 25 de agosto. Salgo de un largo desvanecimiento. La tempestad no cesa; los relámpagos se desencadenan como una nidada de serpientes nacidas en la atmósfera.

¿Estamos aún en el mar? Sí. ¡Arrastrados a una velocidad incalculable, hemos pasado por debajo de Inglaterra, del Canal de la Mancha, de Francia, tal vez de Europa entera!

¡Se oye un nuevo ruido! ¡Evidentemente, lo produce el mar azotando peñascos...! Pero entonces...

CAPÍTULO XXXVI

Aquí termina lo que he llamado mi diario de a bordo, felizmente salvado del naufragio. Vuelvo a narrar como narraba antes.

No puedo decir lo que pasó al chocar la almadía contra los escollos de la costa. Me sentí envuelto en las olas, y si me libré de la muerte, si mi cuerpo no se hizo pedazos en las agudas rocas, lo debo a que el vigoroso brazo de Hans me arrancó del abismo.

El animoso islandés me puso fuera del alcance de las olas, dejándome tendido en la abrasada arena donde me encontré al lado de mi tío.

Después volvió a las rocas para disputar al furioso oleaje, que en ellas se estrellaba, algunos restos del naufragio. Yo no podía hablar; el cansancio físico y moral me había quebrantado, y tardé más de una hora en reponerme.

Sin embargo, seguía cayendo una lluvia tempestuosa, un verdadero diluvio, con esa fuerza multiplicada que suele ser el epílogo de las borrascas. Algunas rocas sobrepuestas nos abrigaron contra los torrentes del cielo. Hans preparó alimentos que no pude probar, y todos, extenuados, por tres noches de vigilia, nos abismamos en un desapacible sueño.

El día siguiente amaneció magnífico. El cielo y el mar se habían apaciguado por un común acuerdo. Todos los vestigios de la tempestad habían desaparecido. Así me lo dijo, al despertarme, mi tío, que estaba terriblemente jovial.

—¿Has descansado, muchacho? —me dijo.

¿No hubiera dicho cualquiera que nos hallábamos en la casa de Königstrasse, que yo bajaba tranquilamente del desván para almorzar, y que en aquel mismo día se iba a celebrar mi casamiento con la pobre Graüben?

¡Ay! Por poco que la tempestad hubiese echado la almadía hacia el este, habríamos pasado por debajo de Alemania, por debajo de mi querida ciudad de Hamburgo, por debajo de aquella casa en que vivía cuanto en el mundo amaba. De ella me hubieran separado entonces cuarenta leguas. ¡Pero cuarenta leguas verticales de murallón de granito, que me obligaban a andar más de mil leguas!

Todas estas dolorosas reflexiones cruzaron por mi mente antes de contestar a la pregunta de mi tío.

—¿Conque —repitió él— no quieres decirme si has descansado?

—Perfectamente —respondí—. Estoy aún molido, pero no será gran cosa.

—No será nada, un poco de cansancio, y he aquí todo.

—Me parece, tío, que estáis de muy buen humor esta mañana.

—¡Alegre como unas pascuas, muchacho! ¡No quepo de alegría en mi pellejo! ¡Hemos llegado!

—¿Al término de nuestra expedición?

—No tanto, pero sí a la orilla de un mar que parecía un mar sin orillas. Vamos ahora a viajar de nuevo por tierra y a hundirnos verdaderamente en las entrañas del globo.

—Permitidme, tío, una pregunta.

—Haz cuantas quieras, Axel.

—¿Y la vuelta?

—¿La vuelta? ¿Piensas ya en volver cuando aún no hemos llegado?

—Sólo pregunto cómo se verificará.

—De la manera más sencilla y trivial del mundo. Llegados al centro del esferoide o encontraremos un camino nuevo para volver a la superficie o volveremos lisa y llanamente por el camino que hemos ya recorrido. Supongo que no se habrá cerrado detrás de nosotros.

—Será, pues, preciso, poner en buen estado la almadía.

—Es claro.

—¿Pero tenemos bastantes provisiones para la realización de tan grandes proyectos?

—¿Quién lo duda? Hans es hombre hábil, y estoy seguro de que ha salvado la mayor parte del cargamento. Vamos a verlo ahora mismo con nuestros propios ojos.

Salimos de aquella gruta abierta a todos los vientos. Yo abrigaba una esperanza que era al mismo tiempo un temor, me parecía imposible que el terrible abordaje de la almadía no hubiese dado al traste con todo lo que llevaba. Me engañaba. Encontré en la orilla a Hans en medio de una multitud de objetos colocados con orden. Mi tío le estrechó la mano con el mayor reconocimiento. El islandés, cuya abnegación era verdaderamente ejemplar, había trabajado mientras nosotros dormíamos, y salvado con peligro de su vida los objetos más preciosos.

No es decir que no hubiésemos experimentado pérdidas sensibles. La provisión de pólvora estaba intacta, después de haber estado a punto de inflamarse durante la tempestad.

—Nos hemos quedado sin armas de fuego —exclamó el profesor—. ¿Qué haremos? Nos abstendremos de cazar.

—Pero, ¿y los instrumentos?

—Aquí está el manómetro, que es el principal, tanto, que por él hubiéramos dado todos los otros. No necesito más para calcular la profundidad y saber cuándo llegamos al centro. Sin él nos expondríamos a ir más allá y salir por las antípodas.

Esta jovialidad era feroz.

—¿Y la brújula? —pregunté.

—Hela aquí, en esta roca, en buen estado, y lo mismo el cronómetro y los termómetros. ¡Ah! ¡El cazador vale más oro que pesa!

Mucho valía en efecto, pues gracias a él no faltaba ningún instrumento. En cuanto a herramientas y aparejos, distinguí en la playa escalas, cuerdas, zapapicos, azadones, etc.

Teníamos que dilucidar aún una cuestión importantísima, la de los víveres.

—¿Y las provisiones? —dije.

—Vamos a ver cómo estamos —respondió mi tío.

Las cajas que las contenían estaban alineadas en la playa en perfecto estado de conservación. El mar las había respetado en su mayor parte, y entre galleta, cecina, ginebra y pescado seco había víveres para cuatro meses.

—¡Cuatro meses! —exclamó el profesor—. En cuatro meses tenemos tiempo de ir y volver, y con lo que sobre voy a dar un espléndido banquete a todos mis colegas de Johannoeum.

Yo debía estar acostumbrado, desde mucho tiempo, al carácter de mi tío, y, sin embargo, no me cansaba de admirarlo más cada día.

—Ahora —dijo—, vamos a renovar nuestra provisión de agua con lo que la lluvia de la tempestad ha depositado en estos hoyos de granito, y, por consiguiente, nos pondremos a cubierto de la sed. En cuanto a la almadía, encargaré a Hans que se cuide de repararla, si bien es lo más probable que no tengamos ya que recurrir a ella.

—¿Cómo? —exclamé.

—Una idea que se me ha ocurrido, muchacho. Se me antoja que no hemos de salir por donde hemos entrado.

Miré al profesor con cierta desconfianza. Me pregunté si se habría vuelto loco. Y, sin embargo, podía muy bien suceder que dijese la verdad chanceándose.

—Vamos a almorzar —añadió.

Le acompañé hasta llegar a una lengua de tierra bastante prominente, a la cual se dirigió después de haber dado al cazador sus instrucciones. Allí, con cecina, galleta, té, improvisamos una excelente comida; una de las mejores que he saboreado desde que vine al mundo. La necesidad, el aire libre y la calma después de tantas tribulaciones, me dieron hambre verdaderamente canina.

Durante el almuerzo, pregunté a mi tío dónde estábamos en aquel momento.

—Me parece —dije— que es difícil calcularlo.

—Exactamente, sí —respondió él—; es hasta imposible, porque durante los tres días que ha durado la tempestad, no he podido tomar nota de la velocidad y dirección de la almadía, pero podemos determinar nuestra situación aproximadamente.

—En efecto, la última observación se hizo en el islote de Geyser...

—En el islote Axel, muchacho. No declines la imperecedera gloria de haber dado tu nombre a la primera isla descubierta en el centro de la masa terrestre.

—¡Sea como queráis! En el islote Axel, habíamos atravesado unas doscientas sesenta leguas de mar y nos hallábamos a más de seiscientas de Islandia.

—Pues bien, sírvanos el islote Axel de punto de partida para nuestras apreciaciones, y contemos cuatro días de temporal deshecho, durante los cuales no había bajado nuestra velocidad de ochenta leguas por singladura.

—Ya lo creo. Debemos, pues, añadir trescientas leguas.

—Sí, y el mar Lidenbrock tendrá poco más o menos seiscientas leguas de una a otra orilla. Ya ves, Axel, que puede competir en extensión con el Mediterráneo.

—Sí, sobre todo si lo hemos pasado a lo ancho y no a lo largo.

—Como puede muy bien haber sucedido.

—Y lo más curioso es —añadí yo—, si son exactos nuestros cálculos, que tenemos ahora el Mediterráneo encima de nuestras cabezas.

—¿De veras?

—De veras, pues estamos a novecientas leguas de Reikiavick.

—Ya ves, muchacho, que hemos hecho una terrible travesía, pero no podemos afirmar que nos hallemos bajo el Mediterráneo, bajo Turquía o bajo el Atlántico, sino en el supuesto de que no hayamos tenido variación ni abatimiento de rumbo.

—No lo creo, el viento parecía constante, y soy, por tanto, de opinión de que esta costa está situada al sudeste de la ensenada de Graüben.

—Fácil es saberlo consultando la brújula. ¡Consultémosla!

El profesor se dirigió a la roca en que Hans había dejado los instrumentos. Estaba jovial, alegre, se restregaba las manos y hasta tomaba actitudes académicas. ¡Era un verdadero niño! Yo le seguí, movido por la curiosidad de saber si me engañaban o no mis cálculos.

Mi tío miró, después se restregó los ojos como si temiese no haber visto bien y volvió a mirar de nuevo. Se volvió enseguida hacia mí como estupefacto.

—¿Qué ocurre? —le pregunté.

Me indicó con una seña que examinase el instrumento. Salió de mi boca una exclamación de sorpresa. ¡La aguja marcaba el norte donde suponíamos que estaba el mediodía! ¡Se volvía constantemente hacia la playa en lugar de volverse hacia el mar!

Moví la brújula, la examiné, vi que no se había estropeado en lo más mínimo. Cualquiera que fuese la posición que se le hiciese tomar, tomaba obstinadamente aquella dirección inesperada.

No era, pues, dudoso que durante la tempestad, una ráfaga nos hizo torcer el rumbo y había conducido la almadía hacia las costas que mi tío creía dejar a su espalda.

CAPÍTULO XXXVII

Imposible me sería pintar los sentimientos sucesivos que agitaron al profesor Lidenbrock; su asombro, su incredulidad y por último su cólera. Nunca se había visto un hombre tan descorazonado en un principio, y tan furioso enseguida. Todo tenía que volver a empezar, las fatigas de la travesía, y los peligros corridos. En lugar de avanzar habíamos retrocedido.

Pero mi tío se puso pronto sobre sí.

—¡Ah! ¡La fatalidad me juega malas pasadas! ¡Los elementos conspiran contra mí! ¡El aire, el fuego y el agua, combinan sus esfuerzos para contrarrestar mis planes! ¡Pues bien, ya se verá lo que puede mi voluntad enérgica! ¡No cederé, no retrocederé una línea, y veremos quién podrá más, si el hombre o la naturaleza!

De pie sobre la roca, enojado, amenazador, Otto Lidenbrock, semejante al orgulloso Ajax, parecía desafiar a los dioses. Creí deber intervenir y refrenar aquella pretensión insensata.

—Oídme —le dije con voz firme—. Toda ambición en la tierra tiene sus límites. No se debe luchar contra lo imposible. Para un viaje por mar estamos pésimamente provistos; quinientas leguas no se hacen en una mala trabazón de tablas, con una manta por vela y un bastón por mástil, y contra los vientos desencadenados. No podemos gobernar, somos el ludibrio de las tempestades, y es proceder como locos intentar por segunda vez una travesía imposible.

Pude desenvolver por espacio de diez minutos, sin ser interrumpido, estas razones irrefutables, porque el profesor no se fijó en ellas, y no oyó de mi argumentación una palabra siquiera.

—¡A la almadía! —exclamó.

Tal fue su respuesta. Supliqué, me exasperé, pero inútilmente; me estrellaba contra una voluntad más dura que el granito.

Hans en aquel momento acababa de calafatear la almadía. Hubiérase dicho que aquel extraño ser adivinaba los proyectos de mi tío. Con algunas piezas de *surtarbrandur* había consolidado la embarcación, que tenía ya puesta una vela con cuyos flotantes pliegues jugaba el viento.

El profesor dijo algunas palabras al guía, y éste embarcó inmediatamente los equipajes y lo dispuso todo para la marcha. La atmósfera estaba bastante pura y el noroeste se sostenía.

¿Qué podía hacer yo? ¿Había de luchar solo contra dos? ¡Si al menos Hans hubiese tomado mi partido! ¡Pero no! Parecía que el islandés había abdicado completamente su autonomía individual y había hecho voto de abnegación absoluta. Nada podía recabar de un servidor tan adicto, tan enfeudado a su señor. Fuerza era seguir adelante.

Iba, pues, a tomar en la almadía mi acostumbrado asiento, cuando mi tío me detuvo con la mano.

—No partiremos hasta mañana —dijo.

Yo guardé la actitud del hombre que a todo se resigna.

—Nada debo descuidar —repuso—, y puesto que la fatalidad me ha traído a esta parte de la costa, no me separaré de ella sin haberla reconocido.

Para que se comprenda esta observación, debo decir que habíamos vuelto a las costas del norte, pero no al mismo sitio del que habíamos partido. La ensenada Graüben debía estar situada más al oeste. Nada, por otra parte, era más prudente que examinar con cuidado las cercanías de aquel nuevo varadero.

—¡Vamos a la descubierta! —dije.

Y partimos, dejando a Hans entregado a sus ocupaciones. El espacio comprendido entre el punto en que expiraban las olas y los estribos del murallón natural que formaba el granito era muy ancho. Desde el mar al murallón había media hora de playa, cubierta de innumerables conchas de diversas formas y tamaños pertenecientes a animales de las primeras épocas. Distinguí también algunas, muy enormes, de tortuga, cuyo diámetro pasaba de quince pies, las cuales habían pertenecido a esos gigantescos gliptodontes del período pliocénico, de que la tortuga moderna no es más que una pequeña reducción o miniatura. El terreno estaba sembrado, además, de numerosos fragmentos de piedra convertidos en guijarros por el oleaje y colocados en líneas sucesivas. Era evidente que el mar había, en otro tiempo, ocupado aquel espacio. En las rocas colocadas actualmente fuera de su alcance, las olas habían dejado indudablemente huellas de su paso.

Esto podía hasta cierto punto explicar la existencia de aquel océano a cuarenta leguas debajo de la superficie del globo. Pero, en mi concepto, aquella mole líquida debía perderse poco a poco en las entrañas de la tierra, y procedía evidentemente de las aguas del océano que se abrieron paso por alguna hendidura. Sin embargo, la hendidura se hallaría actualmente cerrada, pues de otra suerte toda aquella caverna o inmenso receptáculo se habría llenado en poco tiempo. Tal vez aquella agua se había en parte evaporado, teniendo que luchar contra fuegos subterráneos, y así lo hacían suponer las nubes suspendidas sobre nuestra cabeza y el desprendimiento de electricidad que creaba tempestades en el interior de la masa terrestre.

Esta teoría de los fenómenos de que habíamos sido testigos me parecía satisfactoria, porque por grandes que sean las maravillas de la naturaleza, se explican todas por razones físicas.

Caminábamos, pues, por una especie de terreno sedimentario, formado por las aguas, tan pródigamente distribuidas en la superficie del globo, como todos los terrenos de este período. No había intersticio de roca que el profesor no examinase atentamente. Era para él importantísimo sondear la profundidad de todas las aberturas.

Habíamos andado una milla registrando las playas del mar Lidenbrock, cuando el terreno varió súbitamente de aspecto. Parecía conmovido, trastornado, convulsionado por un fuerte sacudimiento de las capas inferiores. En algunos puntos atestiguaban los hundimientos y levantamientos una poderosa disolución de la masa terrestre.

Avanzábamos difícilmente por aquellas asperezas de granito, mezclado con sílice, cuarzo y depósitos de aluvión, cuando apareció a nuestra vista un extenso campo, una vasta llanura de osamentas. Aquello parecía un inmenso cementerio, en que las generaciones de veinte siglos confundían su eterno polvo. A lo lejos se acumulaban elevados montones de despojos que se sucedían hasta los últimos límites del horizonte, perdiéndose en la bruma.

Tal vez en el espacio de tres millas cuadradas, se resumía toda la historia de la vida animal.

Nos arrastraba una curiosidad impaciente. Nuestros pies producían un ruido seco al pisar los restos de aquellos animales prehistóricos, y aquellos fósiles cuyas raras e interesantes reliquias se disputaban los museos de las grandes ciudades. No habría bastado la existencia de mil Cuvier para reconstruir los esqueletos de los seres orgánicos tendidos en aquel magnífico osario.

Yo estaba atónito. Mi tío había levantado sus grandes brazos hacia la densa bóveda que nos servía de cielo. Su boca desmedidamente abierta y sus ojos que centelleaban al trasluz del cristal de sus gafas, su cabeza que se movía de arriba abajo, de izquierda a derecha, toda su actitud demostraba una admiración sin límites. Se encontraba delante de una inapreciable colección de leptoterios, mericoterios, lofodontes, anoploterios, megaterios, mastodontes, protopitecos, pterodáctilos, en una palabra, de todos los monstruos antediluvianos, que se habían, al parecer, citado en un punto para su satisfacción personal. Figurémonos un furioso bibliómano transportado repentinamente a aquella famosa biblioteca de Alejandría reducida a cenizas por Omar, la cual, por un milagro, renaciera de sus cenizas, y este bibliómano nos daría una débil idea de mi tío, el profesor Lidenbrock.

Su asombro llegó al colmo, cuando, al atravesar aquel polvo orgánico, tropezó con cierto cráneo.

—¡Axel! ¡Axel! —exclamó con voz trémula—. ¡Una cabeza humana!

—¿Una cabeza humana, tío? —respondí yo, no menos asombrado.

—¡Sí, sobrino! ¡Ah, señor Edward! ¡Ah, señor de Quatrefages! ¡Qué no daríais por encontraros donde me encuentro yo! ¡Yo, Otto Lidenbrock!

CAPÍTULO XXXVIII

Para comprender la evocación hecha por mi tío a aquellos ilustres sabios franceses, es preciso saber que antes de nuestra partida se había producido en paleontología un hecho de la mayor importancia.

El 28 de marzo de 1863, algunos trabajadores que abrían zanjas bajo la dirección del señor Boucher de Perthes, en las canteras de Moulin Quignon, cerca de Abbeville, en el departamento de la Somme, en Francia, encontraron una mandíbula humana catorce pies debajo de la superficie del terreno. Aquel fósil era el primero de su especie que había aparecido a la luz del día. Junto a él se hallaron, hachas de piedra de sílex talladas, enmohecidas, y a las que el tiempo había dado, cierto barniz uniforme.

El descubrimiento metió mucho ruido, no sólo en Francia, sino también en Inglaterra y Alemania. Algunos sabios del Instituto francés, entre otros Mine Edwards y Quatrefages, tomaron el asunto muy a pecho, demostraron, la incontestable autenticidad de la osamenta en cuestión y se hicieron, los más calurosos defensores del *proceso de la quijada,* según la frase inglesa.

A los geólogos, del Reino Unido, Falconer, Busk, Carpenter, etc., que aceptaron el hecho como cierto, se unieron varios sabios, de Alemania, formando en primera fila, como el más fogoso, y entusiasta, mi tío Lidenbrock.

La autenticidad de un fósil humano de la época cuaternaria parecía, pues, incontestablemente demostrada y admitida.

Verdad, es que dicho sistema había tenido un adversario encarnizado en Elías de Beaumont, el cual, con todo el peso de su alta autoridad, sostenía que el terreno de Moulin Quignon no pertenecía al *diluvium,* sino a una capa menos antigua, y de acuerdo acerca del particular con Cuvier, no admitía que la especie humana hubiese sido contemporánea de los animales de la época cuaternaria. Mi tío Lidenbrock, de acuerdo con la mayoría de los geólogos, se había, como de costumbre, aferrado a su opinión, disputado, discutido, y Elías de Beaumont quedó casi solo en su partido.

Nosotros conocíamos todos los pormenores del asunto, pero ignorábamos que desde nuestra partida la cuestión había hecho nuevos progresos. Otras mandíbulas idénticas, aunque pertenecientes a individuos de tipos distintos y naciones diferentes, se hallaron en las tierras poco consistentes y cenicientas de algunas grutas, en Francia, en Suiza, en Bélgica, e igualmente armas, utensilios, herramientas y huesos de niños, de adolescentes, de adultos y de viejos. Cada día se confirmaba, pues, más y más la existencia del hombre cuaternario.

Más aún. Nuevos restos exhumados del terreno terciario plioceno, habían permitido a otros sabios más audaces designar mayor antigüedad aún a la raza humana. Verdad es que dichos restos no eran osamentas de hombres, sino únicamente objetos de su industria, tibias, fémures de animales fósiles, extraídos regularmente y esculpidos hasta cierto punto, que llevan el sello de un trabajo humano.

El hombre, por consiguiente, subía de un solo salto muchos siglos en la escala de los tiempos; precedía al mastodonte; se hacía el contemporáneo del *Elephas meridionales;* tenía, en fin, cien mil años de existencia, puesto que esta antigüedad es la que señalan los más acreditados geólogos a la formación del terreno plioceno.

Tal era entonces el estado de la ciencia paleontológica; y lo que nosotros de ella conocíamos bastaba para explicar nuestra actitud ante aquel osario del mar Lidenbrock. Se comprenderán, pues, los aspavientos y arrebatos de mi tío, sobre todo cuando veinte pasos más adelante, se halló en presencia, o por mejor decir cara a cara, con uno de los ejemplares del hombre cuaternario.

Era un cuerpo humano absolutamente reconocible. ¿Le había conservado durante muchos siglos un terreno de una naturaleza particular, como el del cementerio de San Miguel de Burdeos? No puedo decirlo. Pero aquel cadáver, con el tegumento distendido y apergaminado, con los miembros aún blancos, al menos a simple vista, con los dientes intactos, la cabellera abundante, las uñas de las manos y de los pies excesivamente largas, se presentaba a nuestros ojos tal como había vivido.

Quedé mudo delante de aquella aparición de otra edad. Mi tío, tan locuaz generalmente, tan impetuosamente disentidor, callaba también. Levantamos aquel cuerpo. Nos miraba con sus cóncavas órbitas. Palpamos su sonora cavidad torácica.

Después de algunos instantes de silencio, el profesor se sobrepuso al tío. Otto Lidenbrock, dominado por su temperamento, olvidó las circunstancias de nuestro viaje, la atmósfera en que nos hallábamos la inmensa caverna que nos contenía. Se creyó sin duda en Johannoeum, perorando delante de sus discípulos, pues tomó un tono doctoral y se dirigió a un auditorio imaginario.

—Señores —dijo—, tengo la honra de presentaros un hombre de la época cuaternaria. Eminentes sabios han negado su existencia, y otros no menos eminentes la han afirmado. Los santos Tomás de la paleontología, si estuviesen aquí, lo tocarían con el dedo y se verían en la precisión de reconocer su error. Ya sé que la ciencia debe ponerse en guardia contra los descubrimientos de este género. No ignoro la explotación de hombres fósiles que han hecho los Barnum y otros charlatanes de la misma calaña. Conozco la historia de la rótula de Ajax, la del pretendido cuerpo de Orestes hallado por los espartanos, y la del cuerpo de Arterius, de diez codos de largo, de que habla Pausanias. He leído las memorias que se han escrito sobre el esqueleto de Trapani descubierto en el siglo XVI, en el cual se pretendía reconocer a Polifemo, y la historia del gabinete desenterrado en el siglo XVI, en las inmediaciones de Palermo. Tenéis noticia, señores, lo mismo que yo, del análisis practicado cerca de Lucerna, en 1577, de las colosales osamentas que el célebre médico Félix Plater declaró pertenecían a un gigante de diecinueve pies. He devorado los tratados de Cassanim, y todas las memorias, folletos, discursos y contradiscursos publicados respecto del rey de los cimbros, Teutobodo, el invasor de la Galia, extraído de un arenal del Delfinado en 1613. En el siglo XIII, habría yo combatido con Pedro Campet la existencia de los preadamitas de Schenchzer. He tenido en mis manos el escrito llamado *Gigans...*

Al llegar aquí reapareció el achaque natural de mi tío, que en público no podía pronunciar las palabras difíciles.

—El escrito llamado *Gigans...* —repuso.

Se atascó sin poder ir más adelante.

—*Giganteo...*

¡Imposible! ¡El rebelde vocablo no quería salir! ¡Cuánto se hubieran reído en Johannoeum!

—*Gigantosteología* —dijo por fin el profesor Lidenbrock entre dos juramentos.

Después, animándose porque había salido ya del mal paso, prosiguió:

—Sí, señores, lo sé todo. Sé también que Cuvier y Blumenbach han reconocido en esas osamentas simples huesos de mamut y de otros animales de la época cuaternaria. Pero en el caso que pretendo, la duda sólo sería una injuria a la ciencia. ¡A la vista tenéis el cadáver! Se le puede ver y tocar. No es un esqueleto, sino un cuerpo intacto conservado únicamente con un objeto antropológico.

No quise contradecir esta aserción.

—Si pudiese lavarle con una disolución de ácido sulfúrico —añadió mi tío— haría desaparecer todas las partes térreas y de conchas resplandecientes en él incrustadas. Pero carezco del precioso disolvente. Sin embargo, este cuerpo, tal como es, nos contará su historia.

El profesor cogió el cadáver fósil y lo meneó con la destreza de los que tienen por oficio enseñar curiosidades.

—Ahí lo tenéis —repuso—, no llega a seis pies su longitud, que está muy lejos de la de los pretendidos gigantes. En cuanto a la raza a que pertenece, es incontestablemente caucásica. Es la raza blanca, es la misma nuestra. El cráneo de este fósil es regularmente ovoídeo, sin desarrollo excesivo de los pómulos, sin desenvolvimiento exagerado de la mandíbula. No presenta ningún carácter de ese prognatismo[12] que modifica el ángulo facial. Medid este ángulo, es casi de noventa grados. Pero yo iré más lejos aún en el camino de las deducciones, y me atreveré a decir que este ejemplar humano pertenece a la familia jafética que se extiende desde las Indias hasta los límites de la Europa occidental. ¡No sonriáis, señores!

Nadie se sonreía, ¡pero era tal la costumbre que tenía el profesor de ver ponerse risueños los semblantes durante sus sabias disertaciones!

---

[12] Prominencia de la mandíbula.

—Sí —repuso con nueva animación—, ahí tenéis un hombre fósil, contemporáneo de los mastodontes cuyas osamentas llenan este anfiteatro. Pero no puedo deciros por qué camino ha llegado aquí, cómo estas capas bajo las cuales ha sido sepultado se han deslizado a esta enorme cavidad del globo. Sin duda, en la época cuaternaria, se manifestaban aún en la corteza terrestre considerables perturbaciones. El continuo enfriamiento del globo producía quebrajas, hendiduras, grietas, por las cuales verosímilmente se escapaba por su propio peso una porción de terreno superior. Acerca del particular nada resuelvo, pero el hombre está aquí rodeado de esas hachas, de esos sílex tallados que constituyeron la edad de piedra, y a no ser que haya venido aquí como yo en calidad de viajero, de cultivador de la ciencia no se puede poner en duda la autenticidad de su antiguo origen.

Calló el profesor, y yo prorrumpí en aplausos unánimes. Además, mi tío tenía razón, y a otros más listos que su sobrino hubiera puesto en un brete si hubieran querido combatirle.

Otro indicio. No era aquel cuerpo fosilizado el único del inmenso osario. Otros se encontraban a cada paso que dábamos en aquel polvo, y mi tío tenía ejemplares donde escoger para llevar sus propias convicciones al ánimo de los más reacios y más incrédulos.

De verdad que era un espectáculo asombroso el de aquellas generaciones de hombres y animales confundidos en el vasto cementerio. Pero se presentaba una cuestión grave, que no nos atrevíamos a resolver. ¿Aquellos seres, en otros tiempos animados, habían sido echados por una convulsión del terreno a las orillas del mar Lidenbrock, cuando estaban ya reducidos a polvo? ¿O vivieron, allí en aquel mundo subterráneo, bajo aquel cielo ficticio, naciendo y muriendo como los habitantes de la tierra? Hasta entonces no se nos habían aparecido vivos más que los monstruos marinos y los peces. ¿Erraba aún por aquellas desiertas costas algún hombre del abismo?

CAPÍTULO XXXIX

Continuamos aún media hora pisando capas de osamentas. Seguíamos adelante impelidos por la ardiente curiosidad. ¿Qué otras maravillas, qué otros temas para la ciencia encerraba aquella caverna? Mi vista estaba preparada a todas las sorpresas y mi imaginación a todos los asombros.

Hacía mucho tiempo que las orillas del mar habían desaparecido detrás de las colinas del osario. El imprudente profesor, sin cuidarse de si nos extraviábamos o no, me arrastraba lejos. Avanzábamos silenciosamente, bañados en las olas eléctricas. Por un fenómeno que no puedo explicar, la luz, gracias a su difusión, entonces completa, alumbraba uniformemente las diversas superficies de los objetos. No existía un foco en ningún punto determinado del espacio y no producía sombra ningún objeto. Hubiérase dicho que estábamos en medio del día, en medio del verano y en medio de las regiones ecuatoriales, bajo los rayos verticales del sol. Todo vapor había desaparecido. Las rocas, las montañas lejanas, algunas masas confusas de bosques, lejanos, tomaban un extraño aspecto bajo la igual distribución del fluido luminoso. Nos parecíamos a aquel fantástico personaje de Hoffmann que perdió su sombra.

Después de andar una milla, llegamos a la linde de un inmenso bosque, pero no un bosque de hongos como el que encontramos cerca de la ensenada de Graüben.

Contemplábamos la vegetación de la época terciaria en toda su magnificencia. Grandes palmeras, especies actualmente extinguidas, soberbios guanos, pinos, tejos, cipreses, hayas, representaban dignamente la familia de las coníferas, y se unían entre sí por medio de una red de inextricables bejucos. Un tapiz de musgos y de hepáticas cubría delicadamente la tierra. Algunos arroyos murmuraban bajo aquellas sombras poco dignas de este nombre, porque en realidad no había ninguna sombra. En las márgenes crecían helechos arborescentes parecidos a los de los invernáculos del globo habitado.

Pero aquellos árboles, aquellos arbustos, aquellas plantas, privados del vivificador influjo del sol, carecían de color. Todo se confundía en una tinta uniforme, pardusca y como agostada. Las hojas estaban desprovistas de su verdor, y las mismas flores, tan numerosas en aquella época terciaria que las vio nacer, entonces pálidas y sin perfume, parecían hechas de un papel que la acción de la atmósfera había descolorido.

Mi tío Lidenbrock se aventuró bajo aquellos gigantescos vegetales. Yo le seguí, sin tenerlas todas conmigo. Puesto que la naturaleza había hecho allí los gastos de una alimentación vegetal, ¿por qué no había de contener aquel suelo terribles mamíferos? En los anchos claros que dejaban los árboles derribados y carcomidos por el tiempo, veía leguminosas, aceríneas, rubiáceas y otros mil arbustos comestibles, codiciados de los rumiantes de todos los períodos. Después aparecían, confundidos y mezclados, los árboles de las más distantes comarcas de la superficie del globo, la encina que se levantaba al lado de la palmera, el eucalipto australiano que se apoyaba en el abeto de Noruega, el abedul del norte que confundía sus ramas con las del *kannis* zelandés; era capaz tan heterogéneo conjunto de confundir a los más ingeniosos clasificadores de la botánica terrestre.

De repente me paré, y con la mano detuve a mi tío.

La luz difusa permitía distinguir en la profundidad del bosque los objetos más exiguos. Había creído ver... ¡No! ¡Había visto realmente con mis propios ojos formas inmensas que se agitaban debajo de los árboles! ¡Eran, en efecto, animales gigantescos, un rebaño entero de mastodontes, no ya fósiles, sino vivos, y semejantes a aquellos cuyos restos se descubrieron en 1801 en los pantanos del Ohio! Contemplaba aquellos hiperbólicos elefantes cuyas enormes trompas bullían, hormigueaban debajo de los árboles como una legión de serpientes. Oía el ruido de sus prolongados colmillos, cuyo marfil taladraba los seculares troncos. Las ramas crujían, y las hojas arrancadas en cantidades enormes se abismaban en la boca de aquellos monstruos.

¡Es decir, que se realizaba aquel sueño en que había visto renacer todo el mundo de los tiempos prehistóricos, de las épocas terciaria y cuaternaria! ¡Y estábamos allí, solos, en las entrañas del globo, al arbitrio de aquellos feroces habitantes!

Mi tío miraba.

—¡Adelante! —me dijo de repente, asiéndome de un brazo—. ¡Adelante! ¡Adelante!

—¡No! —exclamé yo—. ¡No! ¡Estamos sin armas! ¿Qué haríamos en medio de ese rebaño de cuadrúpedos gigantescos? ¡Venid, tío, venid! No hay criatura humana que pueda desafiar impunemente la cólera de semejantes monstruos.

—¡No hay criatura humana! —respondió mi tío bajando la voz—. ¡Te engañas, Axel! ¡Mira, mira allá abajo! ¡Me parece que distingo un ser viviente! ¡Un ser parecido a nosotros! ¡Un hombre!

Miré encogiéndome de hombros, resuelto a llevar la incredulidad hasta sus últimos límites. Pero tuve que rendirme a la evidencia.

¡En efecto, a menos de un cuarto de milla, apoyado en el tronco de un *kannis* enorme, había un ser humano, un Proteo de aquellas comarcas subterráneas, un nuevo hijo de Neptuno que guardaba aquel innumerable rebaño de mastodontes!

Immanis pecoris custos, immanior ipse.

¡Sí! *¡Immanior ipse!* Aquel no era ya el ser fósil cuyo cadáver habíamos levantado en el osario, sino que era un gigante, capaz de tener a raya aquellos monstruos. Su estatura era de más de doce pies. Su cabeza, del tamaño de la de un búfalo, desaparecía entre las malezas de una cabellera inculta. Era una verdadera melena semejante a la del elefante de las primeras edades. Blandía con la mano un tronco enorme, digno cayado de aquel pastor antediluviano.

Nosotros permanecíamos inmóviles, asombrados. Pero podíamos ser vistos. Era preciso huir.

—¡Venid! ¡Venid! —exclamé arrastrando a mi tío, el cual, por primera vez en su vida, se sometió dócilmente a una voluntad ajena.

Un cuarto de hora después, habíamos perdido de vista al terrible enemigo.

Y ahora que pienso en él tranquilamente, ahora que mi corazón ha recobrado su calma, y han transcurrido meses desde aquel extraño y sobrenatural encuentro, ¿qué debo pensar? ¿Qué debo creer? ¡No! ¡Es imposible! ¡Nos engañaron los sentidos, nuestros ojos no vieron lo que vieron! ¡No existe ninguna criatura humana en aquel mundo subterráneo! ¡No habita ninguna generación de hombres aquellas cavernas inferiores del globo, que no se cuidan de los habitantes de su superficie, ni están en comunicación con ellos! ¡Decir otra cosa es una insensatez, una locura!

¡Prefiero admitir la existencia de algún animal cuya estructura se acerca a la del hombre, algún mono de las primeras épocas geológicas, algún protopiteco, algún mesopiteco análogo al que descubrió Larbet en el lecho osífero de Sansán!

¡Pero la talla del que tomamos por un hombre excedía a todas las medidas dadas por la paleontología moderna! ¡No importa! ¡Un mono, sí, un mono, por inverosímil que sea! ¡Pero un hombre, un hombre vivo, y con él toda una generación sepultada en las entrañas de la tierra! ¡Jamás!

Sin embargo, nos alejamos del bosque claro y luminoso, mudos de asombro, abrumados bajo el peso de un estupor que era casi embrutecimiento. Corríamos a pesar nuestro. Nuestra fuga se parecía a esa sucesión de espantosos saltos que nos figuramos estar dando durante ciertas pesadillas. Instintivamente nos dirigíamos hacia el mar Lidenbrock, y no sé en qué divagaciones se hubiera extraviado mi mente, sin una preocupación que me llamó a observaciones más prácticas.

Por más que estuviera seguro de que pisaba un terreno que no había pisado nunca, notaba con frecuencia grupos de rocas cuya forma me recordaba los de la ensenada de Graüben, lo que estaba al mismo tiempo confirmado por la indicación de la brújula y nuestra involuntaria declinación al norte del mar Lidenbrock. Era cosa de equivocarse. Centenares de arroyos y cascadas se desprendían de las vertientes. Se me figuraba volver a ver la capa de *curtarbrandur,* nuestro fiel Hans-bach y la gruta en que recobré la vida. Algunos pasos más adelante, la disposición de las piedras, la aparición de un arroyo, el sorprendente perfil de un acantilado acababan de sumergirme en un mar de dudas.

Di cuenta de mi indecisión a mi tío, el cual vaciló como yo. No podía orientarse en medio de aquel panorama tan uniforme.

—Evidentemente —le dije—, no hemos vuelto a nuestro punto de partida, pero la tempestad nos ha echado un poco hacia abajo, y siguiendo la costa encontraremos la ensenada.

—En tal caso —respondió mi tío—, es inútil continuar esta exploración, y lo mejor que podemos hacer es volver a la almadía. Pero, ¿estás seguro de no equivocarte, Axel?

—No me atrevo a decir tanto, tío, porque todas estas rocas se parecen. Creo, sin embargo, reconocer el promontorio debajo del cual construyó Hans la embarcación. Debemos estar cerca del ancón, ya que no esté aquí mismo —añadí, examinando una pequeña ensenada que creí reconocer.

—No, Axel, ya que no otra cosa, hallaríamos nuestras propias huellas, y yo no veo nada...

—Pues yo veo algo —exclamé, dirigiéndome a un objeto que brillaba en la arena.

—¿Qué es?

—Esto —respondí.

Y enseñé a mi tío un puñal que acababa de recoger.

—¡Pues qué! —dijo el profesor—. ¿Habías tú traído esa arma?

—¿Yo? ¡No tal! Pero vos...

—Que yo sepa, tampoco —respondió el profesor—. Nunca ha estado en mi poder semejante chisme.

—¡Pues es particular!

—No; es muy sencillo, Axel. Los islandeses suelen usar armas de este género, y éste pertenecería a Hans y lo habrá perdido...

Meneé la cabeza. Estaba seguro de no haber visto aquel puñal en manos de Hans.

—¿Es, pues, el arma —exclamé— de algún guerrero antediluviano, de un hombre vivo, de un contemporáneo del gigantesco pastor que hemos visto? ¡Pero no! ¡No es un instrumento de la edad de piedra! ¡Ni tampoco un instrumento de la edad de bronce! La hoja de acero...

Mi tío me detuvo secamente en el camino por el cual me arrastraba una nueva divagación, y me dijo con su frialdad característica:

—Cálmate. Axel, y razona. Este puñal es una arma del siglo XVI, una verdadera daga como las que llevaban colgadas del cinto los caballeros para dar el golpe de gracia. Es de origen español. No pertenece a ti, ni a mí, ni al cazador, ni a ninguno de los seres humanos que viven tal vez en las entrañas del globo.

—¿Podéis creer...?

—¡No; esta arma no se ha mellado, hundiéndose en la garganta de enemigos vencidos! ¡Cubre su hoja una capa de moho que no se ha formado en un día, ni en un año, ni en un siglo!

El profesor se entusiasmaba, como tenía por costumbre, dejándose arrebatar por su imaginación de fuego.

—¡Axel! —repuso—, estamos en buen camino. ¡En el camino del gran descubrimiento! ¡Esta hoja ha quedado abandonada en la arena hace cien, doscientos o trescientos años y se melló en las rocas de este mar subterráneo!

—¡Pero ella no habrá venido hasta aquí sola ni se habrá mellado por sí misma! ¡Alguien nos ha precedido!

—¡Sí! Un hombre.

—¿Y ese hombre?

—¡Ese hombre grabó su nombre con este puñal! ¡Ese hombre quiso con su propia mano trazar el camino del centro! ¡Busquemos! ¡Busquemos!

Y a impulsos del más vivo interés, recorrimos la escollera, registrando las más insignificantes hendiduras susceptibles de ser principio de una galería.

No tardamos en llegar a un punto en que se angostaba la playa. El mar casi la besaba al pie de la escollera, dejando un paso que llegaba difícilmente a una toesa. Entre dos rocas avanzadas, se descubrió la entrada de un túnel oscuro.

Allí, en una superficie de granito, aparecían dos letras misteriosas toscamente grabadas. Eran las dos iniciales del atrevido y fantástico viajero.

$$\cdot \text{ʇ} \cdot \text{ʮ} \cdot$$

—¡A. S.! —exclamó mi tío—. ¡Arne Saknussemm! ¡Siempre Arne Saknussemm!

CAPÍTULO XL

Desde el principio del viaje había experimentado muchas sorpresas y debía ya estar curado de susto, como se dice vulgarmente, y creerme al abrigo de todas las maravillas. Sin embargo, a la vista de aquellas dos letras que se habían grabado allí trescientos años atrás, quedé como embobado, como tonto. No sólo se leía en la roca la firma del sabio alquimista, sino que tenía en mis manos el estilete que la había trazado. Hubiera sido en mí una insigne mala fe poner en duda la existencia del viajero y la realidad del viaje.

Mientras bullían en mi cabeza estas reflexiones, el profesor Lidenbrock se dejaba llevar de un entusiasmo algo ditirámbico respecto de Arne Saknussemm.

«¡Maravilloso genio! —exclamaba—. Tú no has olvidado nada de lo que debía abrir a otros mortales los caminos de la corteza terrestre, y tus semejantes pueden hallar las huellas que tres siglos atrás trazaron tus pies en el fondo de estos subterráneos oscuros. ¡Quisiste que otras miradas, a más de las tuyas, contemplasen estas maravillas! Tu nombre, grabado de trecho en trecho, conduce directamente a su objeto al viajero que es bastante denodado para seguirte, y en el centro mismo de nuestro planeta, lo encontraremos escrito por tu propia mano. ¡Yo también, yo pondré mi firma en esta última página de granito! ¡Pero que desde ahora este cabo, visto por ti desde este mar que tú descubriste, se llame hasta la consumación de los siglos cabo Saknussemm!».

He aquí las palabras que pude recoger, las cuales me comunicaron el entusiasmo que las había dictado. Un fuego interior renació en el fondo de mi pecho. Todo lo olvidé, los peligros de la ida, y los peligros de la vuelta. ¡Quería hacer lo que otro había hecho, y nada humano me parecía imposible!

—¡Adelante! ¡Adelante! —exclamé.

Me lanzaba ya hacia la oscura galería, cuando el profesor me detuvo, y siendo él el hombre del frenesí y de los arrebatos, me aconsejó entonces paciencia y sangre fría.

—Volvamos primero a buscar a Hans —dijo—, y acerquemos la almadía a este sitio.

No de muy buena voluntad, me sometí a la de mi tío, y me deslicé rápidamente por entre las rocas de la playa.

—¿Sabéis, tío —dije, mientras íbamos andando—, que hasta ahora las circunstancias nos han favorecido singularmente?

—¡Ah! ¿Lo crees así, Axel?

—Sin duda, y hasta la tempestad ha servido para volvernos al camino recto. ¡Bendita sea la tempestad! Ella nos ha traído a esta costa, de que el buen tiempo nos había alejado. Suponed por un instante que hubiésemos tocado con nuestra proa (¡la proa de una almadía!) las costas meridionales del mar Lidenbrock, ¿qué hubiera sido de nosotros? El nombre de Saknussemm no se nos hubiera aparecido, y ahora nos encontraríamos abandonados en una playa sin salida.

—Sí, Axel, hay algo de la Providencia en que, navegando hacia el sur, hayamos vuelto al norte, y precisamente al cabo Saknussemm. El hecho es más que admirable, y algo hay que yo no me explico.

—¡Eh! ¡Qué importa! Lo que debemos procurar no es explicar los hechos, sino aprovecharnos de ellos.

—Sin duda, muchacho, pero...

—Pero, vamos a tomar de nuevo el camino del norte, a pasar bajo las comarcas septentrionales de Europa, Suecia, Rusia, Siberia, ¿qué sé yo?, en lugar de hundirnos bajo los desiertos de África o las olas del océano, y no quiero saber más.

—Sí, Axel, tienes razón, y todo pinta perfectamente, pues abandonamos este mar horizontal que a nada puede conducirnos. ¡Vamos a bajar, a bajar, siempre a bajar! ¿Sabes que para llegar al centro del globo no tenemos que andar ya más que mil quinientas leguas?

—¡Bah! —exclamé—. ¡Mil quinientas leguas! ¡No merecen siquiera que hablemos de ellas! ¡En marcha, en marcha!

Este diálogo insensato duraba aún, cuando llegamos al lado del cazador. Todos los aprestos estaban hechos para partir inmediatamente. No había ni un solo fardo que no estuviese embarcado. Nos colocamos en la almadía, izóse la vela, y Hans hizo rumbo hacia el cabo de Saknussemm.

El tiempo no favorecía a un género de embarcación que no ceñía ni picaba bien el viento, ni podía acercarse demasiado a tierra. Sus viradas eran difíciles, y por consiguiente navegaba mal de vuelta y vuelta. Era casi imposible que bolinease. Por todas estas razones, en más de una ocasión tuvo que avanzar desatracando con el auxilio de los palos con puntas de hierro que hacían las veces de bichero. Con frecuencia, las rocas poco profundas obligaban a rodeos bastante largos para no exponerse a tocar o varar. Por fin, después de tres horas de navegación, es decir, a las seis de la tarde, se alcanzó un punto a propósito para desembarcar.

Salté a tierra, seguido de mi tío y del islandés. La travesía no había enfriado mi entusiasmo. Todo lo contrario. Hasta propuse *quemar las naves* para cortarnos la retirada, pero mi tío se opuso a ello. Le encontré singularmente tibio.

—Al menos —dije yo— partamos sin perder un instante.

—Sí, muchacho; pero antes examinemos esta nueva galería para saber si hemos de preparar nuestras anclas.

Mi tío puso en acción su aparato de Ruhmkoff, dejamos la almadía amarrada a la orilla, y nos dirigimos, marchando yo a la cabeza, a la abertura de la galería, que no distaba de allí más que unos veinte pasos.

El orificio, casi circular, presentaba un diámetro de unos cinco pies; el oscuro túnel estaba abierto en la roca viva y como enlucido por las materias eruptivas a que dio salida en otro tiempo, y su piso o parte inferior estaba al nivel del suelo, de suerte que se podía penetrar sin la menor dificultad.

Seguíamos un plano casi horizontal, cuando a los seis pasos, interrumpió nuestra marcha la interposición de una roca enorme.

—¡Maldita roca! —exclamé con cólera, viéndome de pronto detenido por un obstáculo insuperable.

En vano buscamos a derecha e izquierda, arriba y abajo. Algún paso, alguna bifurcación. Experimenté una desazón vivísima, sin resignarme a admitir la realidad del obstáculo. Me bajé, miré por debajo de la piedra. Ningún intersticio. Miré por encima. La misma barrera de granito. Hans dirigió a todos los puntos de la pared la luz de la lámpara, pero no se vio ninguna solución de continuidad. Fuerza era renunciar a toda esperanza de pasar.

Me senté en el suelo, mi tío paseaba por el corredor a largos pasos.

—¿Pero entonces Saknussemm...? —pregunté yo.

—¿Quedaría detenido —dijo mi tío— por esta puerta de piedra?

—¡No, no! —respondí yo con vehemencia—. Ese pedrusco, a consecuencia de una sacudida cualquiera, o por uno de esos fenómenos magnéticos que se producen en la corteza terrestre, ha cerrado súbitamente este paso. Muchos años han mediado entre el regreso de Saknussemm y la caída de este peñasco. ¿No es evidente que esta galería fue en otro tiempo el camino de las lavas, y que entonces las materias eruptivas circulaban por ella libremente? Mirad, hay grietas recientes que surcan esta mole de granito, formando con pedazos reunidos, con piedras enormes, como si la mano de algún gigante hubiese trabajado en su construcción, pero un día la corriente fue más fuerte, y este pedrusco, a la manera de una clave de bóveda que falla, se deslizó hasta el suelo y dejó obstruido el paso. Este obstáculo es, pues, accidental y Saknussemm no lo encontró, y nosotros, si no lo derribamos, somos indignos de llegar al centro del mundo.

Así hablaba yo, como si el pensamiento del profesor me hubiera sido transmitido. Me inspiraba el genio de los descubrimientos. Olvidaba el pasado y desdeñaba el porvenir. Ya nada existía para mí en la superficie de este esferoide en cuyo seno me había abismado, ni las ciudades, ni los campos, ni Hamburgo, Königstrasse, ni mi pobre Graüben, que debía considerarme perdido en las entrañas de la tierra.

—¡Pues bien! —replicó mi tío—. ¡Con el azadón y la piqueta abramos camino! ¡Derribemos estos muros!

—Son demasiado duros para el azadón —exclamé.

—¿Pues entonces el zapapico?

—Para el zapapico la operación es demasiado larga.

—¡Pero...!

—¡La pólvora! ¡La mina! ¡Hagamos desaparecer el obstáculo!

—¡La pólvora!

—¡Si no se trata más que de romper un pedazo de roca!

—¡Manos a la obra, Hans! —exclamó mi tío.

El islandés se fue a la almadía, y volvió luego con un zapapico para preparar un barreno. No era este trabajo insignificante, porque se trataba nada menos que de abrir un agujero bastante considerable para que pudiera contener cincuenta libras de algodón fulminante, cuyo poder expansivo es cuatro veces superior al de la pólvora común.

Yo me hallaba en un estado de sobreexcitación indecible. Mientras Hans trabajaba, yo ayudaba a mi tío a preparar una larga mecha, formada con pólvora mojada y encerrada en una funda de tela.

—¡Pasaremos! —decía yo.

—¡Pasaremos! —repetía mi tío.

A medianoche estaba abierto el barreno y cargado con el algodón fulminante. La mecha, atravesando la galería, terminaba exteriormente.

Ya no faltaba más que una chispa para que produjese sus estragos aquel aparato formidable.

—¡Hasta mañana! —dijo el profesor.

Tuve que resignarme, y pasar todavía esperando seis horas, que se me hicieron eternas.

CAPÍTULO XLI

Al día siguiente, jueves, 28 de agosto, fue una de las más célebres fechas de nuestro viaje subterrestre.

Es un día que no puedo recordarlo sin que el terror haga palpitar mi corazón con violencia. Desde aquel momento, ni nuestra razón, ni nuestro juicio, ni nuestro ingenio tienen voz ni voto en los acontecimientos, y nos convertimos en inconscientes juguetes de los fenómenos de la tierra.

A las seis de la mañana estábamos en pie. Se acercaba el momento de abrirnos paso con la pólvora en la corteza de granito.

Solicité la honra de prender fuego a la mecha, hecho lo cual, debía reunirme con mis compañeros en la almadía, que no se había aún descargado, y hacernos luego mar adentro para no exponernos a los peligros de la explosión, cuyos efectos podían no concentrarse solamente en la enorme mole en que deseábamos producirlos.

Según nuestros cálculos, la mecha debía arder por espacio de diez minutos antes de inflamar la pólvora del barreno, dejándonos, por consiguiente, el tiempo necesario para volver a la almadía.

No sin cierta emoción, me puse en actitud de desempeñar las funciones que había solicitado.

Después de almorzar deprisa y corriendo, mi tío y el cazador se embarcaron. Yo me quedé en la orilla, provisto de una linterna encendida para prender fuego a la mecha.

—Anda, muchacho —me dijo mi tío—, y vuelve inmediatamente.

—No tengáis cuidado —respondí—, que procuraré no entretenerme en el camino.

Inmediatamente me dirigí a la galería. Abrí la linterna y cogí el cabo suelto de la mecha.

El profesor tenía el cronómetro en la mano.

—¿Estás pronto? —me dijo.

—Estoy.

—Pues, ¡fuego!

Encendí la mecha, que chisporroteó, y corrí a todo escape hacia la playa.

—Arriba —dijo mi tío—, y desatraquemos.

Un vigoroso empuje de Hans bastó para arrojar la almadía a veinte toesas de la orilla.

Hubo un momento de ansiedad suma, un momento palpitante, crítico. El profesor miraba con afán la manecilla del cronómetro.

—¡Faltan cinco segundos! —decía—. ¡Cuatro! ¡Tres!

Mi pulso latía aceleradamente.

—¡Dos! ¡Uno...! ¡Desplomaos, montañas de granito!

¿Qué sucedió entonces? No sé si percibí el ruido de la explosión. Me parece que no. Pero vi como por ensalmo enteramente variado el aspecto de las rocas, el paisaje, todo; los peñascos se abrieron como una cortina. La playa se convirtió en un insondable abismo. El mar, como si de él se hubiese apoderado un espantoso vértigo, era una ola sola, pero una ola enorme, en cuyo lomo cabalgaba la almadía y se levantaba perpendicularmente.

Los tres fuimos derribados. En menos de un segundo sucedió a la luz las más profundas tinieblas. Sentí que faltaba un punto de apoyo, no a mis pies, sino a la almadía. Creí que se iba a pique. No fue así. Quise dirigir la palabra a mi tío, pero el ruido del mar no le hubiera permitido oírme.

A pesar de la oscuridad, del estrépito, del sobresalto, de la conmoción, comprendí lo que había pasado.

Más allá de la roca, que acababa de saltar, existía un abismo. La explosión había determinado una especie de terremoto en aquel terreno agrietado y hendido, y se había abierto una sima a la cual el mar, convertido en torrente, se arrojaba y nos arrojaba.

Me consideré perdido.

Así pasó una hora, pasaron dos horas, pasaron no sé cuántas horas. Nos sujetábamos unos a otros codo con codo, y nos cogíamos de las manos para no precipitarnos fuera de la almadía. Cuando ésta tocaba la escollera, se producían choques de una violencia terrible. Raros eran, sin embargo, los tropiezos, de lo que deduje que la galería se ensanchaba considerablemente. Aquel fue sin duda el camino

Julio Verne

de Saknussemm, pero nosotros, con nuestra imprudencia, en lugar de bajar solos, arrastrábamos con nosotros todo un mar.

Bien se comprende que estas ideas exaltaban mi cerebro de una manera indeterminada y oscura. Difícil era asociarlas durante aquella vertiginosa carrera que parecía una caída. Juzgando por el aire que me azotaba la cara, nuestra velocidad excedía a la de los trenes más rápidos. Imposible hubiera sido en tales condiciones encender una antorcha, y en el momento de la explosión se había roto nuestro último aparato eléctrico.

Así es que me sorprendió ver de repente brillar una luz junto a mí e iluminarse la imperturbable fisonomía de Hans. El diestro cazador había conseguido encender la linterna, y si bien su luz era muy débil y oscilaba incesantemente, derramó algunos resplandores en aquella espantosa oscuridad.

La galería era ancha como yo me había figurado. La escasa luz de que disponíamos no nos permitía ver a la vez sus dos paredes. La pendiente de las aguas que nos arrastraba excedía a la de los torrentes más rápidos y desbordados de América. Su superficie parecía formada de haces de flechas líquidas disparadas con la mayor violencia. No encuentro otra comparación más exacta para expresar mi impresión. La almadía, envuelta de cuando en cuando en remolinos, se deslizaba dando vueltas. Cuando se acercaba a las paredes de la galería, acercaba yo a ellas la linterna, y podía juzgar de nuestra velocidad por los ángulos salientes de la roca que aparecían como un rasgo continuo, de suerte que estábamos encerrados en una red de líneas movedizas. Calculé que no bajaba nuestra velocidad de treinta leguas por hora.

Mi tío y yo nos mirábamos azorados, agarrados a un resto de mástil que en el momento de la catástrofe se rompió en redondo. Nos volvimos de espalda al aire para que no nos ahogara la rapidez de un movimiento que no podía contrarrestar ningún poder humano.

Entretanto, pasaban horas y más horas. La situación seguía siendo la misma, hasta que la complicó un incidente.

Procurando ordenar un poco nuestro cargamento, noté que en el momento de la explosión, cuando el agua nos hostilizó tan encarnizadamente, gran parte de él había desaparecido. Quise cerciorarme de los recursos con que podíamos contar, y a la luz de la linterna, empecé mis investigaciones. No nos quedaban más instrumentos que la brújula y el cronómetro. Las escalas y las cuerdas se reducían a un pedazo de cable que había alrededor del tronco de mástil. Ni un azadón, ni un zapapico, ni un martillo, y lo peor de todo era que no había tampoco víveres más que para un día.

Registré los intersticios de la almadía, sin dejar de pasar la vista y las manos por todos los rincones que formaban las junturas de las tablas. ¡Nada! Nuestras provisiones se reducían a un pedazo de cecina y algunas galletas.

¡Me quedé como un estúpido! ¡No quería comprender! Y, sin embargo, ¿no estaba expuesto a peligros más inminentes que el que tan preocupado me tenía? Aunque hubiésemos contado con víveres para meses y para años enteros, ¿habíamos de poder salir de los abismos a que nos arrastraba el irresistible torrente? ¿Por qué había de temer tanto los horrores del hambre, cuando se me presentaba la muerte bajo tantas otras formas? ¿Tendríamos acaso tiempo bastante para morir de inanición?

Con todo, por una extravagancia inexplicable de la imaginación, olvidaba los peligros más inmediatos ante las amenazas del porvenir, que se me presentaba con todos sus horrores. Además, pensaba yo, acaso podamos librarnos de los furores del torrente y volver a la superficie del globo. ¿De qué manera? Lo ignoro. ¿Dónde? ¡Qué importa! Una probabilidad contra mil es siempre una probabilidad, al paso que la muerte por hambre no nos dejaba ni la esperanza más remota.

Se me ocurrió decírselo todo a mi tío, manifestarle el desamparo en que nos hallábamos y sacarle la cuenta exacta del tiempo que nos quedaba de vida. Pero tuve el valor de callarme. Quería que conservara toda su sangre fría.

En aquel momento la luz de la linterna se fue debilitando, y por fin se extinguió enteramente. Se había consumido la mecha. La oscuridad volvió a ser absoluta. No había que pensar en desvanecer las impenetrables tinieblas. Aún quedaba una antorcha, pero hubiera sido imposible mantenerla encendida. Yo entonces, como un niño para no ver tanta oscuridad, cerré los ojos.

Después de transcurrir bastante tiempo, se redobló la velocidad de nuestra carrera. La pendiente de las aguas era excesiva. Creí positivamente que ya no nos deslizábamos, sino que caíamos. Sentí en mí la presión de una caída casi vertical. Las manos de mi tío, las de Hans, asiéndome de los brazos, me sujetaban vigorosamente.

De pronto, pasado un espacio de tiempo que no pude determinar, sentí como un choque; la almadía no había tropezado con un cuerpo duro, pero súbitamente se había detenido en su caída. Un sifón, una inmensa columna líquida se desplomó sobre ella. Quedé como atontado. Me ahogaba.

Pero aquella inundación súbita fue poco duradera. A los pocos segundos me encontré al aire libre, que mis pulmones respiraron ávidamente.

Mi tío y Hans me rompieron casi los brazos a fuerza de tenerme sujeto; y seguía la almadía llevándonos a los tres.

CAPÍTULO XLII

Serían entonces las diez de la noche. Después del último asalto, el primero de mis sentidos que funcionó fue el oído. Oí casi inmediatamente, y este fue mi primer acto de audición verdadero, oí el silencio que se restablecía en la galería sucediendo a los sonidos que me estuvieron aturdiendo durante largas horas. Luego llegó a mí como un murmullo esta palabra de mi tío.

—¡Subimos!

—¿Qué queréis decir? —exclamé.

—¡Sí, subimos! ¡Subimos!

Levanté el brazo; toqué la pared y de mi mano brotó sangre. Subíamos con una rapidez vertiginosa.

—¡La antorcha! ¡La antorcha! —gritó el profesor.

Hans la encendió no sin dificultad, y la llama, manteniéndose de abajo arriba a pesar del movimiento ascendente, despidió bastante claridad para alumbrar toda la escena.

—Es lo que me figuraba —dijo mi tío—. Nos hallamos en un pozo estrecho, que no tiene cuatro toesas de diámetro. El agua, después de llegar al fondo del abismo, recobra su nivel y nos sube con ella.

—¿Adónde?

—Lo ignoro, pero debemos estar preparados a todo evento. Subimos con una velocidad que calculo en dos toesas por segundo, o sea ciento veinte toesas por minuto, que equivalen a más de tres leguas y media por hora. A este paso se adelanta camino.

—¡Sí, nada nos detiene, si este pozo tiene alguna salida! ¡Pero si carece de ella, si está tapado, si el aire se comprime poco a poco por la presión de la columna de agua vamos a ser aplastados!

—Axel —replicó el profesor con la mayor calma—, la situación es casi desesperada, pero hay algunas probabilidades de salvación, y éstas son las que examino. Si bien es cierto que a cada instante podemos perecer, también lo es que podamos salvarnos. Pongámonos, pues, en actitud de aprovecharnos de las menores circunstancias.

—¿Pero qué podemos hacer?

—Tomar algún alimento para reparar nuestras fuerzas.

Al oír estas palabras, miré a mi tío con ojos asustados. Era preciso decirle lo que hubiera querido ocultarle.

—¿Tomar algún alimento? —repetí.

—Sí, sin demora.

El profesor añadió en dinamarqués algunas palabras. Hans meneó la cabeza.

—¡Cómo! —exclamó mi tío—. ¿Se han perdido nuestras provisiones?

—¡Sí! ¡He aquí todo lo que nos queda! ¡Un pedazo de cecina para los tres!

Mi tío me miraba sin querer comprender mis palabras.

—Y ahora —dije—, ¿seguís creyendo aún que podemos salvarnos?

Mi pregunta quedó sin respuesta.

Pasó una hora.

El hambre que sentía empezaba a ser violenta. Mis compañeros se hallaban en el mismo caso, pero ninguno de nosotros se atrevía a tocar aquel miserable resto de alimentos.

Entretanto, continuábamos subiendo con la mayor rapidez, de suerte que el aire algunas veces nos cortaba la respiración como a los aeronautas cuya ascensión es demasiado acelerada. Pero los aeronautas sienten un frío tanto más intenso cuanto mayor es su elevación en las capas atmosféricas, al paso que nosotros experimentábamos un efecto absolutamente contrario. El calor aumentaba de una manera que inspiraba serias inquietudes, pues en aquel momento no debía bajar de 40 grados.

¿Qué significaba semejante variación? Hasta entonces las teorías de Davy y Lidenbrock habían recibido la confirmación de los hechos; hasta entonces condiciones particulares de rocas refractarias, de electricidad, de magnetismo, habían modificado las leyes generales de la naturaleza, formándonos una temperatura moderada; porque en mi opinión, quedaba siempre en pie la teoría del fuego central, la única verdadera, la única explicable. ¿Íbamos a volver a un medio en que estos fenómenos se realizasen rigurosamente y en que el calor redujese las rocas a un completo estado de fusión? Así lo temía, y dije por lo tanto al profesor:

—Si no morimos ahogados, ni despedazados, ni de hambre, nos queda siempre el consuelo de ser quemados vivos.

Se contentó con encogerse de hombros y volvió a abismarse en sus reflexiones.

Durante una hora, exceptuando un ligero aumento en la temperatura, no modificó la situación incidente alguno. Mi tío rompió por fin el silencio.

—Vamos a ver lo que se hace —dijo—, es preciso tomar una decisión.

—¿Tomar una decisión? —repliqué yo.

—Sí. Es preciso restablecer nuestras fuerzas. Si economizando el poco alimento que nos queda, tratamos de prolongar algunas horas más nuestra existencia, permaneceremos débiles hasta el fin.

—Sí, hasta el fin, que no se hará esperar mucho.

—¡Pues bien! ¡Si se presenta una contingencia para salvarnos, si tenemos necesidad de un esfuerzo perentorio, de un momento de acción, ¿de dónde sacaremos fuerzas para obrar habiendo dejado que la inanición nos debilitase completamente?

—¿Y qué nos quedará una vez hayamos apurado el pedazo de cecina con que contamos?

—Nada, Axel, nada. ¿Pero te alimentará más ese pedazo de cecina comiéndolo con los ojos? Tus razones son las de un hombre sin voluntad, las de un ser sin energía.

—Por lo visto, ¿aún abrigáis alguna esperanza de salvación?

—Sí, la tengo, sí, y en tanto que el corazón palpite, en tanto que la carne viva, no admito que un ser dotado de voluntad se entregue a la desesperación.

¡Qué palabras! El hombre que las pronunciaba en semejantes circunstancias había de estar dotado de un temple de alma poco común.

—En fin —dije—, ¿qué queréis que hagamos?

—Que comamos lo que quede de alimento hasta la última migaja, para reparar nuestras perdidas fuerzas. Si esta comida es la última, ¡paciencia!, pero entretanto, en lugar de quedar extenuados, seremos hombres.

—¡Comamos, pues! —exclamé.

Tomó mi tío el pedazo de cecina y las pocas galletas que se habían salvado del naufragio; hizo tres partes iguales, y dio a cada cual la suya. Resultaba, poco más o menos, una libra de alimento para cada uno. El profesor comió con avidez, con una especie de arrebato febril, pero yo, a pesar de mi hambre, comí sin placer y hasta con repugnancia. Hans comió tranquilamente, a bocados menudos, que mascaba sin ruido, saboreándolos con la calma de un hombre a quien no inquieta ni inspira ningún cuidado el porvenir.

Huroneando mucho, encontró una calabaza medio llena de ginebra que nos ofreció, y el benéfico licor me reanimó algo.

—*Forta-fflig!* —dijo Hans después de echar un trago.

—¡Excelente! —respondió mi tío.

Yo, no sé por qué, había acariciado alguna esperanza. Eran entonces las cinco de la mañana.

Así es el hombre. Su salud es un efecto puramente negativo. Satisfecha la necesidad de comer, difícilmente nos representamos los horrores del hambre, siendo preciso experimentarlos para comprenderlos. Salíamos de una prolongada abstinencia, y un poco de galleta y cecina triunfó de nuestros pasados dolores.

Sin embargo, después de comer cada cual se abandonó a sus reflexiones. ¿En qué pensaba Hans, aquel hijo del extremo Occidente, cuya flema dominaba la resignación fatalista de los orientales? En cuanto a mí, mis pensamientos no se formaban más que de recuerdos, y éstos me reconducían a la superficie de un globo que nunca debí abandonar. La casa de Königstrasse, mi pobre Graüben, la buena Marta, pasaron como visiones ante mis ojos, y en los lúgubres y pavorosos murmullos que circulaban en el interior de la corteza terrestre creía sorprender el bullicioso rumor de las ciudades.

Respecto a mi tío, siempre dominado por su idea, con la antorcha en la mano, examinaba escrupulosamente la naturaleza de los terrenos, pretendiendo reconocer su situación por la observación de las capas sobrepuestas. Este cálculo, o por mejor decir, esta apreciación suya, sólo podía ser más o menos aproximada, pero un sabio siempre es un sabio cuando consigue conservar su sangre fría, y el profesor Lidenbrock poseía esta cualidad como muy pocos.

Oíale pronunciar en voz baja vocablos técnicos de la ciencia geológica, y yo, como los comprendía, me interesaba, a mi pesar en aquel estudio supremo.

—Granito eruptivo —decía—. Nos hallamos aún en la época primitiva; ¡pero subimos! ¡Subimos! ¿Quién sabe?

¿Quién sabe? Seguía esperando. Palpaba con la mano la pared vertical, y, algunos instantes después, volvía a murmurar:

—¡He aquí los gneis! ¡He aquí los micasquistos! ¡Perfectamente! Luego vendrán los terrenos de transición. Y entonces...

¿Qué quería decir el profesor? ¿Podía acaso medir el grueso de la corteza terrestre suspendida sobre nuestra cabeza? ¿Poseía algún medio de hacer semejante cálculo? No. Ninguna apreciación podía sustituir al manómetro de que se carecía.

La temperatura seguía en progresivo aumento, yo estaba bañado de sudor en medio de una atmósfera abrasadora, que no podía comparar más que con el calor que despiden los hornos de una fundición en el acto de derretirse los metales. Poco a poco. Hans, mi tío y yo tuvimos que irnos quitando la ropa que llevábamos porque la prenda más ligera de vestir nos desazonaba y hasta nos atormentaba.

—¿Es decir, que subimos a un foco candente? —exclamé yo en un momento en que tomaba el calor mayores proporciones.

—No —respondió mi tío—. ¡Es imposible, imposible!

—Sin embargo —dije aplicando la mano a la pared— este muro abrasa.

En el momento de pronunciar estas palabras, mi mano rozó involuntariamente con la superficie del agua, y tuve que apartarla al momento.

—¡El agua quema! —exclamé.

La contestación del profesor fue un ademán colérico.

Entonces se apoderó de mi corazón un invencible terror del que no volví a verme libre. Presentía una catástrofe próxima, y una catástrofe tal que la más audaz imaginación retrocedería ante ella. Una idea en un principio incierta, vaga, tomaba en mi mente el carácter de una certeza incontestable. La rechazaba, pero ella volvía obstinadamente al asalto. No me atrevía a formularla. Sin embargo, determinaron mi convicción algunas observaciones involuntarias. A la dudosa luz de la antorcha, noté movimientos desordenados en las capas graníticas. ¡Iba evidentemente a producirse un fenómeno, en que la electricidad desempeñaría su papel, y, además, aquel calor excesivo, aquella agua hirviendo...! Quise observar la brújula.

¡La brújula estaba loca!

CAPÍTULO XLIII

¡Sí, la brújula estaba loca! La aguja saltaba de un polo a otro con bruscas sacudidas, recorría todos los puntos del cuadrante, y daba vueltas como si estuviese poseída de un vértigo.

Ya sabía yo que según las teorías más aceptadas, la corteza mineral del globo no se halla jamás en un estado de reposo absoluto. Las modificaciones producidas por la descomposición de las materias internas, la agitación procedente de las grandes corrientes líquidas y la acción del magnetismo tienden a transformarla incesantemente, aun en los casos en que los seres diseminados por su superficie no sospechan su agitación. Aquel fenómeno por sí solo no me hubiera azorado, o por lo menos, no me hubiera hecho concebir una idea terrible.

Pero había otros hechos, ciertas circunstancias *sui generis,* que no me permitían equivocarme por más tiempo. Las detonaciones se multiplicaban con una intensidad espantosa. Yo no podía compararlas más que al ruido que producirían millares de carros arrastrados por un empedrado desigual y hueco. Se oía un trueno nunca interrumpido.

La brújula, enloquecida, sacudida por los fenómenos eléctricos, me confirmaba en mi opinión. La corteza mineral tendía a romperse, las moles graníticas se resquebrajaban, la abertura se iba cegando, el hueco se llenaba, y nosotros, pobres átomos, estábamos próximos a ser estrujados por la más espantosa de las presiones.

—¡Tío, tío! —exclamaba yo—. ¡Estamos perdidos!

—¿A qué viene tu terror? —me preguntó el profesor con una calma sorprendente—. ¿Qué tienes?

—¿Qué tengo, me preguntáis? ¡Observad estas paredes que se mueven, este granito que se descoyunta, este calor que abrasa, esta agua que hierve, estos vapores que se condensan; observad todos los indicios de un terremoto!

Mi tío meneó la cabeza con lentitud e indiferencia.

—¿Un terremoto?

—¡Sí!

—Creo, muchacho, que te equivocas.

—¡Cómo! ¿No reconocéis los síntomas precursores...?

—¿De qué? ¿De un terremoto? ¡No! ¡Espero algo mejor!

—¿Qué queréis decir?

—¡Una erupción, Axel!

—¡Una erupción! —exclamé yo—. ¡Estamos dentro de la chimenea de un volcán en actividad!

—Tal creo —respondió el profesor sonriéndose—, y es lo mejor que puede sucedernos.

¡Lo mejor! ¿Se habría vuelto loco mi tío? ¿Qué significaban sus palabras? ¿Cómo explicar su serenidad y su sonrisa?

—¡Cómo! —exclamé—. ¡Estamos envueltos en una erupción! ¡La fatalidad nos ha colocado en el camino de las lavas candentes, de las rocas de fuego, de las aguas hirvientes, de todas las materias eruptivas! ¡Vamos a ser rechazados, expelidos, arrojados, vomitados, expectorados, echados al aire en medio de un remolino de piedras, de un torbellino de llamas, de una lluvia de cenizas y escorias y eso es lo mejor que puede sucedernos!

—Sí —respondió el profesor mirándome por encima de sus gafas—, es lo mejor, porque es lo único que puede volvernos a la superficie de la Tierra.

¡Cuántas ideas se cruzaron en mi cerebro! Mi tío tenía razón, mucha razón, y nunca me había parecido tan audaz ni tan convencido como en aquel momento en que esperaba y pesaba con calma las contingencias de una erupción.

Seguíamos subiendo. No cesó en toda la noche el movimiento ascensional; el ruido iba siendo cada vez más atronador; yo estaba casi sofocado, creía llegado mi último instante, y, sin embargo, la imaginación es tan extraña, que me entregaba a reflexiones verdaderamente pueriles. Pero yo estaba subordinado a mis pensamientos; no los dominaba.

Era evidente que nos empujaba un impulso eruptivo. Debajo de la almadía había aguas hirvientes, y debajo de estas aguas una pasta de lava, un conjunto de rocas que, al llegar a la cima del cráter, se habían de desparramar en todas direcciones. Nos hallábamos, pues, en la chimenea de un volcán. Acerca del particular no cabía duda.

Pero no en la chimenea del Sneffels, volcán apagado, sino en la chimenea de un volcán activo, de un volcán en erupción. Y yo me preguntaba qué volcán podía ser aquel, y en qué parte del mundo nos lanzaría.

No podía ser más que en las regiones septentrionales. Acerca del particular, la brújula, antes de haberse desorientado, no se desmintió nunca. Desde el cabo Saknussemm, habíamos sido directamente arrastrados al norte durante centenares de leguas. ¿Habíamos vuelto a colocarnos debajo de Islandia? ¿Debíamos ser arrojados por el cráter del Hecla, o por alguno de los siete montes ignívomos de la isla? En un radio de quinientas leguas al oeste, no había bajo aquel paralelo más que los volcanes mal conocidos de la costa noroeste de América. Al oeste, bajo los 80º de latitud, no se conocía más que el Esk, en la isla de Juan Mayen, no lejos de Spitzberg. Cráteres no faltaban, habiéndolos entre ellos capaces de vomitar ejércitos enteros, pero lo que yo pretendía adivinar era cuál nos arrojaría a nosotros.

Al amanecer, el movimiento de ascensión se aceleró horriblemente. Si a medida que nos acercábamos a la superficie del globo, el calor, en lugar de disminuir aumentaba, debíase a que era enteramente local y procedía de una influencia volcánica. Nuestro género de locomoción no podía dejar de disipar todas las dudas. Una fuerza enorme, una fuerza de muchos centenares de atmósferas producida por los vapores acumulados en las entrañas de la Tierra, nos empujaba irresistiblemente. ¡Pero a qué innumerables peligros nos exponía!

Reflejos amarillentos penetraron en la galería vertical, que se ensanchaba más y más; a derecha e izquierda distinguía corredores profundos semejantes a túneles inmensos, de los cuales salían densos vapores, y lenguas de llamas, chisporroteando, lamían sus fantásticas paredes.

—¡Mirad, tío, mirad! —exclamé.

—¿Y qué? Son llamas sulfurosas. Nada hay más natural en una erupción.

—¿Y si nos envuelven?

—No nos envolverán.

—¿Y si nos sofocan?

—No nos sofocarán. La galería se ensancha, y en caso necesario, abandonaremos la almadía y nos guareceremos en alguna quebraja.

—¿Y el agua? ¡El agua ascendente!

—Ya no hay agua, Axel, no hay más que una pasta fluida que nos sube con ella a la boca del cráter.

La columna líquida había, efectivamente, desaparecido y sido remplazada por materias eruptivas bastante densas, aunque derretidas. La temperatura era insoportable, y un termómetro expuesto a aquella atmósfera hubiera marcado más de setecientos grados. Yo estaba bañado en un mar de sudor, y todos irremisiblemente nos hubiéramos ahogado, sin la rapidez de la ascensión.

Sin embargo, el profesor no insistió en el propósito de abandonar la almadía, e hizo perfectamente. Aquellas tablas toscas y mal unidas ofrecían una superficie sólida, un punto de apoyo que nos hubiera faltado en cualquier otra parte.

A eso de las ocho de la mañana sobrevino un nuevo incidente. Cesó de repente el movimiento ascensional, y la almadía se quedó absolutamente inmóvil.

—¿Qué ocurre? —pregunté, causándome aquella detención repentina el efecto de un choque.

—Un alto —respondió mi tío.

—¿Ha concluido la erupción?

—Espero que no.

Me levanté y miré alrededor, aunque en vano. Tal vez la almadía, detenida por una roca saliente, oponía una resistencia momentánea a la acción eruptiva, en cuyo caso, fuerza era librarla cuanto antes del obstáculo.

Pero no había obstáculo ninguno. La columna de cenizas, de escoria y de piedras había también dejado de subir.

—¿Se habrá detenido la erupción? —pregunté.

—¡Ah! —dijo mi tío entre dientes—. Tranquilízate, muchacho; este momento de calma será pasajero; cinco minutos hace que no nos movemos; pero no tardaremos en ascender nuevamente hacia el orificio del cráter.

El profesor, mientras hablaba, consultaba incesantemente su cronómetro, y tenía tal vez razón en sus pronósticos. Volvió la almadía a subir rápida y desordenadamente por espacio de dos minutos, y se detuvo de nuevo.

—Bueno —dijo mi tío mirando la hora—, dentro de diez minutos nos pondremos otra vez en marcha.

—¿Diez minutos?

—Sí, nos hallamos en un volcán cuya erupción es intermitente. Nos deja respirar mientras él respira.

Así era la verdad. Después de otra detención de diez minutos fuimos de nuevo empujados ascensionalmente con la mayor rapidez. Necesidad teníamos de agarrarnos con mucha energía para que la fuerza impulsiva no nos arrojara de la almadía. Cesó otra vez el impulso.

He reflexionado después sobre tan singular fenómeno, sin podérmelo explicar satisfactoriamente. Sin embargo, me parece evidente que nosotros no ocupábamos la chimenea principal del volcán, sino un conducto accesorio en que experimentábamos un efecto de repercusión.

No puedo decir cuántas veces subimos y nos detuvimos. Sólo sé que cada vez que se reproducía el movimiento, era mayor la fuerza que nos impelía, arrojándonos como un verdadero proyectil. Durante los altos, nos ahogábamos; durante la ascensión, el aire abrasador nos cortaba el aliento. Pensé un instante en la impresión que experimentaría viéndome súbitamente trasladado a las regiones hiperbóreas con un frío de treinta grados bajo cero. Mi imaginación exaltada divagaba por las llanuras de nieve de las comarcas árticas, y esperaba con ansia el momento de tenderme sobre la helada alfombra del polo. Por otra parte, tan repetidas sacudidas llegaron a trastornar mi cabeza, y más de una vez, sin los vigorosos brazos de Hans, me hubiera roto el cráneo contra los muros de granito.

No conservo, por lo tanto, ningún recuerdo preciso de lo que pasó en las siguientes horas. Sólo me queda un sentimiento confuso de detonaciones continuas, de la locomoción de la masa térrea, de un movimiento giratorio que se apoderó de la almadía, la cual se balanceaba en un oleaje de lavas y en medio de una lluvia de cenizas. Quedó rodeada de ruidosas llamas, activando los fuegos subterráneos un huracán furioso que parecía producido por un ventilador inmenso. Por última vez se me apareció el semblante de Hans en un reflejo de incendio, y no me quedó más sensación que el siniestro espanto del que estuviera atado a la boca de un cañón en el momento de dispararse el cañonazo y dispersarse sus miembros por los aires.

CAPÍTULO XLIV

Cuando abrí los ojos, me sentí asido de la cintura por una mano vigorosa del guía, el cual con la otra mano sostenía a mi tío. Yo no tenía ninguna herida grave, sino un quebrantamiento general, como si me hubiesen molido a palos. Me encontré tendido en la vertiente de la montaña, a dos pasos de una espantosa sima en que podía precipitarme al menor movimiento. Hans me había arrancado de las garras de la muerte mientras estaba rodando por los bordes del cráter.

—¿Dónde estamos? —preguntó mi tío, que me pareció estar muy irritado por haber vuelto a la superficie de la Tierra.

El cazador, que no lo sabía, manifestó su ignorancia encogiéndose de hombros.

—En Islandia —dije yo.

—*Nej* —respondió Hans.

—¡Cómo! ¡No! —exclamó el profesor.

—Hans se equivoca —dije yo levantándome.

Después de las innumerables sorpresas de aquel viaje, otra nueva nos estaba reservada. Yo esperaba ver un cono cubierto de nieves eternas, en medio de los áridos desiertos de las regiones septentrionales, bajo los pálidos rayos de un cielo polar, más allá de las más elevadas latitudes, y contra todas esas previsiones, mi tío, el islandés y yo estábamos tendidos en medio de una colina calcinada por el sol que nos devoraba con sus rayos.

No quería dar crédito a mis miradas, pero mi cuerpo, que se estaba materialmente asando, disipaba todas mis dudas. Habíamos salido del cráter medio desnudos, y el astro radioso, al que durante dos meses no habíamos pedido absolutamente nada, se empeñó en ser con nosotros pródigo de luz y de calor, y nos envolvía en una irradiación espléndida.

Cuando mis ojos se habituaron a aquellos resplandores de que ya habían perdido la costumbre, me valí de ellos para rectificar los errores de mi imaginación. Quería por lo menos hallarme en Spitzberg, y ni a dos tirones me hacía soltar nadie esta idea.

El profesor fue el primero que tomó la palabra, y dijo:

—En efecto, este paisaje se parece a Islandia como un huevo a una castaña.

—¿Y a la isla de Juan Mayen? —pregunté yo.

—Tampoco. No es este un volcán del norte con sus colinas de granito y su turbante de nieve.

—Sin embargo...

—¡Mira, Axel, mira!

Encima de nuestras cabezas, a una distancia de quinientos pies, se abría el cráter de un volcán por el cual, de cuarto en cuarto de hora se escapaba con espantoso estrépito una alta columna de llamas, mezcladas con piedra pómez, lavas y cenizas. Percibía las convulsiones de la montaña, que respiraba a la manera de las ballenas, y arrojaba de vez en cuando fuego y aire por sus enormes espiráculos. Debajo, torrentes de materias eruptivas se extendían por una pendiente bastante rápida a una profundidad de setecientos a ochocientos pies, lo que no llegaba a dar al volcán una altura total de trescientas toesas. Su base desaparecía en un bosque de árboles verdes, entre los cuales distinguí olivos, higueras y viñas cargadas de racimos colorados.

Fuerza era convenir en que aquel no era el aspecto de las regiones árticas.

Cuando la vista traspasaba aquel verde recinto, se perdía rápidamente en las aguas de un mar admirable o de un lago pintoresco, que hacían de aquella tierra encantadora una isla que no tenía de ancho más que unas cuantas leguas. Por la parte de levante se descubría una rada, precedida de cierto número de casas, en la cual, al suave impulso de las azuladas olas, se mecían algunos buques de una forma particular. Más allá, se destacaban de la líquida llanura grupos de islotes tan numerosos que parecían un inmenso hormiguero. Hacia poniente, lejanas costas terminaban el horizonte, perfilándose algunas montañas azules de una conformación armoniosa, y en otras, más en lontananza, descollaba un cono prodigiosamente elevado, en cuyo vértice se agitaba un penacho de humo. Por el lado del norte centelleaba, reflejando los rayos solares, una inmensa extensión de agua, en que aparecían a trechos algunas arboladuras o algunas velas hinchadas por el viento.

Lo que aquel espectáculo tenía para nosotros de imprevisto centuplicaba sus encantos.

—¿Dónde estamos, dónde estamos? —murmuraba yo.

Hans cerraba los ojos con indiferencia, y mi tío abría los suyos como embobado.

—Cualquiera que esta montaña sea —dijo al fin—, hace en ella un poco de calor, las explosiones se suceden, y no me haría maldita la gracia haber salido de una erupción para que me descalabrase un peñasco. Bajemos y sabremos a qué atenernos. Además, me estoy muriendo de hambre y de sed.

Decididamente no era el profesor un hombre apasionado de la vida contemplativa. Pero yo, de muy buena gana, olvidando la necesidad y las fatigas, hubiera permanecido largas horas en aquel sitio, si no hubiese tenido que seguir a mis compañeros.

El talud del volcán presentaba muy rápidas pendientes. Nos deslizábamos por barrancos de cenizas, evitando cuidadosamente los arroyos de lava que se desenvolvían como serpientes de fuego. Mientras bajábamos, yo daba rienda suelta a mi lengua, pues necesitaba hablar mucho para dar a mi imaginación demasiado llena algún desahogo.

—¡Estamos en Asia —exclamaba—, en las costas de la India, en las islas Malayas, en plena Oceanía! Hemos atravesado la mitad del globo y salimos por las antípodas de Europa.

—¿Pero la brújula? —respondió mi tío.

—¡Sí! ¡La brújula! —decía yo, sin saber qué decir—. A dar crédito a lo que ella dice, nos hemos dirigido constantemente al norte.

—¿Ha mentido, pues?

—Mentido.

—¡A no ser que este sea el polo norte!

—¡El polo! No; pero...

El hecho era inexplicable, y todos los esfuerzos de mi imaginación eran inútiles.

Entretanto, nos aproximábamos a la amena falda de la montaña. El hambre y la sed me atormentaban a un mismo tiempo. Afortunadamente, después de dos horas de marcha, se ofreció a nuestra disposición una campiña encantadora enteramente cubierta de olivos, granados y viñas que al parecer pertenecían a todo el mundo. Por otra parte, en el estado de desnudez y abandono en que nos hallábamos, no podíamos andarnos en escrúpulos de monja. ¡Con qué placer saboreábamos aquellos deliciosos frutos, aquellas jugosas y embriagadoras uvas! No lejos, en la verde alfombra que formaba la hierba, a la apacible sombra de los frondosos árboles, descubrí un manantial de agua fresca y cristalina, en que sumergimos voluptuosamente nuestro rostro y nuestras manos.

Y mientras así nos abandonamos a todas las delicias del reposo, un chiquillo apareció entre dos grupos de olivos.

—¡Ah! —exclamé yo—. ¡Un habitante de esta tierra de bienaventuranza!

Era el chiquillo una especie de zagalillo, vestido muy miserablemente, bastante enfermizo, y que pareció asustarse mucho al vernos, lo que nada tiene de particular, pues no siendo aquel un país de malhechores, no era para tranquilizar a nadie nuestras barbas incultas y nuestros insuficientes trajes.

En el momento de ir el chiquillo a tomar las de villadiego, Hans corrió tras él y se lo trajo, a pesar de sus chillidos y pataleo.

Mi tío hizo lo posible para tranquilizar al rapaz y le dijo en buen alemán:

—¿Cómo se llama esta montaña, mocito?

El muchacho no respondió.

—Bueno —dijo mi tío—, no estamos en Alemania.

Y repitió la misma pregunta en inglés.

Tampoco obtuvo contestación. A mí me devoraba la impaciencia.

—¿Si será mudo? —exclamó el profesor, el cual, muy orgulloso de su poliglotismo, recurrió al francés.

El rapazuelo no desplegó los labios.

—Probemos el italiano —repuso mi tío—. *Dove noe siamo?*

El mismo silencio.

—¡Pareces tonto! —exclamó mi tío, a quien empezaba el humo a subírsele a las narices, y tiró al chico de las orejas—. Vamos a ver si hablas. *Come si nomá questa isola?*

—*Stromboli* —respondió el pastorcillo, echando a correr al momento por entre los olivos y no parando hasta que ganó el llano.

Le dejamos ir, y no volvimos a acordamos de él. ¡El Strómboli! ¡Qué efecto produjo en mi imaginación esta inesperada palabra! Estábamos en pleno Mediterráneo, en medio del archipiélago eólico de mitológica memoria, en la antigua *Strangiglos,* en aquella isla del mar Egeo en que Eolo tenía encadenados en el antro los vientos y las tempestades. ¡Y aquellas montañas azules, cuyas graciosas lomas se perfilaban hacia Levante, eran las montañas de Calabria! ¡Y aquel volcán, que se levantaba en el horizonte del sur, era el Etna, el mismo Etna!

—¡Strómboli! —repetía yo—. ¡Strómboli!

Mi tío me acompañaba con sus ademanes y sus palabras. Parecía que estábamos cantando a dúo.

¡Ah, qué viaje! ¡Qué maravilloso viaje! ¡Entrar por un volcán y salir por otro, y estar éste situado a más de mil doscientas leguas del Sneffels, de aquel árido país de Islandia situado en los confines del mundo! Los azares de la expedición nos habían transportado al seno de las más armoniosas comarcas de la tierra. Habíamos abandonado la región de las nieves eternas por las del verdor infinito, y dejado encima de nuestras cabezas la ceniciena niebla de las zonas heladas para contemplar luego extasiados el azulado cielo de Sicilia.

Después de una deliciosa comida compuesta de frutas y agua fresca, nos pusimos en marcha dirigiéndonos al puerto de Strómboli. No nos pareció prudente decir de qué manera habíamos llegado a la isla. El carácter supersticioso de los italianos nos hubiera representado como demonios vomitados por el infierno, y, por consiguiente, nos resignamos a pasar por humildes náufragos, lo que era menos glorioso, pero más seguro.

Mientras íbamos andando, mi tío murmuraba:

—¡Pero la brújula! ¡La brújula, que señalaba al norte! ¿Cómo se explica esta anomalía?

—Lo mejor —dije yo con el mayor desdén— es no explicarla.

—¡No explicarla! ¡Un profesor de Johannoeum que no encuentra la razón de un fenómeno cósmico! ¡Qué vergüenza!

Hablando así mi tío, medio desnudo, con la bolsa de cuero alrededor de la cintura, y poniéndose las gafas, volvía a ser el terrible profesor de mineralogía.

Una hora después de salir de los olivares llegamos al puerto de San Vicenzo, donde Hans reclamó el salario de su tercera semana, que le fue entregado con los más expresivos apretones de manos.

En aquel instante, si bien no participó de nuestra conmoción harto natural, se manifestó más expansivo de lo que tenía por costumbre.

Con los pulpejos de sus dedos tocó ligeramente nuestras manos y se sonrió.

CAPÍTULO XLV

He aquí la conclusión de una narración que pondrán en cuarentena hasta los que no suelen asombrarse de nada. Pero yo estoy de antemano puesto en guardia contra la incredulidad de los hombres.

Los pescadores de Strómboli nos recibieron con las consideraciones debidas a unos náufragos. Nos facilitaron vestidos y víveres, y el 31 de agosto, después de haber estado esperando cuarenta y ocho horas, un pequeño *speronare* nos condujo a Mesina, donde algunos días de descanso bastaron para reponernos de nuestras fatigas.

El viernes, 4 de septiembre, pasamos a bordo del *Volturno,* uno de los vapores correos de las mensajerías imperiales de Francia, y tres días después desembarcamos en Marsella, sin más preocupación ni quebraderos de cabeza que el recuerdo de la mala pasada que acababa de jugarnos la maldita brújula. Aquel hecho inexplicable me tenía verdaderamente trastornado. El 9 de septiembre, al anochecer, llegamos a Hamburgo.

Renuncio a describir el asombro de Marta y la alegría de Graüben.

—Ahora que ya eres un héroe, Axel —me dijo mi adorada prometida—, no tendrás necesidad de volverte a separar de mí.

La miré. Ella lloraba sonriéndose.

No hay necesidad de decir que el regreso del profesor Lidenbrock causó sensación en Hamburgo. Por indiscreción de Marta se había propagado en todas partes la noticia de su viaje al centro de la Tierra. Nadie creyó en semejante proyecto, ni aun después de haberlo realizado.

Sin embargo, la presencia de Hans y varios informes llegados de Islandia modificaron poco a poco la opinión pública.

Entonces mi tío pasó a ser un gran hombre y yo el sobrino de un gran hombre, lo que ya es algo. Hamburgo dio una fiesta en honor nuestro. Se celebró en Johannoeum una sesión pública, en la que el profesor narró circunstanciadamente su expedición, sin omitir más que los hechos relativos a la brújula. En aquel mismo día depositó en los archivos de la ciudad el documento de Saknussemm, y expresó el vivo sentimiento que le causaba el que las circunstancias más fuertes que su voluntad, no le hubieran permitido seguir hasta el centro de la Tierra las huellas del viajero islandés. Fue modesto en su gloria, y su modestia aumentó su reputación.

Tanta honra había necesariamente de suscitarle envidiosos. Los tuvo, y como sus teorías, apoyadas en hechos ciertos, contradecían los sistemas de la ciencia respecto del fuego central, sostuvo verbalmente y por escrito notables polémicas con los sabios de todos los países.

Mas yo no puedo admitir su teoría del enfriamiento. No obstante todo lo que he visto, creo, y seguiré creyendo mientras viva, en el calor central; pero confieso que ciertas circunstancias aún mal definidas pueden modificar esta ley bajo la acción de fenómenos naturales.

En el momento de controvertirse estas cuestiones, a pesar de sus instancias, había salido de Hamburgo; mi tío experimentó un verdadero sentimiento. Hans, el hombre a quien tanto debíamos no quiso siquiera que le pagásemos nuestra deuda de gratitud, obligándole la nostalgia regresar a Islandia.

Fürval, dijo un día, y sin más palabras de despedida partió para Reikiavick, donde llegó sin novedad.

Profesábamos un singular afecto a nuestro imperturbable cazador de *eiders.* No por hallarse ausente le olvidarán jamás aquellos a quienes ha salvado la vida, y muy poco he de poder o no moriré sin haberle visitado.

Añadiré, para concluir, que este *Viaje al centro de la Tierra* causó en el mundo una sensación enorme. Se imprimió y se tradujo en todas partes; los periódicos más acreditados insertaron sus principales episodios, y éstos fueron comentados, discutidos, atacados, sostenidos con igual convicción en el campo de los creyentes y de los incrédulos. ¡Cosa rara! Mi tío gozaba en vida de toda la gloria que había adquirido y hasta hubo un tal Barnum que le propuso exhibirlo a un precio muy elevado en los Estados Unidos.

Pero una gran desazón, un verdadero tormento, se mezclaba con tanta gloria. Había un hecho que permanecía inexplicable, el de la brújula, y para un sabio un fenómeno semejante, al cual no se encuentra explicación, se convierte en un suplicio de la inteligencia. ¡Pues bien!, el cielo reservaba a mi tío una felicidad completa.

Un día, arreglando en su gabinete su colección de minerales, hallé la famosa brújula y se me antojó observarla.

Seis meses hacía que estaba allí en un rincón, sin saber los malos ratos que ocasionaba.

¡Cuál fue de pronto mi asombro! Lancé un grito.

El profesor acudió.

—¿Qué ocurre? —preguntó.

—¡Esta brújula!

—¿Qué?

—¡Su aguja indica el sur y no el norte!

—¿Qué dices?

—¡Mirad! ¡Esos polos están trocados!

—¡Trocados!

Mi tío miró, comparó, y dio un salto que conmovió toda la casa.

¡Qué rayo de luz descendía a la vez a su mente y a la mía!

—Es decir —exclamó apenas pudo hacer uso de la palabra—, es decir, que desde nuestra llegada al cabo Saknussemm, la aguja de esta condenada brújula marcaba al sur en lugar del norte.

—Evidentemente.

—Nuestro error se explica, pues, naturalmente.

—¿Pero qué fenómeno ha podido producir esta inversión de los polos?

—La cosa no puede ser más sencilla.

—Explícate, muchacho.

—En el mar de Lidenbrock, durante la tempestad, aquel disco de fuego que imantó todo el hierro de la almadía, desorientó nuestra brújula.

—¡Ah! —exclamó el profesor soltando una carcajada—. No ha habido en todo ello más que una broma de la electricidad.

Desde aquel día mi tío fue el más feliz de los sabios, y yo el más feliz de los hombres, porque mi hermosa virlandesa, abdicando su posición de pupila, ocupó un puesto en la casa de Königstrasse en su doble cualidad de sobrina y esposa. Inútil es añadir que su tío fue el ilustre profesor Otto Lidenbrock, miembro corresponsal de todas las sociedades científicas, geográficas y mineralógicas en las cinco partes del mundo.

ÍNDICE